U0591058

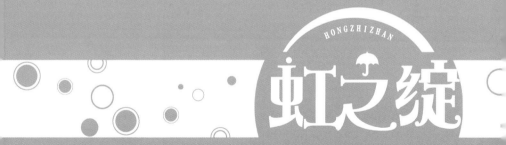

HONGZHIZHAN

虹之绽

HONGZHIZHAN

虹之绽

明晓溪 著

北方联合出版传媒（集团）股份有限公司
春风文艺出版社

© 明晓溪　2010

图书在版编目（CIP）数据

虹之绽/明晓溪著. —沈阳：春风文艺出版社，
2010.7
ISBN 978 – 7 – 5313 – 3760 – 7

Ⅰ. ①虹… Ⅱ. ①明… Ⅲ. ①长篇小说—中国—当代
Ⅳ. ①I247. 5

中国版本图书馆 CIP 数据核字（2010）第 096831 号

虹之绽

责任编辑	王　平　肖云峰
责任校对	潘晓春
封面设计	嫁衣工舍
版式设计	冯晓驰
幅面尺寸	145mm×210mm
字　　数	389 千字
印　　张	11.5
版　　次	2010 年 7 月第 1 版
印　　次	2010 年 7 月第 1 次

出版发行	北方联合出版传媒（集团）股份有限公司
	春风文艺出版社
地　　址	沈阳市和平区十一纬路 25 号
邮　　编	110003
网　　址	www.chinachunfeng.net
购书热线	024-23284402
印　　刷	沈阳新华印刷厂

ISBN 978-7-5313-3760-7　　　　　　　　定价：24.80 元

CHAPTER 1

韩国。

昌海道馆。

盛夏的山谷中整齐地坐满来自各国的跆拳道训练营营员，雪白的道服在风中轻扬，他们专注地看向前方高高的赛台。下午的阳光中，正在进行的是昌海道馆与岸阳道馆的团体对抗赛，双方选手已经上场，昌海的队员是韩东健，岸阳派出的是申波。

"啊——喝——"

"喝——"

天空蔚蓝，阳光闪耀，两个身穿雪白道服的少年大喝着，出腿如风，身影不断交错闪离。场边的百草屏息看着，跟申波成为队友已经有将近三年的时间，每次看到他这样的变化还是会觉得很惊奇。平日里，申波文静刻板得有点学究气，但是在比赛时，只要他把那副黑框眼镜一扔，顿时变得犀利和杀气十足！

"好帅！"

眼见着申波厉喝一声，飞起的右腿以万钧之势向韩东健横踢过去，晓萤兴奋地低喊一声，反手揪住百草的胳膊。

可惜。

韩东健反应迅速，一个旋身，闪到安全距离。

百草眉心微皱。

几次主动出击未果，申波也渐渐放缓节奏，双方陷入试探的胶着局面。

　　"不错，申波打得很好。"林凤边看边喃喃道。

　　"可是没有得分啊。"梅玲有些紧张，申波是队里除了若白之外最强的男队员，如果胜不了这场，那剩下的四场就更困难了。

　　"0：0已经很好了。"

　　"拜托，你到底是哪个队的啊……"晓萤犯嘀咕。

　　"你知道这个韩东健在去年的韩国跆拳道全国赛里，是什么成绩？"林凤无奈地说。

　　"什么成绩？"

　　"亚军。"林凤哼了一声。

　　晓萤和梅玲都张大嘴巴，顿时说不出话来，目光中多了几分钦佩，投向场中正苦苦僵持的申波。可是又忍不住羡慕，原来昌海道馆随便一个弟子的战绩都这么显赫啊。

　　第一局0：0结束。

　　申波回到场边休息，他浑身已是大汗淋漓，戴上黑框眼镜，咕咚咕咚喝了几口水，有些惭愧地对队友们说：

　　"对不起，没能得分。"

　　"说什么呢！"寇震捶了他肩膀一拳。

　　"已经很棒了，他是韩国全国赛的亚军哎，如果你打败他，说明你就是韩国的冠军了呢，哈哈！"晓萤笑脸相迎。

　　"拜托，就算打败亚军，也未必是冠军！"亦枫摇摇头，对晓萤的智商感到叹息。

　　初原将毛巾递给申波，说：

　　"韩东健的防守很稳健，僵持下去他的体力可能比你强。第二局你可以试一下，尽量引他进攻，或许他进攻转防守的能力会比较薄弱。"

　　周围的队员们愣了下。

虽然大家都知道初原曾经是万众瞩目的天才跆拳道少年，可他毕竟退出已久，进入岸阳训练中心更是以队医的身份。尽管这次前来韩国跆拳道训练营，初原是作为领队，但他从来没有参与过临赛指导的工作。

在没有沈柠教练出现的情况下，一般来说，赛场上的战术策略是由若白来指点。

百草忍不住看向若白。

从中午开始，若白一直肃冷着面容保持沉默。她明白，若白是在生气，生气她太过冲动跟金敏珠做出如果失败就退出跆拳道的约定，可是……

若白闭目盘膝而坐。

盛夏的阳光中，他的唇色有些苍白。

百草心中一揪，她张了张嘴，却还是什么都不敢对他说。

"是。"

接过初原手中的毛巾，申波只顿了一下，便应声领命。

第二局开始，申波做得很巧妙。他并未有意示弱去引诱韩东健主动进攻，而是先佯作几次进攻，然后露出体力不支之态，韩东健果然精神一振，厉喝着开始发动攻击。

"啊——喝——"

晃开韩东健的飞腿下劈，趁他立势未稳，申波快如闪电，反身一个横踢，紧接着又一个横踢，右脚重重踢上韩东健胸前！

"哇——"

晓萤兴奋地跳了起来，梅玲开始尖叫，林凤、亦枫、寇震、光雅他们也面露喜色激动极了！

"哇——"

山谷中其他国家的营员们惊呼，这场实力悬殊的团体对抗赛，居然是明显弱势的岸阳队先打开了局面。

1∶0!

满场的欢呼中，同大家一样，百草也兴奋地站起来，晓萤紧紧揪着她的胳膊又拽又跳，直到比赛继续进行，她胸口的热潮才逐渐平息。队伍的最前方，初原的身影映入她的眼睛，他专注地看着比赛，盘膝而坐，神情宁静。

是他指定的战术。

百草忽然有些怔怔的。

如果初原师兄没有退出跆拳道，一切会是什么样子？她能看出在他凝神专注的面容中，有一抹被压抑住的渴望。究竟为什么初原师兄会离开跆拳道呢？

百草出神地想着。

仿佛察觉到她的视线，初原略微转头，目光越过林凤和梅玲，他望向她，与她的目光撞在一起。然后，他眼底漾起温和的笑意，她看得有些呆住，几秒钟后，脸却腾地通红。

…………

中午的阳光灿烂明亮。

初原略吸口气，他望向她，略微用力地揉揉她的头发。

"我喜欢你，百草。"

…………

他……

他说他喜欢她……

中午的那一刻，阳光炫目得飞舞出无数金色的光点，她什么也看不见，什么也听不清，她傻呆呆地看着他，耳边全都是幻听的轰轰声。就像是在一场完全不真实的梦中，她的心脏跳得要蹦出来，但是所有的意识都告诉她，那是不可能的，是她的错觉。

她不敢再去看初原。

慌乱中，她错开视线，却看到了若白。若白面容依旧清冷，他盘膝坐在亦枫身旁，阳光中，他的身影有种异常的单薄，唇色也更加苍白，仔细看去，他的额头似乎有些细密的冷汗。

百草一惊。

心中的胡思乱想顿时散得干干净净，不再担心他是否还在生她的气，百草挤到若白身边，急切地问：

"……若白师兄，你怎么了？你是哪里不舒服吗？是生病了吗？"

亦枫懒洋洋地看她一眼，让出些地方来，似笑非笑说："不错嘛，总算你眼里还有若白。"

若白没有回答她，眉心一皱，似乎不喜欢她靠得太近。

"若白师兄……"

百草的胸口滞住了，像被什么攥住了一样疼，自从她进入松柏道馆，若白师兄对她冷淡过，对她严厉过，可是，从没有像此刻一样，似乎是在厌烦她。

她咬住嘴唇。

顾不得那么多，她伸手去碰若白的手掌，啊，冰冷得好似深井中的井水，若白微睁开眼睛，目光冷漠地扫她一眼，那眼神足可以将一切冻住，他将自己的手从她手中抽出来。

又紧咬了一下嘴唇。

她的手指碰向他的额头，若白向后一闪，目光变得更加冷凝，低叱道："干什么！"

额头是滚烫的。

大惊之下，她没有在意他疏远的态度，焦急地说：

"若白师兄，你发烧了。"

若白闭上眼睛，不去看她。

"是感冒了吗?"

她继续问。

没有回应，她愣了愣，又问：

"那……你吃过药了吗?"

若白依旧不理会她，他的唇色雪白，身形单薄得仿佛可以被阳光穿透。百草陡然心惊。

"若白师兄，你这种状况不能出赛，我……"说着，她急着起身，"我去告诉初原师兄你病了!"

原本初原拟订的出场队员名单中没有若白，她还觉得奇怪，现在看来，应该是那时候初原就已经看出若白身体不适了。只是临赛前，若白坚持要求替下寇震，出战最后一场的闽胜浩，初原犹豫很久，最终还是同意了。

既然初原看出若白生病，为什么还会同意他上场的请求呢?

百草脑中一片混乱，只想着必须要告诉初原，若白现在高烧很厉害，绝对不可以出战!

"不许去。"

若白的冷声将她定在原地。

"可是你生病了……"她非常不安，刚才他额头的高烧从她的指尖一直烫到她的心底。

"那是我的事，"他淡淡吸了口气，望向正在比赛的场地，"与你无关。"

"可是……"

"坐下!"

若白声音冷硬，长久以来对她的威严感，使得百草愣了愣，还是下意识地坐了下来。亦枫见那两人虽然肩并肩坐在一起，但是身形都是那么僵硬和不自然，他摇头笑了笑，又打个哈欠。

第二局，3：1，申波领先。

昌海队那边的气氛有些不对了，金敏珠鼓圆了眼睛瞪过来，黧黑少年闰胜浩拍拍韩东健的肩膀，面容依旧沉稳。岸阳队欢声雷动，大家像迎接英雄一样拥抱住申波。

"让他休息。"

看出申波累得已经有些虚脱，初原阻止了队员们围过来的兴奋，将水和毛巾递给他，亲自为他揉捏肩膀放松，叮嘱说：

"保持体力，最后一局稳健防守，注意不要让体力消耗太快。"

"是。"

申波领命。

听到初原和申波的对话，百草将头转回来，心中略舒了口气，是的，她也能看出来，申波的体力远不是韩东健的对手。第二局抢先取得优势是正确的，否则第三局申波体力跟不上，更加一点机会也没有。虽然她不想承认，但是韩东健几乎各方面都要比申波强一些，幸好初原发现了他进攻转防守较慢的弱点，然而一旦申波体力下降，这个弱点恐怕也很难抓住了……

低咳声从身边传来。

百草慌忙看去，见若白正压抑着咳嗽，他的双手虚握着，睫毛闭在苍白的脸颊上，嘴唇抿得很紧。

"若白师兄……"

她心慌地扶住他，他的身体僵住，胸口剧烈起伏着硬是将咳嗽又逼了下去。

"感冒很严重是吗？你……你很难受是吗？……我去找药！"

霍地站起身，百草脑中已是乱糟糟一片，她向初原那里看了看，他是队医，应该有药。可是，初原和申波正在低声交谈，第三局即将开始。无措中，她看到一个人，脑子想也没想，直接跑过去。

"回来！"

若白冷喝一声，见她好像根本没有听见，头也不回地转瞬就跑出很远去，气得他重重咳嗽了起来。

"咦，百草，"晓萤也看到了，急忙高喊，"百草！你干什么去啊！你一会儿还有比赛呢！"

初原闻声回头，只看到百草跑远的背影。

百草看到的是民载。

民载是那日昌海道馆前来接待他们的弟子，中文说得很好，他正站在昌海外围的队伍中，目不转睛地看着刚刚开始的第三局比赛。听到百草的来意，民载留恋地又看了两眼场中的局势，回答说：

"感冒药在宿舍里，我需要回去拿。"

"那……有退烧药吗？"

"有，也是在宿舍里，你是想现在拿吗？"

"是的，对不起。"百草脸红地说。

"没关系，我这就带你去。"

民载走得并不快，他走两步就要回头看看赛台上的比赛，当远远地看到韩东健飞起下劈，踹中申波右胸时，他面色一喜，只是顾及着百草在身旁才没有欢呼出来。

又走了一段。

两人听到山谷内欢声雷动，但是已然听不出来究竟是谁获胜了，民载和百草互相看了一眼，都有些尴尬。

昌海道馆很大，从山谷到民载他们住的宿舍有很远的距离。等到民载终于从宿舍的书桌里找出感冒药和退烧药，将用量告诉百草之后，百草感谢了他，就拿起药匆匆往回跑。

她跑得很快。

风声呼呼。

阳光飞闪在她眼前。

若白额头的高烧和压抑的咳嗽，让她心里仿佛烧着一把火。若白对她再严厉，她也从来没有在意过，可是看着若白生病，她竟有种难以抑制的害怕。

等百草跑回山谷的时候，吃惊地发现高高的赛台上，亦枫已经上场了。难道她去得那么久，居然将林凤的出战都错过了吗？

"你干什么去了呀！"

晓萤急死了，扯住她的衣服，咬牙切齿地说。看到她回来，梅玲、寇震他们也终于松了一口气，梅玲低声埋怨说："百草，你再晚回来两分钟，就赶不上跟金敏珠的比赛了！"

"啊——"

脑袋嗡的一声，百草手心冒汗，她居然去了这么久吗，她还以为自己只是离开了几分钟的时间。

"你乱跑什么啊，喊你也不听，跑得比兔子还快！幸好有惊无险，呼——"晓萤偷看一眼不远处的若白，悄声说，"你没看见，你跑走那会儿，若白师兄的脸色有多难看，他都要去追你回来呢。还好初原师兄说，你不是没分寸的人，会按时回来的。"

初原盘膝而坐，凝神看着前方亦枫的比赛，似乎没有留意到队伍里的动静。

"下次别这样了。"

林凤扭头过来，叮嘱百草说。

"……是。"

局促地握紧手中的药，百草看到林凤的头发上尚未完全干透的汗水。

"我败给权顺娜了，"林凤笑了下，"不过亦枫打得很精彩，快看吧。"

赛台上，两个少年正彼此试探做着进攻前的跳步，神情懒洋洋的是亦枫，身形胖硕长相敦厚的是昌海的朴镇恩。正僵持着，亦枫忽然诡异地一笑，看向朴镇恩右肩的后方，朴镇恩愣愣地随之扭头。

"砰！"

亦枫一记飞腿，在朴镇恩转头之瞬，闪电般踢中他的左胸。

4：4。

"哗——"

满场爆发出又笑又喝彩的声音。

百草看得呆住。

"这是初原师兄制定的战术，"晓萤得意扬扬地说，"你没看前两局，这个朴镇恩又胖又重，出腿跟有几百斤的重量一样，压得亦枫师兄根本没有反击的机会。所以刚才初原师兄指点亦枫师兄，用一下指东打西，迷惑对手的作战方法，哈哈，你看吧，果然这个朴镇恩是个爱上当的，哈哈哈，他也太老实了吧，这一会儿亦枫师兄已经扳回来两分了！"

赛台上。

亦枫又是惊诧一笑，这次看向朴镇恩的头顶上方，胖胖的朴镇恩下意识一抬头，"砰——"亦枫又是一腿扫了过去！

5：4。

"哈哈哈哈！"

晓萤和梅玲笑得前仰后合，百草忍不住也笑了，一直静默得像隐形人一样的光雅也忍俊不禁。

"嘿嘿，初原师兄是天才吧！"晓萤喜不自禁，两眼放光地对百草说，"可惜你错过了申波和林凤那两场，虽然咱们都败了，可是申波和林凤都打得很好哎！是我见过他俩打得最好的比赛！简直是初原师兄让申波和林凤的光彩完全绽放了！"

百草一怔。

初原的身影依然宁静，如同满场的欢呼丝毫影响不到他，他只关注比赛中的亦枫。

"可惜，"晓萤又叹口气，"毕竟前两场还是输了，可恶，昌海道馆的实力怎么强悍得就跟外星人似的。不过，这局我们总是要胜了吧，哈哈哈哈！"

说话间，赛台上的亦枫故技重施，满脸惊诧状看向朴镇恩右肩后方，朴镇恩身形微晃，又死死硬住脖子不动，打算绝不再上当。孰知，亦枫在做出表情的那一刻就已飞身直起，朴镇恩的定身不动就像一个靶子，被他重重飞踢而上！

6：4！

眼看亦枫的第三局即将获胜，百草心中大慰，只是低头看到自己手中的药，又不安起来，望向若白的方向。

"去吧，"晓萤发现了，嘿嘿低笑说，"不用怕，若白师兄一向是包公脸，可是对你好得不得了，不会真的舍得骂你的，放心啦。"

百草脸一红，她还没来得及说话，晓萤已经将她朝着若白用力推了一把。

"去吧去吧，去跟若白师兄认个错就好了，"

"我把药拿回来了……"手中的药片握得紧紧的，百草有些紧张地坐到若白身侧，"有感冒药，也有退烧药，你先把药吃了……好吗？"不知怎么，她觉得他病得好像更重了些，唇色比方才还要苍白。

若白淡淡瞥她一眼。

因为一路跑着的缘故，她的脸蛋红扑扑的，头发也有一点濡湿，刘海上别着的草莓发卡被阳光照得红晶晶。

"我以为，"咳嗽几声，若白的声音有些喑哑，"你很看重马上要同金敏珠进行的这场比赛。"

"是的。"

因为那不是一场比赛，那关系到她师父的声誉。无论如何，她相信她的师父是品性高洁、恪守跆拳道精神的人，她相信她的师父绝不会做出在比赛中使用兴奋剂的事情来，她绝不允许师父被人用那样的词语侮辱。

"难道你就没有想到，你跑走去'拿药'，"他冷冷地说，"可能会错过比赛的时间，被视为自动认输吗？"

"……"她呆住。

"这已经是亦枫的第三局了。"若白深吸口气。

她呆呆地看着他，背脊腾地冒出一层冷汗："……我不会错过的，我跑得很快。"

"这样跑一趟，还没上场，你的体力就已经消耗掉了一半！"

"…………"

"你是笨蛋吗?!"若白的声音冷如冰凌。

"…………"

她低下头，她知道若白说得对。可是看到若白生病她就已经慌了，只想赶快找到药给他。吃了药，感冒就不会太难受吧。她默默地看着自己的膝盖，半晌，低声说：

"若白师兄，你先把药吃了好吗？蓝色的是感冒药，吃两片，白色的是退烧药，吃一片。"三个小药片在她手心，她递到他的面前。

"拿走。"

若白眉心紧皱。

"对不起，是我错了。"她咬住嘴唇，"下一次我会考虑得更仔细些，这些药你还是……"

"啪!"

若白一抬手，她的手臂被格开，小小的药片骨碌碌从她的手心跌滚到地面上。她惊得抬起头，看见他面容冷漠，苍白的唇抿得极紧。

"哗——"

山谷中一片喧腾，亦枫同昌海道馆朴镇恩的比赛结束了，最终比分7∶4，亦枫获胜，这也是今天下午与昌海道馆团体挑战赛的第一场胜利！

逆着阳光走来，亦枫身上的汗珠似乎在闪着耀眼的光芒，寇震、申波冲过去给了他大大的拥抱，晓萤和梅玲殷勤地给他递毛巾和水，亦枫先跟初原说了几句话，又与队友们开了几句玩笑，然后来到若白和百草身旁。

亦枫似笑非笑，对百草说：

"你终于回来了，我还以为你临阵脱逃了呢。还是你厉害，我认识若白这么久，还没见他这么生气过。"

"……我是拿药去了。"

看着百草黯然地将地面上散落的药片捡起来，亦枫失笑说："是，你能关心若白师兄是很好，可是，你马上就要上场跟金敏珠比赛了，热身活动做好了吗？"

百草的手僵住。

远远的，她能看到那边金敏珠已经上场了。盛夏的阳光中，金敏珠依旧是那么趾高气扬，不可一世，纵然离着这么远的距离，她也能看到金敏珠正瞪着她的方向，仿佛对即将开始的对决等不及了。

"刚才的跑步，她的身体已经活动开了。"

初原走了过来，他的声音温和宁静，右手扶在她的肩膀上，他凝视她，神情也是温和宁静的，问她道：

"你想打败金敏珠，对吗？"

"……对。"

"你不会输掉这场比赛，对吗？"

"对。"

"你不仅会战胜她，而且会非常漂亮地战胜她，对吗？"

"对！"

百草咬紧嘴唇。

"加油，"初原微笑着揉揉她的头发，"必胜！"

*** ***

飞往英国的航班上。

头等舱，廷皓合起报纸，看了眼腕表的时间，韩国时间下午四点十分，她的比赛应该开始了。

*** ***

若白右手前方的地面上。

有两只装着药片的小纸袋。

"在她的心里，你跟她师父几乎有同样的分量，所以她才会关心则乱，临赛前傻乎乎地为你跑去拿药。"亦枫望着走上赛台的百草，同若白说，"何苦对她这样严厉呢，她毕竟还只是个孩子。"

"金敏珠。"

"到！"

"戚百草。"

"到！"

裁判一声令下，比赛开始！

"呀——"

盛夏的阳光强烈刺目，金敏珠怒目圆睁，大吼一声，飞腿向百草重踢而去，台下的营员们愕然，鲜少看到有人会这样一开局毫不试探就直接进攻，百草身形微晃，反身一记后踢，半空中，她的左腿迎上金敏珠的右腿！

"啪——"

腿与腿的交击间，似有火光裂出，声音重得满场营员都骇住。

"哼，"跌退了两步，金敏珠勉力站住，原本想给百草一个下马威却没有奏效，她心中的怒火蹭蹭直冒，"你，刚才逃走了，居然，又回来，不知，悔改！"

前三场比赛的时候，她一直盯着岸阳队伍里的戚百草，看到戚百草去找民载，又匆匆离去，以为戚百草终于知道羞愧，终于明白自己的师父是无耻的跆拳道败类，所以不敢同她比赛，临时弃逃了。她指着戚百草远去的背影哈哈大笑，对师兄师姐们宣布，她的对手已经不战而降了，总算有些自知之明。

谁料，就在第四场她们的比赛马上开始的时候，戚百草居然又跑回来了！见她满头是汗，手里拿着什么东西，好像方才是跑出去找东西去了，金敏珠顿时气得不行，居然比赛前还敢去做这些事情，这是在嚣张吗，是在表示戚百草看不起她吗？

她已经不是三年前那个一时大意败给戚百草的小孩了，如今的戚百草连她的一根手指头都比不上！她是昌海最有实力的新生代女弟子，昨天的比赛，她把越南的主将阮秀梅踢掉了好几颗牙齿，难道戚百草那个笨蛋没有看到吗?!居然敢这样侮辱她！

"逃?"

百草皱眉，她直视金敏珠，肃声说：

"我要打败你，让你和你的父亲不可以再随意伤害我师父的名誉，怎么可能会'逃'。"

"嘁!"金敏珠狂笑，"就凭你，打败我?"

说着，她厉喝一声，身形微退，右脚点地，髋部发力，她要让戚百草尝尝什么是连环十八双飞踢，她要把戚百草踢下赛台，她要把戚百草的牙齿踢得全部碎掉！她要让戚百草像那个无耻的曲向南一样从此退出跆拳道！

"砰！"

仿佛一个闪影，就在金敏珠身影微退的那一瞬，百草贴身追了过去，金敏珠尚未起脚，她一个斜踢撩向金敏珠的下巴，惊得金敏珠右臂急格，才险险避了过去，右臂却是一阵火辣的疼。

这一串动作瞬间完成，山谷中的各国营员们眼前一花，只能看到金敏珠接连两次进攻，都被名不见经传的戚百草轻易化解。微顿愕然之后，满场爆发出鼓掌和喝彩声！

今天上午的戚百草事件是在场所有人都看到的。

金一山大师在传授跆拳道精神时，愤怒地指出曾经在世锦赛上服用兴奋剂被终身禁赛的曲向南是跆拳道界的耻辱，谁料曲向南私自收下的弟子戚百草也在当场，她反对金一山大师的说法，要求他收回，并再不可讲出类似的言论。

金一山大师大怒。

戚百草竟坚持到底，毫不退让。

直至金一山大师的女儿金敏珠要求代父一战，若戚百草胜，则金一山大师道歉，从此不再辱及曲向南声誉，若金敏珠胜，则戚百草向金一山大师道歉，并从此退出跆拳道界。

这也是本次昌海与岸阳进行团队对抗赛的起因。

金敏珠与戚百草的这一场自然是焦点之战。

金敏珠的实力，在昨天与越南队阮秀梅的交手后，给所有的人都留下了强悍的印象。那超乎想象的连环十八双飞踢，作为越南主将的阮秀梅毫无还手之力，被硬生生踢飞，摔到台下，牙齿也被踢掉两颗。

戚百草的实力如何，基本无人知晓。

然而此刻看来，两人似乎势均力敌，局面上甚至戚百草更占优势一些。

金敏珠胸口急喘两下，她瞪着戚百草，心中再怒，也不敢贸然进攻了。百草也并不急于出击，她握着双拳，调整自己的步伐，盯住金敏珠的眼睛，一步一步，全神贯注。

0：0。

比分一直凝固着。

"怎么样，怎么样，你看谁会胜?"台下，晓莹焦急地拽着亦枫的胳膊，连声问。

"拜托，才刚开始。"亦枫打了个哈欠。

"那也能看出来谁实力比较强一些啊!"晓莹眼睛都不敢眨，"我觉得百草比较厉害，你看金敏珠，连吃了两次瘪了，对不对，快说啊!"

"是，是，"亦枫无奈，"可比赛是要看比分的，百草也没有得分，而且……"他顿了下，"百草有些心急。"

"心急?"

"刚才那两个回合，百草其实都可以晃过去，消耗金敏珠的体力，自己保存实力。可是，百草都还击了。"亦枫摇摇头，"这样场面看起来虽然很过瘾，但是百草毕竟吃亏。"

"没错。"申波点头。

"是的，"林凤叹息，"百草有点意气用事了。"

更何况，亦枫看一眼身旁沉默不语的若白，为了给若白拿药，百草似乎跑了很长一段路，体力肯定消耗不少。

"百草这个笨蛋……"

晓莹喃喃地说，眼圈一红。

是因为代表师父出战，百草才会如此吧，要用尽全力打好，一点点示弱都不肯。百草这个笨蛋，就算能打败金敏珠，曲向南的声誉又能恢复多少呢？曲向南服用兴奋剂是被当年的世锦赛组委会公开宣布了的，而且曲向南……曲向南在中午的那个电话里，不也对百草承认了吗？

一根筋的笨蛋。

晓萤死命地揪着地上的小草，难道百草不知道，如果输给金敏珠，她就必须退出跆拳道吗？笨蛋，只要能赢就好了，哪怕场面打得再难看，百草到底明不明白呀！

"呀——"

金敏珠厉叱一声，耐不住性子，又发动一轮进攻！

光雅脸色苍白，她死死地咬住嘴唇，看着赛台上那正在交战的两个女孩。那是在为了那个人的名誉而战，戚百草是那个人的徒弟，而她，是那个人的……女儿。

应该是她去出战，而不是戚百草。

可是，她恨那个人。

那个人不配做她的父亲，是他服用兴奋剂的卑劣举动气死了妈妈，是他让她从小就蒙受耻辱。

***　　***

全胜道馆。

梅树下。

那只手已经老了，手背有沧桑的纹路，梅树上的绿叶却是青翠的，在阳光下闪着小小的光芒。有时候，他并不怨上天，当他拥有了阿媛如海洋般的爱，命运也必定会拿走些东西，来使得一切公平吧。

决赛中战胜对手，拿到冠军的喜悦还汹涌在胸口，他迫不及待地将好消息告诉远在国内的她，眼看送她出国医治的希望也马上就可以实现，却转瞬就被告知，他被查出在比赛中服用了兴奋剂。

咳嗽声越来越重。

曲向南望着梅叶上的光芒，天堂与地狱或许真的只是一线之隔，如果他未曾获得冠军，重病中的她也许不会在一喜一惊间情绪波动剧烈，导致早产，耗尽她最后的生命。

…………

"……向南，等光雅长大，梅花开的时候……"襁褓中的光雅还在保温箱，她勉力坐在轮椅里，隔着病房的玻璃，用手指轻触保温箱中那婴孩的轮廓。生命中的最后一天，她的脸庞瘦削雪白，陷下去的大眼睛却如同初遇时一般，有着动人的光芒。"……你要告诉她，妈妈爱爸爸，妈妈爱光雅……请光雅替妈妈照顾那株梅树，照顾爸爸……"

…………

女儿长大后，模样跟她很像，却从没照顾过这株梅树，也从没喊过他一声"爸爸"。每当女儿用那双几乎跟她一模一样的眼睛愤怒地瞪着他，同道馆里别的孩子一样用难听的字眼骂他，他会觉得，如果生命再来一次，阿媛从未遇到过他，也许会直到现在还过着幸福的生活。

她去了那么多年。

梅花再没有绽开过。

冬夜寂静时，他会一夜夜枯坐在梅树下，他以为他的余生就会这样度过，却未料到有一天，百草会成为他的徒弟。

*** ***

"喝——"

金敏珠跃起进攻的同时，百草也厉喝旋身，身影交错，"砰——"又是一声重响，两个女孩的腿在空中踢到一起！

又是如此。

满场的营员们看得呆住。

0：0。

双方依旧都没得分。

第一局结束。

"这样打很傻的，干吗跟她硬碰硬！"百草一下场，晓萤就急得连声说，"她着急进攻，你正好以逸待劳啊，这样硬拼体力，你很吃亏的知道吗?!"

很傻？

百草咬了下嘴唇，汗水将她的头发濡湿得黑亮，她喘着气，默默坐下来。初原递一瓶水给她，又拿起一块大毛巾，帮她擦拭头上和脖颈处的汗水。

"体力还行吗？"

等她的呼吸渐渐平稳下来，初原问。

"嗯。"

百草点头。

"那就好，"初原让她转过身去，为僵硬的她按摩松弛肩部肌肉，"不用逼得太紧，放松一下，效果也许会更好。"然后，初原就没有再多说什么，只是让她又喝了几口水，接着帮她按揉双腿。

休息时间即将结束。

百草看向若白，见他依旧沉默，看起来没有任何话想要对她说，而那两包药留在原地，没有被碰过。

"加油，"初原拍了下她的后背，"打起精神来！"

"是!"

百草吸口气，提声回答。

"加油!"

林凤、梅玲、申波、寇震他们也齐声对她说。

裁判一声令下。

比赛开始。

"呀——"

金敏珠大喝一声，如同上一局一样，上来就是狂风暴雨般的进攻，一连串飞踢，像层层叠叠的黑影朝百草飞卷而去!百草也憋住一口气，并不往后退，略微侧闪，就迎了上去!

"啊——"

晓萤哀叫着抱住脑袋:

"为什么会这样，百草怎么还是这种打法，金敏珠打过来就闪一下啊，要以逸待劳才对啊，百草怎么还是傻乎乎地硬拼!她拼不过金敏珠的!"

亦枫挑了挑眉，边看比赛边说:

"你怎么知道?"

"我打探过了啊!"晓萤苦着脸，"中午我专门找了个能上网的地方，查了下，金一山大师是靠充沛的体力闻名的，'怒火山神'不仅仅指他的脾气，也指他的体力像火和山一样强悍。金敏珠的体力也是惊人的，我查到的资料，金敏珠曾经在青少年赛中，连赛六场，每场都在持续不断进攻，居然还每场都能使出高质量的连环双飞踢，韩国媒体评价她是天生神力，跟她比赛一定要以巧取胜，打对攻是死路一条。"

"…………"

梅玲听得打个寒战。

"为什么刚才初原师兄不劝劝百草呢？"晓萤欲哭无泪，"申波、林凤，包括你比赛的时候，初原师兄全都指点你们了啊，为什么不告诉百草，不能这样打呢？"

亦枫看向初原和若白，那两人都正凝神关注场中的局势，金敏珠毫不停歇地进攻，百草寸毫不让，两个女孩缠斗在一起，场面激烈紧张。

"百草是代师出战。"

"啊？"晓萤没听懂。

"她是代表曲向南出战，所以不肯落了哪怕一丁点的下风，"亦枫摇头，"金敏珠是代父出战，应该也是同样的心情。所以她们两个，想要的不仅仅是胜利，而且想要的是完胜，将对手完全击垮，让对手俯首称臣的那种完胜。"

"啪——"

又一轮进攻下来，金敏珠架开百草反击的右腿，胳膊一阵火辣辣的疼。瞪着收腿落地、丝毫没有后退的戚百草，金敏珠微微俯下身，喘息开始有些急促。

"你——"

调整几下，金敏珠站直身体，冷哼着说：

"还不错，能坚持，这么久！"

出道以来，每个对手在见识到她异常强悍的体力之后，都会或多或少先做避让，寻找机会再来进攻，就连同出昌海道馆的天才少女宗师恩秀姐姐也承认，她的体力比不上金敏珠。

这个戚百草……

"可惜，"金敏珠昂起头，鄙视地说，"能力不错，但跟了、曲向南那样的、师父，你越强、越是、跆拳道界的、祸害！"

"说完了吗？"

百草眼神转冷。

"没有!"金敏珠挺起胸口，瞪着她说，"如果、你，不再认、败类曲向南、为师，或可能、我、放过你……"

"啪——"

风影如刀，百草厉喝一声，怒身而起，旋身斜踢，重重踢向金敏珠的头部，金敏珠仓促中后退，百草的右脚撩着她的嘴甩过去!

CHAPTER2

"哇——"

满场惊呼中，晓萤在岸阳的队伍里尖叫，啊，啊，只差一点点，只差一点点百草的脚就能将金敏珠的脸踢歪了，好可惜啊。

0∶0。

比分好像冻住了一样。

***　***

头等舱，机舱外层层白云。

单肘托着下巴，廷皓仿佛能看到那双像小鹿一样倔犟的眼睛，他笑了笑，虽然金敏珠是以体力和攻击力著称，但百草也绝不肯在任何一方面认输吧。

曲向南是她的师父。

也是她心目中最重要的亲人。

他不担心百草会输。

他只是想看，百草会不会胜得非常酣畅漂亮。

***　***

第三局开始了。

在第二局双方毫不退让的混战中，百草和金敏珠各得了一分，比分变成1：1，依然平局。晓莹看得心惊胆战，她能看出来金敏珠的火气越来越大，越打越急躁，但也能看出来，百草的体力出了些问题，连着两次金敏珠的进攻，百草的反应都比前两局慢了一点。

"是体力不行了吗？"

晓莹急得死死掐住亦枫的胳膊，亦枫皱眉不语。始终苍白着脸的光雅，也忍不住紧紧望着赛台上的百草，见她虽然仍旧积极反击，跳步的节奏却微微显得凝滞。

"好像是真的，"梅玲焦急地说，"百草比赛前还跑了那么一大圈，没上场就满头汗了，所以现在应该是体力不支了。"

"不应该。"

林凤思忖着说，心里也有些担忧。这一战不仅仅关系着百草师父曲向南声誉，万一百草输了，金敏珠逼着百草践约从此退出跆拳道，就麻烦了。

"你，没有，体力了！"

场地中央，金敏珠昂头狂笑，就算这个戚百草再咬牙死撑，她旋身反击时的出腿力量，已然是强弩之末了！

"哈哈哈哈！"

借着大笑的时间调整好呼吸，金敏珠略退一步，见戚百草只是站在原地，僵滞地跳步，并没有如同以前那样紧追上来。下午的阳光刺眼炫目，金敏珠微微眯起眼睛，冷哼一声——

"百草并不是初出茅庐，"林凤皱眉说，"就算她为了她师父变得太好强，也不至于……"

"糟了！"晓萤大惊失色，"金敏珠看出来了，你们看金敏珠拉开的距离！"

"昨天金敏珠对阮秀梅使出连环双飞踢之前，"申波神色凝重，"拉开的就是这样一段距离。"

"呀——啊——"

盛夏的山谷中，金敏珠的暴声厉喝仿佛一道霹雳，震得满场营员们齐齐变色，眼看着金敏珠高高跃起，携着裂空的风声，向戚百草，"啪！"左脚劈出，"啪！"右脚紧跟！

双飞踢！

满场营员们为之动容！

难道金敏珠终于又要使出她的绝技——

连环双飞踢！

"百草——"

晓萤面色惨白，惊骇欲绝。百草一直苦苦回击，不肯让金敏珠拉开起腿的距离，其中一个原因，应该就是不想留给金敏珠踢出连环双飞踢的机会。可是在百草体力消耗殆尽之后，金敏珠居然还是抓住了时机！

绝望地闭上眼睛。

晓萤无法去看。金敏珠连续踢出九个双飞踢，将阮秀梅踢得连连后退，惨不忍睹，最终踢下赛台的惨烈场面，还历历在她脑海。她无法忍受亲眼看到百草也落到同样的残酷中，她无法想象，代师出战的百草如果以这样的局面败掉，能不能承受住打击。

"咦？"

不敢去看的恐惧中，晓萤听到林凤惊诧了一声，接着梅玲也低啊了一声，周围的人仿佛都怔住，却没有她想象中大家看到百草连环被踢时的难过。

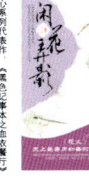

征文征文啦！

电影院里，初原握住了百草的手；体育场里，美少女跆拳道大赛大幕拉开，百草即将上场……"旋风百草"系列第三季《虹之绽》的故事在最精彩的地方就这样的告一段落了。

真是让人欲罢不能……意犹未尽……

怎么办啊？

别着急，你能做的不只是等待，在猜想晓溪书写怎样大结局的同时，旋风百草系列的书评以及大结局的封面文案征集活动开始了！

由春风文艺出版社资深编辑以及晓溪百忙中评选出的优秀书评TOP10，将会获得由明晓溪亲笔签名的精美赠品。被选中的大结局封面文案精华选粹版，更将印刷于大结局的封面上，并且获得价值1000元的精美礼物和明晓溪赠送的神秘大礼。（封面文案100-300字）。

明晓溪旋风百草系列 COSPLAY 大搜集！

无论你是专业的 COSPLAY 团体，还是只是一个有偶像特质的个人。无论你是纯真倔强如百草，活泼开朗如晓萤，还是甜美出众胜婷宜的少女，无论你是温润如初原，冷峻如若白还是俊朗若廷皓的男生……

把你的精心创意，深情演绎的 COSPLAY 照片给我们邮寄过来，或者发送到指定的邮箱里！你的照片就有可能被采用，你个人可以有机会成为明晓溪"旋风百草"系列 COSPLAY 版本的签约书模，有机会出演旋风百草系列第四季的精彩写真别册，届时全国巡回宣传的每一站，都将成为你展示自己风彩的舞台！还等什么呢，快快行动吧！

详情请于 2010 年 7 月登陆明晓溪官网 www.mingxiaoxi.com 进行深度了解。

以上活动专属信箱：xuanfengbaicao@sina.com

来信请寄　沈阳市和平区 11 纬路 25 号春风文艺出版社　肖云峰收

邮编：110003

怎么了？

晓萤惊疑不定，战战兢兢将眼睛眯开一条小缝，然后，也愣住了。

高高的赛台上，金敏珠如一头爆发的小狮，从赛垫的一头，霹雳般向戚百草发起连环攻击！第一个双飞踢！脚尖刚一点地，腾空而起，第二个双飞踢！又一点地，第三个双飞踢！

正如昨日对越南阮秀梅的那场比赛。

令人不可思议的连环双飞踢！

看到精彩重现，场边的各国营员们激动起来，阵阵喝彩，观战的昌海队员们也精神为之一振，顿时呐喊助威声满山满谷。

可是——

第一个双飞踢距离戚百草左右肩膀各差了一寸，踢空。

第二个双飞踢，又是各差了一寸，踢空。

第三个双飞踢，还是差了一寸……

踢空。

"呀——"

每次都是差了仅仅一寸的微小距离，金敏珠愤怒得胸口欲裂，奋起全身的力量，脚尖略一点地，纵身而起，腿力暴涨，向戚百草重重追踢而去！她就不相信，这次还会踢空！

第四个双飞踢。

戚百草后退的幅度并不大，只是将将又闪开那两腿，盛夏的阳光中，金敏珠的脚尖距离她的前胸只有一寸的误差。

落空。

"这……"

晓萤看得目瞪口呆,有一个念头在脑海中微微闪过,她的身体颤抖起来,声音也颤抖起来,她扭头,梅玲也正惊愕地扭头看她。越过梅玲的肩膀,晓萤看到初原神态宁静,唇角有着了然的微笑。

"百草她……"

晓萤还是不敢确定,她颤抖着掐住亦枫的胳膊。

"果然,"林凤深吸口气,"百草已经不是当年只知道莽撞冲动的小孩子了。"

而且——

光雅目不转睛地看着金敏珠的第五个、第六个双飞踢仍旧踢空,她抿紧嘴唇,戚百草的体力真的会输给金敏珠吗?

随着金敏珠的第七个双飞踢落空。

山谷中已是一片鸦雀无声。

几乎所有人都看呆了,每个人都已经能看出来,那不是侥幸,不是戚百草运气好到每一次金敏珠的双飞踢,都恰恰不够了一点点。那是戚百草故意留出的距离。

只差一寸。

于是金敏珠不甘心。

于是金敏珠会一个再一个地接连踢出双飞踢。

那需要怎样的判断和控制力啊。

更何况,戚百草似乎不仅仅控制住了金敏珠的出腿,连后退回闪的路线都控制得让人吃惊,每次她都有意向右移一下,使得金敏珠已然踢出第八个双飞踢,两人居然都没有出界!

若白手指握紧,凝视着赛场中的百草。

昌海道馆的大弟子们也看出了端倪，这是戚百草故意布下的陷阱，是故意引得敏珠师妹踢出连环双踢。可是，戚百草这样做的目的是什么，就算敏珠师妹腿腿落空，她也占不到什么好处，难道……

难道……

她还有体力反击？

这不可能。在经过两局多的激烈交战后，除了敏珠师妹，从未有哪个女孩子能有那样惊人的体力再谋求进攻，能够坚持着不被敏珠师妹踢倒就是奇迹了。

但不管怎样，敏珠师妹不可以再踢下去了，连环双飞踢对敏珠师妹的体力损耗亦是巨大。

"呀——"

眼看着前面连续八个双飞踢，狂风暴雨般的十六脚居然都没有碰到戚百草的身体，金敏珠气得胸口都快要炸开了！她从未受过这样的屈辱，在代父而战的时刻，在来自各国的跆拳道选手面前，面对这个跆拳道败类曲向南的弟子戚百草，她苦练了三年多的连环双飞踢，居然腿腿落空，丢人现眼！

"呀——啊啊——"

用尽身体最后一分力气，第九个双飞踢！金敏珠腾身而起的瞬间，眼前已是一片黑暗，全部的意识只有一个，她要踢中戚百草！踢飞戚百草！她要让天下所有的人都明白，有其师必有其徒，败类曲向南不配跟她父亲同场比赛，曲向南的弟子更是连她一根小手指都比不上！

腿影暴涨！

风声裂空！

她能感觉到，她的脚尖前方就是戚百草的头，只要再往前一点，往前一点点……

满场屏息。

仿佛无声的默片，当眼前的黑暗散去，金敏珠眼睛渐渐能够看清些时，她的身体已经在往下坠落，而脚尖处，连适才戚百草的体温也感受不到了。

第九个双飞踢……

落空。

满场静寂。

晓莹死死捂住嘴巴。

就在刚才金敏珠在空中使尽全力最后一踢时，戚百草的身影如小鹿般，向右后方轻闪了开去，闪开一段足够远的距离。

好样的，百草。

没有像昨日的阮秀梅一样，被金敏珠一腿接一腿连连踢伤，而是让金敏珠引以为傲的连环双飞踢在世人面前丢了脸，让嚣张得不可一世的金敏珠这样狼狈滑稽地从空中跌落。

晓莹吸吸鼻子，又笑了。

她就知道，她的百草是最棒的！

突然，就在金敏珠颓然落地的这一刻——

"喝——"

盛夏的阳光仿佛刹那间迸发出千万道光芒，晃得山谷中的营员们全都有些睁不开眼，只能看到戚百草腾身厉喝的身影，如同一道破空的白芒，略旧的道服被太阳照耀得光华刺目！

后来，这场比赛在跆拳道历史上被认为是戚百草的成名之战。也正是从这一战开始，戚百草的征战之路变得光芒万丈，颇具传奇色彩，被后人传颂。

高高的赛台上，在金敏珠将将落地的那一刻，戚百草腾身旋起，右腿横踢，如同将气流旋成旋涡——

"啪——"

一脚重重踢上金敏珠的左前胸！

"啊——"

满场惊呼。

"得分了！得分了！"

晓萤狂呼，林凤她们也喜不自禁，抱在一起！

金敏珠被那一记重击踢得向后踉跄，胸口气血翻涌，尚未立足站稳，戚百草借着适才横踢的力道，顺势又是一个旋身——

"啪——"

一记后踢，再次踢中金敏珠的右肩！

金敏珠再往后退，戚百草借力使力，再次旋身——

"啪——"

一腿旋身下劈，踢中了金敏珠的左肩！

山谷中各国营员们的惊呼，渐渐转成惊愕，太不可思议了。已经进行了两局的比赛，体力消耗如此之大，这个来自中国的戚百草，居然还可以爆发出如此的力量。

难道说，她的体力并不比金敏珠差？

晓萤都快看傻了。

是的，她当然知道百草的体力很好，每天把道馆全部打扫一遍，把所有弟子的道服全洗干净，还一副脸不红气不喘的模样。当年百草无论对谁，也都是一副拼命三郎似的打法。可是，她不知道，百草的体力居然可以强悍到如此匪夷所思的地步吗？

光雅默默地看着赛台上那力量仿佛深井般，用之不竭的百草。

只是，那体力并非是天生的。

她记得百草刚入全胜道馆时，或许是因为双亲突遭车祸亡故的原因，身体异常地瘦弱。而那人自从收戚百草为徒，就采用了最严厉的训练方法。每天除了吃饭睡觉和练腿法的时间，百草必定腿上绑着沙袋，在训练场上跑步。早晨，所有人还没起床，百草就开始跑，晚上，所有人都睡下了，百草还在跑。

一年年过去。

百草腿上的沙袋越来越重，跑步的时间却越来越长。连练习腿法时，沙袋也从不取下。

道馆里的师父们都很鄙视这样的训练方法。跆拳道是一项实战时看重应变智慧和技巧的运动，体力练得再好，也会被人认为是最蠢笨的。于是在她的记忆中，戚百草就是那个最傻的笨蛋。

"喝——"

搅动空中的气流，百草厉喝旋身，刚才金敏珠连环双飞踢进攻的时候，她经过一连串的闪身退避，体内的力量已得到了休整。现在的她，如同新生一般，力灌右腿——

"啪——"

接连第四脚踢中金敏珠的肩膀！

…………

"体力是最根本的源泉，没有体力，再好的战术和腿法也无法发挥出来，"小时候，师父的眼神悠远，仿佛是想到了很久以前交手过的某人，"有人是天赋神力，而你不是，你必须付出加倍的辛苦，来增加你身体的力量。"

…………

梅树下。

"……见过春天的小草吗？"终于有一天，师父取下了她腿上的沙袋，"就算有巨石压在它的上面，小草也有力量从缝隙间生长出来。"

她抬着头，凝心听。

"因为小草的力量柔和而持续，而且从不放弃，"师父望着她，"百草，你也有这样的力量。"

…………

高高的赛台，将气流搅成一个个的旋涡，如同淡墨的中国画，百草清叱而起，"啪——""啪——""啪——"她旋身时并未刻意地使用同一种腿法，旋身横踢！旋身后踢！旋身下劈！但每一腿借力打力，沉稳有力，每一腿都重重踢在金敏珠的身上！

转眼间，百草已是第六次旋身飞腿，打得金敏珠跌跌撞撞，两人的路线在赛台上画出一道长长的弧线，就像画卷中遒劲有力的淡墨一笔。

"砰——"

来自胸口的重击在体内炸开，金敏珠痛得浑身颤抖，眼前昏天黑地，只是凭着满腔的怒意，才支撑着不肯倒下。可恶！这种狂风暴雨般的连续进攻，是属于她金敏珠的！一腿接一腿，看着对手被自己踢得毫无反击之力，跌跌跄跄一路被踢出场外，那种荣耀和霸气是属于她金敏珠的！戚百草居然敢用这种只属于她的作战方式，来羞辱她！

"小心——"

隐约听到惊呼从昌海道馆的方向传出，在踉跄后退中，金敏珠勉力睁开眼睛，白色的边线晃目刺眼，她勃然大怒，目眦欲裂，正这时，身前又一阵旋风般的气流，戚百草厉喝着旋身而起的身影如山岳般压下来——

旋身双飞踢！

初原神情一凝。

在临近边线的这一刻，昌海道馆的弟子们大惊失色地看到戚百草以破空之姿高高旋身跃起，右腿踢出，左腿紧跟，一个双飞踢向金敏珠重踢而去！

仿佛是昨日画面的重现。

只是这一刻，那体力和腿法令人惊骇之人换成了戚百草，而将要被踢出赛台之人变成了金敏珠……

这是一种羞辱！

用其人之道还施其人的羞辱！

"呀——"

踩在白色的边线上，金敏珠狂怒地暴吼一声！她不能被踢下去！她是为了父亲而战！因为曲向南服用兴奋剂，用卑劣的手段打败父亲，使得父亲原本可以光灿耀眼的一生变得屈辱暗淡！没有人再记得许多年前的曲向南是谁，却所有人都记得父亲在万众瞩目的比赛中，第一场就败给了名不见经传的小卒，使昌海蒙羞，使国家蒙羞！

她痛恨曲向南这种无耻的人！

她痛恨拜曲向南这种败类为师的戚百草！

她绝不可以被戚百草踢下赛台！如果用这种屈辱的方式输掉比赛，她永远也不会原谅自己！

"可耻——"

赛台上一声暴喝，山谷中所有的人都惊呆了，在暴怒之下，似乎金敏珠的体力被激活了回来，向右一闪，怒吼的金敏珠竟避过了戚百草雷霆万钧的双飞第一踢!

"败类——"

积攒起从指尖到脚尖的全部力量,如同回光返照,金敏珠在闪身之际,怒喝着竟腾身反击,那吼声如有万钧之力,令满场的人凛然想起——

是的,这不仅仅是团队对抗赛的其中一场。

这更是关系到金一山大师和曲向南的名誉之战!

…………

"如果你们当中,有人无法恪守礼义、廉耻,那么从即刻开始,就不要再习练跆拳道!不要让你们自己变得像曲向南一样,成为整个跆拳道界的败类!"金一山神情威严,洪亮的声音如铜钟般在山谷中回荡,"不要像曲向南一样,使得你们的名字,就等同于'可耻'和'败类'……"

…………

"是!我是曲向南的弟子!"

清风吹过,百草身上那旧得发黄的道服随风轻扬。

"所以,我知道我的师父是一个怎样的人!他是一个恪守跆拳道精神的人!他是一个品性高洁、正直善良的人!您不可以,也没有资格,在这里诋毁他的名誉!"

…………

金一山仰头怒笑,声音使得山谷的地面都震了起来。

"曲向南,跆拳道界的耻辱,他有什么名誉可言!对于曲向南这种人,我必须让全世界所有的人都知道,他是一个可耻的败类!"

…………

"那么——"

百草的声音也变得像她的背脊一样僵硬:

"——请您接受我的挑战!"

…………

"好!我、代表我的父亲、接受、你的挑战!"

金敏珠怒步站至百草面前，吼声说：

"如果、你、败给我！戚百草！我、要你、向我父亲、下跪、道歉！并且、从此、退出、跆拳道！"

…………

"呀——"

急怒之下，金敏珠闪过戚百草双飞第一踢，再以令人惊诧的回返体力，腾身跃起反击，竟又——

闪过了戚百草左腿紧跟的第二脚！

"啪——"

戚百草第二踢落空。

电光火石间，如噬血的豹子，金敏珠腾起的腿影已在最有利的攻击范围内，只待戚百草的身体下落，就将——

"啊——"

昌海道馆的弟子们激动万分，厉声呐喊，亲眼目睹着金敏珠绝地反击，要在最危急的时刻，给戚百草致命一击，K.O.击垮戚百草！

"啊——"

晓萤她们霍然起身，惊骇失色！若是在最关键的这一刻，金敏珠反扑成功，将百草K.O.击倒，那么百草即使前面得到再多的分数，也会付诸东流！

在第二腿落空的瞬间，那裂空而来的腿风，就像濒死前的最后反击，带着万分的杀气，似要将百草吞噬撕裂！

腿影凶猛！

远远的，两个身影交映在一起，在快如闪电的那一刻，山谷中的人们什么都无法看清，眼看着百草第二击落空，金敏珠起势出腿！眼看着局面或许将要彻底逆转，金敏珠或许有机会反败为胜！

若白面容肃冷。

昌海队中，闽胜浩猛然眉心大蹙！

为什么——

戚百草的双飞踢已经两腿落空，身体却没有下坠的趋势，反而继续——

疾飞而起！

············

"好。"

百草深吸一口气，斩钉截铁地说：

"如果你败给我，那么金一山大师，必须，向我的师父道歉，并且永远不得再辱及我师父的名誉！"

············

"喝——啊——"

戚百草的呐喊如山！

盛夏的阳光，耀眼万丈，万千道光芒灼得山谷中所有的人以为眼前出现了幻觉，在赛台上两人身影交错的那一瞬，戚百草怎么可能，居然在双飞踢中——

踢出了——

第三脚！

耳边是呼呼的风声，艳阳怒照，百草用尽全身的力气，在金敏珠濒临边线的时刻，踢出了双飞第三脚！

没有人知道，她的体力也几乎到了尽头。

可是，她不可以在这最后的关头输掉！她不可以输！她相信师父，她知道师父的为人，无论是谁，都不可以用侮辱性的字眼去伤害她的师父！哪怕……哪怕是师父自己亲口告诉她，她也不信！

她就是相信！

她就是相信——

她的师父绝不会做出靠服用兴奋剂来取得比赛胜利的事情！

*** ***

…………

十七年前的世锦赛，在万众的欢呼声中，韩国的金一山如英雄般出场。

"喝了它，它会让你赢。"

黑道大哥低声说，将一罐饮料递到他面前。听出话里暗示的意味，他拒绝了那罐饮料。

同金一山之战，是他生平从未有过的艰难之战。金一山天赋神力，体力如喷发的火山，风暴般持续的进攻将他一度逼入绝境。也正是那一战，他领悟到了力量对于跆拳道，就如同大地对于树木的重要。

那一场打得极其艰难。

可是，虽然几度被金一山重踢得险些无法再站起来，但他始终死死守住自己的有效得分部位，不让金一山得分。他不能输，他是用阿媛的生命在作战，只有他胜了，她才有被医治的希望。

临近比赛结束的那一分是如何得到的，他无法记得清楚，当时体力已近虚脱，神志也有些模糊。只记得似乎是始终无法得分的金一山急躁了起来，为了撕开他的防守，刻意露出空当，引诱他进攻。

而他，真的踢中了。

比赛结束的哨音响起，金一山咆哮暴怒地将护具摔在赛垫上，然后是满场的尖叫与痛哭，似乎没有人希望他胜。他汗出如浆，朝向祖国的方向，朝向她的方向，跪下。

…………

第一场战胜了被认为夺冠大热门的金一山，后面的几场比赛变得轻松了些，只是体力在不断地流逝。一路打到了决赛，局间的休息时，他拧开自己带的水杯，喝了几口水。

就是那几口水。

再上场时，他感到自己的身体有些不对劲。他寄希望于那只是自己的错觉，然而赛后的兴奋剂检测，让一切变成了噩梦，让他刚刚拼死获得的冠军，成为被人侮辱和嘲笑的耻辱。

…………

一阵夏风吹来。

光芒在梅树的叶片上微微闪动，曲向南默默地拂去叶面的灰尘。后来，他回想起来，在那场决赛的第一局比赛时，正在跟对手僵持的他，曾经眼角扫到有人弯腰在他的休息座位处，飞快地做了什么。

如果……

当时他能及时察觉……

曲向南沙哑苦涩地咳嗽。

…………

"……向南，对不起……"

病床上刚刚早产完两天的阿媛，嘴唇苍白干涸，右手像爱抚孩子一样轻轻放在他的肩膀上。趴在她的身边，他将脸埋在病床的床单里，不敢让她看到他的脆弱和痛苦。

"……如果不是因为我……你不会去找那些人……那些人不相信你……不相信你只靠自己……就可以拿到冠军……向南……是我连累了你……"

"……你相信我吗?"他的声音沙哑。

没有人相信他。他做再多的解释，世锦赛的组委会也认定他是在狡辩抵赖，反而对他做出更重的处罚，判决他终身禁赛。被他打败的金一山，暴怒地闯到他面前，用他听不懂的韩语将他痛骂。记者们和舆论也是指责声漫天盖地，似乎要将他剥皮噬骨。

她的手指温柔地摸着他的头发。

"……所有那些指责你的人……都是不了解你的人……不要……在

意他们……"她眼中有微微泪光，声音虚弱而温柔，"……我……和我们的女儿光雅……只要是了解你的人……都会相信你……向南……你是高洁得像梅花一样的人啊……"

　……………

　　但女儿并不相信他，自小一起长大的师兄们也不相信他。日复一日的孤寂和寒冷，让他夜夜枯坐在梅树下，直到那个叫百草的女孩跪在他的面前，拜他为师。

　　百草……
　　那个像他少年时一样倔犟沉默的女孩。
　　她是第二个相信他的人。
　　无论道馆里别的孩子对她怎样打骂，哪怕被那些孩子们打得伤痕累累，她也总是执拗地相信他。是她的刻苦，她的坚持，她的进步，和……她的信任，给他原本死寂的生命点燃了一簇火苗。

　　她是他最后的希望。
　　他渴望她的天赋能够使她成为了不起的跆拳道高手，渴望他能够帮助她，完成他当年没有走完的路，哪怕逼着她去改投松柏道馆的喻馆主为师。
　　所以，当知道她居然为了他的往事而质疑金一山，甚至要与金敏珠一战时，他在电话中，选择仅仅告诉她，他当时确实服用了兴奋剂。

　　百草会对他失望吧。
　　他希望她能取消同金敏珠一战，不要因为他，而负累了她的前途。甚至，他希望她能忘记曾经拜他为师的过往，光耀万丈地前进。
　　没有任何污点。

　　　　　　　　　　*** ***

"啪——"

百草雷霆万钧的旋风双飞第三踢，如画面定格般，重重击上金敏珠的脸部，那画面一格一格，被这一脚踢中，金敏珠眼孔霍然放大，缓缓向后仰倒去……

光雅颤抖起身。
呆呆望向自半空中收腿落地的百草。

金敏珠的身体在被踢中的力量下，缓缓飞出赛台，飞出一道弧线，然后，被黑洞吸入般地坠落。
那坠落的速度如此之慢，缓缓落下的她，能看到满场营员们呆滞的表情，能看到昨天被她踢下赛台的阮秀梅，此刻正看呆了似的看着她；那坠落的速度又如此之快，她还来不及将眼睛闭上——
"砰——"
身体已重重摔至地面！

满场惊呆。
然后——
是满场的沸腾！

赛台上，百草静静地站着，她的胸口还有着剧烈的起伏，面上看不出是什么神色，高高地，她望着被踢到台下的金敏珠。金敏珠挣扎着撑起地面，想要试图站起来。
"嘟——"
哨音响起。
裁判宣布比赛结束。

5：1。

戚百草胜！

*** ***

像欢迎凯旋而归的英雄般，林凤、晓萤、梅玲她们冲过去，疯狂地抱住百草，又笑又喊，晓萤声音哽咽：

"你胜了哎！臭百草，你胜了哎！"

"帅呆了，百草，"梅玲也有点热泪盈眶，"唉，我以前从没觉得你这么帅过！你是为阮秀梅报仇对不对？谁叫昨天金敏珠那么嚣张，今天活该让她自作自受！"

"太棒了！太棒了！"林凤紧紧地拥抱住她。

申波、寇震他们也忍不住伸出双臂同她们抱在一起，被队友们热烈地欢呼簇拥着，百草看到光雅僵硬地埋头坐着，然后，目光一抬，看到初原在不远处含笑望着她，目光温暖如春，她的脸一红，低下头去。

"越来越让人刮目相看了啊！"

亦枫笑着，懒洋洋地拍向她的肩膀，略说了几句话，便转向若白。初原同若白坐在一起，若白在做热身动作，初原对他低声叮嘱。百草一惊，是的，她怎么忘了，她比赛完就要轮到若白最后一个上场了！

CHAPTER 3

从队友们欢呼激动的拥抱中挣出来，百草急赶到若白身边时，看到初原凝视着若白，正色问：

"你可以吗?"

若白抬眼看到闽胜浩已经向赛台走去，他回答说：

"可以。"

"可是，"半跪在若白身边，百草看到那两包药还如同她离开时一样，静静地躺在地面上，仿佛没有人理会过它们，她胸口一滞，顿了下，焦急地说，"若白师兄，你生病了啊……"

初原点头说：

"并且，若白，你在发烧，体力虚耗很多，这样的身体状况不适合比赛。或者，寇震可以代替你去同闽胜浩……"

"我可以。"

若白重复了一遍，他缓缓站起身，百草下意识地想要去扶他，他手臂一挡，将她隔开。

赛台上，两个身穿雪白道服的少年站在场地中央。

面色黧黑的少年，闽胜浩，是昌海道馆近年来最出色的弟子之一，是廷皓离开赛场后，最近一届世界青年跆拳道锦标赛的冠军获得者。神色淡然，秀逸挺拔的少年，是从未参加过世界大赛的若白。

"若白师兄生病了？"

晓萤她们听到了刚才的只言片语，担心地面面相觑。眼见着前面四场，岸阳队在亦枫和百草的回合赢得两分，同昌海道馆打成了平手，如果若白能够战胜闽胜浩，就可以取得团队挑战赛的胜利。

虽然对阵闽胜浩，若白的胜面并不大，但是比赛总是会有意想不到的情况出现，总是有一线机会的。可是，若白居然是带病上场……

万一……

万一……

想到刚才百草雷霆霹雳般一连串的旋风踢，硬生生将金敏珠从高高的赛台上踢落，让昌海道馆丢足了面子。万一闽胜浩为了挽回昌海道馆的脸面，对若白下狠手，那……那可怎么办……

"哎呀，哎呀！"晓萤急得坐立不安，紧抓住百草的胳膊，幽怨地说，"早知道，你刚才打轻一点，不要把金敏珠踢下去就好了啦。虽然把金敏珠一脚踹下去很解气，但是闽胜浩要是报复在若白师兄身上就糟了！"

百草神色一黯。

"对金敏珠的最后一踢，是没有控制好力道，对吗？"一边关注着若白正在进行的比赛，初原一边问道。

"……是的。"

虽然她想要打败金敏珠，甚至用一连串的旋风踢，想要完全打下去金敏珠的气焰，但是在最后一踢的时候，她并没有想要将金敏珠如昨日的阮秀梅一样踢飞出去。如果金敏珠那样羞辱阮秀梅，太过嚣张，那么如果她做如此效仿，又跟金敏珠有什么区别。

可是，在使出双飞第三踢时，她必须用尽身体的全力才能踢出，而用尽了全力，她也无法再控制腿势的惯性和力道。

她以为……

所有人都会觉得她是故意的。

"将腿上的力量收放自如并不是一件容易的事情，你不用感到内疚。"在赛台上两人进攻的间歇，初原安慰地揉揉她的头发，又拿起一块大毛巾披到她的肩上，"小心着凉，刚才出那么多汗。"

"对不起，"晓萤羞愧极了，手指头扭来扭去，"百草，我……我不该那么说你……我只是有点担心若白师兄……"

"没事的。"

百草急忙摇头。

"担心什么，"亦枫瞟一眼晓萤，"拜托你，不要把若白想成不堪一击行不行？谁胜谁负还难说得很，别只知道长他人志气灭自己威风。"

"哦。"

晓萤耷拉着脑袋，正想再说些什么——

"啪——"

赛台上，已是局面陡变！

在双方相持试探之后，若白率先发起进攻，闽胜浩似乎早有准备，瞬间回身后踢，这本来一板一眼，并无出奇，若白却在闽胜浩反击出腿的那一刻，轻喝一声，纵身而起，变直踢为下劈，腿势灌着风声力压而下！

一连串的变化看得满场的人眼花缭乱！

百草屏息危坐。

眼看着下劈已罩住闽胜浩的头部上方，"啪——"的一声重响，两个少年的腿影交错中，竟是闽胜浩的后踢踢中了若白的肩膀，若白面色雪白，"砰"、"砰"后退了两步。

"啊——"

百草惊声低呼。

"啊——"尖叫出声的是晓萤，"怎么会，怎么会这样！明明是若白师兄要踢中闽胜浩了，是若白师兄要得分了啊！怎么会……"

亦枫面色凝重。

"闽胜浩出腿的速度非常快，"申波皱着眉在本子上做记录，"虽然若白判断到了他的动作，但是两次出腿毕竟会慢于一次直接出腿。"在廷皓之后，闽胜浩几乎垄断了这个级别的所有冠军，无论力量还是反应速度，都是上上之选。

"不是，"望着若白勉强地站稳身体，百草咬了咬嘴唇，手心握紧若白没有动过的那两包药，"若白师兄只是……发烧了。"

在她看来，若白师兄的速度并不比闽胜浩慢，他起腿很快，时机也掌握得非常好，只是，在空中下劈的那一刻，她能看出若白的身影有微微的晃动，似乎是体力有些虚弱。

如果若白师兄没有生病。

刚才那一回合……

0：1。

闽胜浩得分。

昌海的弟子们欢声一片，方才因为金敏珠落败而低落的士气又重新振作起来。百草握紧手指，怔怔地望着赛台上重新投入比赛的若白，她能看出若白的面容有病态的苍白，嘴唇也烧得有些干涸。

其实，她并不是不明白，若白为什么坚持要上场。

…………

自从廷皓宣布不再参加任何比赛，半退出跆拳道，若白有整整一年的时间非常消沉。他拒绝去沈柠教练的跆拳道基地，每日除了带领松柏道馆的弟子们做日常的训练，自己几乎不再做任何实战练习。

"你……很想战胜廷皓前辈?"

两年前的那一晚,她问若白。因为若白的肃冷淡漠,她素来有些怕他,只一天天这样看着他,终于她鼓足勇气,在月色下的木廊上,小心翼翼地同他坐在一起。

"是因为,"久久听不到他的回答,她硬着头皮自己说,"你把廷皓前辈视为最强劲的对手,而廷皓前辈不再参加比赛,你再没有跟他正式交手的机会……所以,有些难过吗?"

月光很淡。

若白的面容被映在房檐的暗影里。

"你为什么要练跆拳道呢?"她迟疑了一下,凝视着他沉默冰冷的侧面,"就只是为了,要打败廷皓前辈吗?"

若白怒视她一眼。

"那么,"望着他暗黑沉怒的眼睛,她蹙眉说,"为什么要为了他而放弃呢?"

月色淡淡。

时间仿佛过了一个世纪。

静默地,若白的睫毛缓缓垂下,望着地上两人长长的阴影,就在她以为他永远不会开口时,他低低沙哑地说:

"我很没用。"

他的声音如月光一般凉。

"小时候,我趴在道馆的墙头,偷看里面弟子们的训练。那时的松柏道馆,是岸阳第一的道馆,弟子非常多,热闹极了。大家都以松柏道馆为荣,只要跟着初原出去比赛,冠军肯定就只属于松柏。"他淡淡地说,"而自从初原退出跆拳道,松柏道馆在我的手中一落千丈,师父很失望,甚至连带领大家日常训练也不常去了,道馆里的弟子们也因此越来越少。"

她呆呆地听着。

"廷皓就像横空而出的天才，将初原曾经拿到过的荣誉和冠军全部拿走，人们渐渐忘记了初原，只记得像太阳一样光芒万丈的廷皓。"

他嘲弄地抿紧嘴唇。

半晌，他抬起睫毛，眼瞳淡漠地看向她。

"只要能打败廷皓，就可以让松柏道馆重振雄威，这么简单的事情，我却一直没有做到。"

"⋯⋯⋯⋯⋯"

她不知道该说什么。

"苦练两年，以为自己进步很多，直到那一场比赛才发现，同廷皓之间的差距却更大。"他的眼底是漠然的清冷，"没有必要再练下去，跆拳道是属于天才的运动，平常人练得再久，也不过是做被人踢翻的陪衬。"

"我也⋯⋯不应该再练了，是吗？"

她的心沉沉地坠下。她同婷宜之间的差距更大，就如同一个人在月球，一个人在地面。

"可是，我不相信这些，"她吸了口气，"我的打法很笨，我练得都是苦功夫，我不是天才，但是，只要我练下去，我就会进步，终有一天，就有可能打败婷宜！"

月光凉静。

"会不会后悔呢？"咬住嘴唇，她扭头看他，"如果有一天，像我这样笨的人都可以打败婷宜，而你却已经不练了。你——真的不会后悔吗？"

"⋯⋯⋯⋯⋯"

那一夜，若白和她几乎在练功厅外坐了整整一夜。他沉默着，一直没有再说话，她也不敢再说什么，后来发现自己竟然歪倒在木廊上睡着了。

那一夜之后，渐渐地，若白又重新开始训练，加入了沈柠教练的跆拳道基地。一年之后，他率领松柏道馆在全市挑战赛中战胜了贤武道馆，夺得冠军。然而那一届，廷皓并未出赛，她明白，那对于若白来说，是无法弥补的遗憾。

今天的团体对抗赛，昌海派出了闽胜浩。闽胜浩是继廷皓之后，光芒大盛的一位选手，闽胜浩和廷皓之间并未交过手，两人究竟会是孰更强些，一度也是跆拳道界津津乐道的话题之一。

所以，哪怕在发烧，若白也不肯错过这场对阵吧。

百草紧张地看着赛台上的比赛。

闽胜浩和若白又开始了新一轮的僵持，两人都沉稳着不急于进攻，她希望若白能胜，若白太需要像这样的一场胜利了。这一年来，若白师兄在她身上花了太多的时间和精力，虽然她提高得很快，但是若白师兄自己耽误了很多。

如果——

如果可以打败闽胖浩，若白师兄一定可以彻底振作起来，燃起对比赛和胜利的热情！

"喝——"

蓦地，在僵持中，闽胜浩突然大喝一声，跃起横踢，左腿迅如疾雷向若白前胸而去！

他看出来了！

百草陡然大惊，心中一慌，闽胜浩一定是看出若白师兄身体有状况，所以才这样主动进攻。昨天对越南的那场，很明显闽胜浩是防守反击的保守型选手，对越南那个实力弱很多的选手，都沉稳耐心，只抓对手进攻中的空当，并不贸然出击。

"啪——"

两人身影交错间，动作快得即便百草紧张得没有眨眼，也没看出那究竟是怎样的一个回合，竟是若白的右腿甩上了闽胜浩的胸口！

1：1。

裁判示意。

"哗——"

惊呆之后，山谷中响起一片交头接耳声，上百位的各国营员里，居然几乎没人看出若白是怎样还击的！

"我没看懂。"

申波困惑地举了举鼻梁上的黑框眼镜。

"好快的腿，"寇震震撼得合不拢嘴，"简直就是电影里的无影腿嘛，幸亏这场是若白上场……"

百草欣喜。

只要若白得分了就好，只是，她也没看懂。抬起头，她下意识地看向身旁的初原。

"若白已经准备好了。"初原凝望着赛台，"在闽胜浩出腿之前，若白就等在那里，闽胜浩刚一出腿，若白的反击就到了，而且比闽胜浩快了一拍。"

"咦，准备好了?"晓萤抓抓头发，"怎么听起来，有点像百草苦练的那个什么……什么看破对手起势，致敌以先机!"

"或许是吧。"

初原微微一笑。

第一局 1：1 结束。

看到若白走下赛台的身影，百草急忙起身，胳膊却被初原握住，他摇摇头，叮嘱说："不要提任何关于生病或者发烧的事情，那只会使他分心。"

百草一怔。

初原也站起身，朝若白走去，声音留在她的耳边：

"让他集中精力，专心打好这场比赛。"

亦枫递毛巾给若白，晓萤殷勤地递水，若白神色依旧淡淡，他认真聆听初原点出闽胜浩在防守时的漏洞，不时也会同初原交谈两句。百草呆呆地站在若白身后，不知该为他做些什么才好。

猛地，她被人从后面推了一下。

"砰！"

她差点整个人都趴到若白后背上去，脸登时尴尬得通红，听到罪魁祸首晓萤已连声窃笑着跑开。

"我……"

看到若白淡漠地回头看向她，百草窘得手足无措，结结巴巴地说：

"……若白师兄，我帮你按摩放松一下肩膀好吗？"

打了一局比赛，若白的肌肉应该会发酸紧绷了，能帮他放松一下也是好的。这样想着，她赶紧低下头，用力帮他揉起肩膀来。

"不用。"

若白面无表情，将身体闪开一些，留下她的双手僵在空气中。

第二局比赛开始了。

"若白师兄还在生气啊，"晓萤同情地看看面色黯然的百草，挠挠头，说，"算了啦，若白师兄应该也不会气太久，比赛完你去认个错，让他骂你几句就好了啦。"

"嗯。"

百草闷声答。

"呵呵,"晓莹干笑两声,安慰她说,"不过,刚才看起来,若白师兄身体状况好像也没那么糟,精神看起来挺好的,也没咳嗽,你可以放心了吧。"

"喝——"

赛台上,这一次是若白率先发起进攻,腿法犀利,带着凛然的杀气!

如果不是刚才碰到若白师兄的肩膀,隔着道服也能感觉到他异常高热的体温,说不定她也会像晓莹一样,以为他的身体是无恙的。

百草的心脏紧紧地揪着。

从没有过一场比赛,让她看得如此坐立不安。

高高的赛台上,若白一次次腾身飞起进攻,呐喊清叱声在山谷中回荡,杀气寒冽,却身姿清俊如松,令满场的各国营员们看得皆有些痴住,连喝彩都忘记了。

那是一场精彩的进攻与防守之战。

闽胜浩在第一局进攻失手之后,就转入了固若金汤般的防守反击。在百草以前见过的若白比赛中,若白也同样是防守反击型的,而从第二局开始,若白却完全改变了战术!

他狂风暴雨般发起进攻。

如淬满杀气的匕首,一次次去刺开闽胜浩的防线!

这是初原布置的战术吗?

可是,若白师兄正在发烧,他的体力能够支持多久呢?手指紧紧地握着,百草担心极了。

"啪——"

连串的进攻之后，若白终于撕开了闽胜浩的防守，一记横踢再加反身后踢，重重踢上了闽胜浩的前胸！

2∶1。

"啪——"

临近第二局结束的时候，若白又一次在闽胜浩的反攻中找到漏洞，回身后踢，再一脚踢中闽胜浩！

比分锁定在3∶1。

最艰难的是第三局比赛，若白的体力果然如百草所担心的一般，急剧下降，即使用尽全身力气，也无法再腾身跃起。

比分落后的闽胜浩转守为攻，进攻如海面的波浪，一波猛烈过一波！而若白转攻为守，虽然他的步伐和节奏有些变缓，出腿的力量也大大减弱，却牢牢守住，不给闽胜浩任何得分的机会。

原来是这样。

百草屏息望向身旁面色凝重的初原。

因为知道若白师兄的体力无法坚持太久，所以才让一贯稳健防守的若白师兄抢先发起猛攻，希望得分占先后，哪怕体力下降再多，也可以采用防守的保守打法，争取将优势保持到最后。

只是——

若白师兄能够守得住吗？

隔着这样远的距离，她也能看出若白的面色愈发苍白，干涸的嘴唇抿得极紧，在偶尔攻击的间歇，甚至还听到他压抑地低咳了几声。

突然，就在若白师兄咳得微微喘息的时刻，闽胜浩厉喝一声，跃起腾空，左腿斜踢而上！

啊！

百草大惊失色，心脏欲裂！

"啪——"

那一声响如惊雷，仿佛将皮肉踢裂，重重踢上若白的下颌，若白被踢得整张脸仰了起来！那一腿力量之巨，踢得若白无法控制住身体，"砰"、"砰"、"砰"、"砰"，连步向后跌去！

"小心——"

眼看着若白就要跌出边线，跌下赛台，百草浑身战栗失声惊喊！

阳光如闪耀的琉璃。

踩到边线的那一刻，若白僵硬着身体，居然硬生生站住了！百草死死捂住嘴，眼底一热，喉咙里堵着又涩又热的东西，耳边听到初原同时重重舒了口气。

"吓死了……"

晓萤呜呜地哽咽，林凤她们惊得也是浑身冒汗，亦枫早没了懒洋洋的模样，一言不发，表情严肃。

3∶2。

闽胜浩扳回一分。

若白勉力支撑着走向场地中央，刚走两步，脚步又猛地停下来。他面色苍白，眉心紧皱，闷声重咳了一声，紧紧咬住牙关。

"怎、怎么了……若白师兄是不是受内伤了……"

晓萤哆嗦着抓住百草的双手，却发现百草的手比她的还要冰冷，她被唬了一跳，扭头看去，见百草正眼神惊惧，面色雪白。

"没事啦。"

晓萤干笑几声，硬是安慰起百草来：

"若白师兄很、很厉害的啦！闽胜浩算什么，根本不是若白师兄的对手啦！"

百草完全没有听见晓莹在说什么。

她的耳边是嗡嗡的轰鸣，眼瞳中只能看到继续开始比赛的若白，从七岁起开始练跆拳道，从没有过任何一场比赛，让她看得如此恐惧过。她已经完全不去想若白是不是会获胜，她只期望，若白不要受伤！不要再被闽胜浩踢到！若白要好好的！

"啪——"

一记横踢，闽胜浩踢在若白的左臂上！

"啪——"

一记后踢，闽胜浩的右脚重踢而来，若白勉力大喝，纵身而起，左腿重重与闽胜浩踢在一起！

时间过得如此漫长。

一分一秒仿佛凝固了一般。

"嘟——"

当裁判终于吹响比赛终止的哨音，岸阳的队员们跳起来尖叫欢呼，昌海道馆那边鸦雀无声。这一场团体挑战赛，居然是来自中国的岸阳队，以三胜两负的战绩，获胜了。

百草的眼中只有若白。

在哨音吹响的那一刻，她已向赛台冲去。

盛夏的山谷中，清风习习，闽胜浩已离开，若白独自一人站在赛垫上，汗水将他全身湿透，他低低地咳嗽着。

"师兄——"

熟悉的声音，那女孩扶住他的胳膊，声音微微有些颤抖，一股青草的清新沁入他的呼吸。他胸口一滞，恼怒地又咳嗽了一声，望进她那双小鹿一般又大又明亮的眼睛。

*** ***

"哈哈哈哈——"

"哈哈哈哈——"

庭院的宿舍中，晓萤狂笑，她的人生从来没有这么得意过。打败贤武道馆算什么，现在他们连昌海道馆都打败了！五场三胜，获得胜利的全都是出自松柏道馆门下的弟子哎！亦枫师兄战胜朴镇恩，百草战胜金敏珠，若白师兄最了不起，连新晋的世青赛冠军闽胜浩都打败了！

"哈哈哈哈——"

"哈哈哈哈——"

称霸天下，舍我其谁！日出东方，唯我不败！晓萤双手掐腰，得意地笑啊笑啊笑啊！

"够了啊。"

用手机发着短信，林凤头也不抬地说：

"这院子里住着那么多国家的队员，你笑得那么张狂，小心传出去说咱们嚣张。"

"切，嚣张就嚣张，"晓萤高高扬着头，"只有有实力的人，才有嚣张的资本。"

"这话金敏珠喜欢听。"梅玲边吃零食边窃笑。

"咦，"晓萤眼珠一转，"说到金敏珠，她败给百草了，应该和她父亲一起跟百草认罪道歉，发誓再也不说百草师父的坏话，怎么还没见他们过来？"

"对哦，"薯片停在半空，梅玲拧眉，"不会是，他们觉得丢脸，打算不认账吧。"

光雅沉默地坐在角落。

"应该不会，"林凤放下手机，想了想，"那是在各国所有营员的面前约定好的，金一山怎么也是一代大师级人物，要是做出尔反尔这种事情，会更丢脸吧。"

"嘿嘿，我倒要看看他们会怎么道歉，"晓萤开始幻想各种场面，"不知道会不会下跪呢，嘿嘿——"

"百草呢?"梅玲忽然想起来，"比赛一结束好像就没看到她了啊。"

"你猜呢?"晓萤诡异地眨眨眼睛。

"……"梅玲猛地张大嘴巴，"你是说，在若白那里?"她兴奋地往前趴了趴，"晓萤你说真的，百草确实在和若白交往吗?"

"嘿嘿嘿嘿。"

"别乱说，"林凤瞪晓萤一眼，"整天瞎猜，如果你猜得不对，将来让若白和百草多尴尬。"

晓萤委屈地扁起嘴巴。

她哪里瞎猜了。

若白师兄对百草付出那么多，两人几乎每天都在一起，简直比她和百草在一起的时间都多。百草也那么在意若白师兄，刚才比赛结束，大家激动兴奋地抱在一起庆祝，百草第一个动作却是冲上赛台去照顾若白师兄。

这会儿百草肯定就是在若白师兄那儿。

绝对没错!

*** ***

"体温还是很高，你必须马上休息。"

庭院的男生宿舍里，寇震和申波出去了，亦枫去打水还没回来，初原看了看体温计上的温度，39.5℃。盘膝坐在榻榻米上，若白的面色比刚结束比赛时已好了些，他看着初原，说:

"我没事了，谢谢你让我上场。"

初原摇摇头，说:

"我不该同意你去。"

"这样的机会还能有多少，"若白神色淡淡，"能够同闽胜浩一战，将来也有些可以回忆的事情。"

初原的手一顿，缓缓将体温计收起来。

"若白，你的病只要能够控制好，并非如你以为的……"

"笃！笃！"

敲门声响起。

"进来。"

初原温声说。

门一开，百草正紧张地站在那里，她的脸涨得微红，目不转睛地望着屋里的若白。若白看了看她，然后漠然地将视线移开。她的眼睛黯然了一下，也错开目光，看到了旁边的初原。

"初原师兄，"对初原行了个礼，她见到他手中的温度计，急问道，"若白师兄还发烧吗?"

"嗯，体温还没降下来。"

"多少度?"

"39℃多。"

"……"她焦急地张了张嘴，可是若白的冷淡让她又不敢说什么，只得又看回初原，"若白师兄吃药了吗?"

初原笑了，说:

"你去问他。"

太阳渐渐下山，若白微闭双眼倚坐窗前，他的神情倦倦的，仿佛正待要睡去，整个人却散发出一种拒人于千里之外的气息。

"……我这里有些退烧药和感冒药，"她犹豫着，拿出攥在手心的药包，将声音放低些说，"初原师兄，你看这些合不合用。"

"嗯，"初原拿起那两包药，不置可否，"先放我这里，需要的时候我会拿给若白。"

她一怔，脑中有闪念飞掠而过：

"若白师兄不是感冒吗？"

初原却没有立刻回答她，他似乎斟酌了下，视线投向若白，若白慢慢睁开眼睛，两人对视一眼。看到他俩如此，百草心中猛地慌乱起来：

"不是感冒？那是什么病？若白师兄怎么了？"

白月光　照天涯的两端
在心上　却不在身旁
擦不干　你当时的泪光

突然，手机音乐响起，百草心慌意乱地将手机摸出来，屏幕上闪耀着廷皓那张笑容灿烂的脸庞。还在担心若白究竟生的什么病，音乐却持续地响个不停，她咬了咬嘴唇，按下拒听键。

"若白师兄究竟……"

如果不是感冒，那么，是什么严重的病吗？为什么初原师兄的表情看起来竟有些凝重，她的心底涌起一阵恐惧。

"…………
白月光　照天涯的两端
…………"

只停了一秒钟，手机又响了起来。

"接吧，"揉揉眉心，初原笑了笑，"要是你不接，廷皓会一直打下去。"甚至可能会打他的手机来找她。

百草只得按下接听键。

"臭丫头，居然敢掐我的电话！"廷皓似怒非怒的声音从手机里传来，声音蛮大，百草尴尬地看了看初原和若白，见初原的唇角仍保持着微笑的弧度，若白却又闭上了眼睛。

没等她回答，廷皓接着问。

"比赛结束了吗?"

"嗯，结束了。"

"打败金敏珠了吗?"

"打败了。"

"打得精彩吗?"

"呃……"

"把她踢下赛台了吗?"

"……踢下了。"百草的脸比刚才更红。

他朗声大笑，就像很高兴他的猜测都得到了预想的答案，似乎他是
在边走边笑，手机那端传来有人好奇他为何而笑的声音。

"OK，那就这样，今晚做个好梦。"廷皓没有再继续说下去，只是
在挂断前，最后恶狠狠地补了一句，"以后不许再掐我的电话!"

屋内一阵安静。

百草将手机收起来，不知怎么，忽然有种不安的感觉。

"你出去。"

若白声音疲惫，对她下了逐客令。

"…………"

她的面容一阵雪白，然后"刷"地通红，连耳根都涨得红彤彤。虽
然他的口气很淡，可是她能听出他话中的厌倦。

"我不想看到你。"

若白面无表情说出的这句话，将她打入冰寒的深井。百草呆住，那
些原本想要向他认错的话，一股脑儿全都翻涌滞堵在她的喉咙，结结巴
巴却什么也说不出来:

"我……我……"

亦枫正提着暖瓶打了开水回来。

看到屋里的情形，亦枫什么也没说，他放下暖壶，倒了杯水，径直走到若白身旁，照顾起他来。

"让若白先休息吧。"

初原走过来，揽住百草的肩膀，将她向门口带去，说："等若白身体好一些，你再来看看有什么可以帮忙的。"

*** ***

晚霞映在天际。

回到宿舍的百草闷声不吭，呆呆地坐在角落里，原本沉默得仿佛隐形人一样的光雅，抬头看了她一眼。晓萤、梅玲、林凤面面相觑，她们互相看看，彼此心知肚明，看样子若白还是没原谅百草，才使得她这么失魂落魄的。

"啊，百草，你打电话了没？"

眼珠转转，晓萤兴高采烈地问。

"电话？"

百草没明白过来。

"给你师父打电话呀，告诉他，你打败金敏珠了！知道你要跟金敏珠比赛，还定下那样的约定，你师父一定很担心很着急的。"

"啊——"

对。

百草羞愧地拿出手机，只顾着若白师兄的病情，她竟然把这件事忘记了。虽然国际长途的话费肯定很贵，但是能早一分钟让师父放心就好。手指急切地按了几个号码，顿了顿，她又转过头去，小心翼翼地问：

"光雅，我们一起打这个电话，好吗？"

跟木头人一样，光雅不说话，也仿佛根本没有听见。从小见多了光雅这样的表情，百草松一口气，凑到她身边，用她可以听到声音的距离，拨通了手机。

梅树的树叶在傍晚的风中簌簌作响。

手机那端，传来百草那孩子半是兴奋半是不安的声音，她战胜了金敏珠。曲向南长长叹了口气。

"师父？"

手机中百草的声音立刻变得更加紧张不安，仿佛竟有了一丝恐慌。

"对不起……师父……我……我知道……是我太冲动太莽撞……我往后再也……"

"百草，你是好孩子。"

空气中有叶片淡淡的清香，曲向南缓声说。

潮湿的泪雾倏地迷蒙涌上。

呆呆地握紧手机，百草呆呆地望着身下的榻榻米，胸口剧烈地起伏着，良久良久说不出话，手机那端传来晚风吹拂树叶的轻响。

"光雅……适应韩国的水土吗？"

曲向南的声音在屋子里清晰可闻，百草犹豫一下，将手中的电话递向光雅。光雅的面色登时雪白，她用黑漆漆的大眼睛瞪了百草一眼，然后将头猛地甩过去。

"……光雅很好，"望着光雅的后背，百草尽量用欢快的声音说，"师父你放心吧，她没有生病，也没有水土不服，还抽空去了市区，玩得很开心呢！"

光雅抿紧嘴唇。

"百草，在外面你多照顾她，光雅那孩子脾气倔……"伴着几声肺音沉重的咳嗽，曲向南的声音听起来有些苍老。

通话结束。

林凤硬拉着晓萤和梅玲出去了，留下百草和光雅静默地坐在原地。欲言又止，过了半晌，百草吸了口气，对着光雅的背影说：

"师父真的不会是那样的人。"

百草凝重地说：

"我从小就跟师父在一起，被师父养大，师父是怎样的人，我比任何人都清楚。我可以用我的生命向你保证，师父绝不会做出你认为的那些事。"

过了一会儿，光雅将头扭回来，她的嘴唇抿得发白，眼睛死死地盯着百草，说：

"我为什么要相信你？我讨厌他，也讨厌你！"

百草眼神一黯。

"我只相信自己的耳朵，"光雅冷哼一声，仰起头，"等回国以后，我会亲自去问他，听他究竟自己怎么说。"

百草怔怔地看着她，有些反应不过来，也有些不敢相信，她紧张地说：

"光雅……"

瞪了一眼突然看起来傻乎乎的百草，光雅的脸却红了，接着更凶恶地瞪她一眼：

"你还能更笨点不能！"

"切，光雅你还能更别扭点不能！明知道百草笨，还说这么隐晦含蓄的话，她根本听不懂的好不好！"窗外的墙角下爆出晓萤的一阵不屑，

"你应该直接告诉百草，你打算，回去以后亲口向曲向南师父确认一下这件事，听一听曲向南师父的解释，而不是像以前那样一个人自己瞎猜了。你这么说，百草就能听明白了嘛！"

光雅脸色大窘。

这几个人居然没走，居然在听墙角。

"哈哈，"梅玲高兴地推开门冲进去，"你们终于和好了啊，真不容易啊。"

"这还差不多，同在一个队，整天别别扭扭的，让人看了难受。"林凤到窗台上拿起饭盒，"好了，一起吃饭去吧。"

"是光雅别扭好不好，别冤枉了我们家百草，"晓萤嬉皮笑脸地说，偷瞪了光雅一眼，"既然和好了，往后不许再欺负百草了，听到了没有！"

光雅瞪回去。

两人对视的目光在空中噼里啪啦。

"吃饭了！"

林凤没好气地用饭盒敲向她们两人的脑袋，然后一把拉起如同身处梦境般傻傻呵呵的百草，扬长而去。

*** ***

晚饭后的气氛很好。

有其他国家的营员们前来串门，女孩子们都对打败金敏珠的百草很感兴趣，将她围在中间，唧唧喳喳用或熟练或半通不通的英语交流。阮秀梅也来了，看起来精神好了很多。她同百草说，她打算要参加接下来的最优胜营员选拔赛，虽然可能成绩垫底，但是能和大家多切磋一场就很开心。

屋内正聊得热火朝天。

亦枫敲门。

他站在门口，示意百草出来一下。

"若白还没有退烧，"没等百草问，亦枫就直接告诉她，推开门，带她走进他们的宿舍，"我想，你应该会想来看看他。"

米黄色的榻榻米上。

若白正沉睡着。

他面色苍白，身上盖了厚厚的一床棉被。

"怎么烧还没有退下去？没有吃药吗？"

慌忙趴到若白身边，碰到他发烫的手掌，百草的脸色也立刻苍白起来，那手掌的温度滚烫滚烫，足有将近 40℃。

"已经吃了药，但是发不出来汗，烧也不退。"亦枫神情凝重，跪坐在旁边。

"初原师兄呢？"紧紧握住若白的手，她急声问。

"初原说，只要烧能退下去，就没有大问题。他刚才还在这里，有人来把他喊走了。"

手背贴在若白的额头上。

同样滚烫的温度！

"让若白师兄多喝些开水呢？"

她强迫自己镇定下来。只要能出汗，就能退烧，她以前发烧的时候，师父总是让她一杯又一杯地喝水。

"已经喝了好几杯。"亦枫皱眉摇头。

"他吃饭了吗？"

"没有。他说没有胃口，然后就睡下了。"

"这样不行，若白师兄需要喝些淡盐水，否则身体会没有力气。"她努力想着当时师父住院时，学到的那些知识。

从暖壶中倒出一杯开水，往里面撒些盐粒，等白色的颗粒化开，水温稍微不那么烫，亦枫扶起若白，百草端起杯子，小心翼翼地凑到他的唇边。

"若白，喝点水。"

亦枫低声喊他，若白的睫毛淡淡地映在苍白的面容上，牙关却闭得很紧，水杯完全无法送进去。

"若白。"

亦枫又喊了几声。

若白还是双眼闭着，昏昏沉沉。

"你来喊。"

亦枫命令她。

她一愣，她还记得傍晚的时候若白师兄说过不想看到她。亦枫扫她一眼，她只得忐忑地喊：

"若白师兄……"

极轻微的，在苍白的面颊上，他的睫毛竟动了动。她心中一喜，接着轻声喊：

"若白师兄，喝一点淡盐水……"

眼睛缓慢地睁开，被亦枫扶坐在床榻上，高烧中的若白迷茫地望着她，眼神有些不太清醒。

"师兄，喝水。"

百草小心地将水杯凑到他唇边，喂他一口一口地喝下去。最后一口水喝下，她松了口气，同亦枫一起轻轻扶着若白重新躺下。

"好了，师兄，你继续睡吧。"她轻声说。

"你……"

躺在枕头上，若白继续望着她。

"……我……我是百草。"

她有些紧张地说。

"嗯。"

若白闭上眼睛，在她身旁静静地睡去了，他的嘴唇干涸苍白，脸颊却似乎红润了一点点。

夜色越来越深。

百草跪坐在若白身旁，用被子把他掖得严严实实。一个小时过去了，他依旧昏睡着，眉心蹙在一起，偶尔有很轻的呻吟。她心中焦急，用手试了试他的额头，还是火烫火烫！

"我去煮姜汤！"

留下亦枫照顾若白，她飞快地冲出去，找到食堂的厨房，跟值班的人用不太熟练的韩语边说边比画了半天，终于找到材料，煮了一锅浓浓的姜汤，一路跑着飞快地端回来。

同前面一样喊醒若白。

她喂他喝下满满一碗姜汤。

眼睛不敢眨地守着，她焦急不安，如果若白还不退烧，就必须要找到初原，看要不要送他去医院。

不知是药物终于起了效果，还是那碗姜汤的作用，若白的额头渐渐布起一层细细的汗珠，体温开始往下走了。百草让亦枫也去休息一会儿，自己继续守着若白。

病中的若白不像平时那样冷静自律，正在出汗的他，手脚不时地从被子中伸出来，百草急忙帮他放回去，盖好。没一会儿，他又迷迷糊糊地伸出来。

他出了很多汗。

百草一遍遍用拧干的温毛巾帮他擦去脸上和脖颈处的汗水，让他能舒服些。

到夜里十一点左右的时候，若白的高烧基本全都退了下去。亦枫歪在一边的榻榻米上睡着了，百草正发呆地望着沉睡中的若白，房门静静地被推开，初原进来了。

"烧退了就好。"

初原摸了摸若白的额头，然后他告诉百草，他马上还要再出去，到十二点钟的时候，她要记得喂若白吃放在窗台上的四包药，剂量他已经写在药包外面了。

"出了什么事?"百草急忙问。

初原摇摇头，苦笑。

傍晚的时候，民载带申波和寇震去市区观光，晚饭后将他们带到了一家酒吧，正好碰到警察临检，搜出酒吧里有人买卖摇头丸。申波他们也被一同带走了，协助调查。

百草惊住："会很严重吗?"

"别担心，"初原对她笑一笑，"已经调查清楚了，申波、寇震、民载都跟这件事没有任何牵涉，只是需要走相关的手续，把他们从警局带出来。"

"那……那你快去吧!"

"嗯，"初原的脚步又停下来，揉揉她的头发，"好好照顾若白，但是自己也别累坏了。"

"是。"她应声。

看到她满眼担心，却努力做出精神满面的样子，初原凝视了她几秒钟，满屋寂静中，他俯下身，在她额头轻轻吻了一下，说：

"放心吧。"

她的眼睛霍然睁得大大的，初原唇角弯起，离开了房间。

"咳!"

睡梦中的亦枫适时翻了个身，咳嗽一声，眼皮似撩非撩，瞟了站在屋子中央呆若木鸡的百草一眼。如梦初醒，百草登时面红耳赤，手忙脚乱地拿起榻榻米上的毛巾，在洗脸盆上边拧边继续发了几秒钟，深吸口气，回到沉睡的若白身旁。

夜里十二点。

百草准时去倒水，拿起药包，按照一个个药袋上写明的剂量倒出药片，她心下一怔，四种药合起来足足有十二片之多，感冒需要吃这么多药吗？

"师兄，吃药了。"

轻声唤醒若白，她伸手去扶他。若白的眼睛睁开，目光从昏沉到清醒，在她面容上停留几秒，然后他自己撑着坐起来，一手拿过水杯，一手接过药片，他看也没有看她，神色淡漠地仰头吃了下去。

她想扶他躺回去。

格开她的手，他自己缓缓躺回去。

她怔怔地看着他。

前几天还不是这样的，虽然他一贯淡淡的，可是她觉得和他是那样的近，除了师父和晓莹，他是和她最近的人。而现在，他讨厌她了，将她隔在遥远的距离之外。

"怎么还不走。"

夜风从窗户吹进来一些，空气中带着青草淡淡的味道，月光也是淡淡的，就像若白此刻的声音。躺在枕头上，他的面色依旧有些苍白，眉心蹙起，仿佛有些等得不耐烦了。

"我说过，不想看见你。"

若白闭上眼睛。

"我……"她的手指蜷曲起来，狼狈地想要立时起身，又看到亦枫正酣然大睡，"……等你病好了，我马上就走。"

"我已经好了。"

"……"她哑口失措。

他闭目沉默着，似在等她尽快走开。

"我知道，你在生气……"百草嗫嚅地说。从小到大，虽然几乎没有人跟她玩，道馆里的孩子们总是欺负她，师父对她很严厉，可是，她从来没有向谁道歉过。"……是我太莽撞，太冲动，在那样的场面去质疑金一山大师……"

"在比赛之前，你确信你一定可以打败金敏珠？"若白打断她，声音淡淡的。

她怔了怔，摇头。

"……没有。"

"如果败给金敏珠，你会向金一山下跪道歉？"

"…………"

她咬住嘴唇。

"如果败给金敏珠，你会从此退出跆拳道？"

"…………"

嘴唇被咬得发白。

"回答我！会，还是不会！"若白声音肃冷。

"不会！我不会向金一山道歉！更不会下跪！"她的身体僵住，双手在身侧握成拳，"我就算是死，也不会那样做！"

"那你为什么要跟金敏珠下那样的赌注！"若白声音冰冷，"既然赌了，你就要想到输掉的后果，而一旦输了，你就必须信守承诺！"

"我不会输，我也没有输！"

握紧双拳，她坚声说。她会拼死一战，哪怕是死在赛台上，也绝不会败给金敏珠！

长长地吸一口气，若白压抑着咳嗽了几声，再看向她时，他的眼底已是冰寒一片。

"好，我听出来了。假设你输了，你不会向金一山下跪道歉，但是，你却可以从此退出跆拳道，对吗？"

她沉默地低下头。

"难道，跆拳道对你而言，是仅仅为了一场意气之争就可以放弃的事情？"他的声音更加严厉。

"不是！"她的脸涨得通红，"可是，如果我连自己的师父都保护不了，我练跆拳道还有什么意义！"

"戚百草……"

若白闭上眼睛。

"……你为什么要练跆拳道？"

两年前，她问过他这句话，现在他也想知道她的回答。

"…………"

她愣住，她从没想过这个问题。

"原来，是为了保护你的师父，你才要练跆拳道。"若白的声音变得极淡，"那么，为你的师父而开始，也为你的师父而结束，倒也是顺理成章的事情。"

她呆呆地看着他。

"很好，"他疲倦地说，"你走吧，这里有亦枫。"

那边，传来亦枫打哈欠伸懒腰的声音。他睡眼惺忪地爬起来，到窗边拎了拎暖壶，边往门口走，边说："没水了，我去打一壶，百草，麻烦你再帮我看一会儿若白！"

屋子里静极了。

若白躺在枕头上，唇片依旧苍白干涸，他闭着眼睛，仿佛已睡去。百草呆呆地跪坐着，她看到被子没有将他的左腿盖好，却不敢去碰到他。

"可能是吧……"
涩涩地，她的声音很低很低。
"小时候，我发现，只要我很用功地在练习跆拳道，师父就会开心，连饭也会多吃一些。师父不在意别人嘲笑他，辱骂他，只在意我的体能和腿法有没有进步。"
"我……我想让师父能高兴一点……"

眉心皱了皱，若白沉默地躺着。

"师父希望，我有一天能够成为了不起的跆拳道选手，能够站在光芒万丈的巅峰，"她怔怔地说，"我……我也这样希望，所以我很努力，所以，吃再多苦我也不怕……"
"我知道，这样不对……"她黯然地低下头，终于还是鼓起勇气为他将被子拉好，"……应该是因为喜欢跆拳道，才去练跆拳道，而不应该是由于别的原因。"

亦枫打水回来了。

"若白师兄，对不起。"
在米黄色的榻榻米上，百草忍住溢上眼底的潮湿，趴下身去深深对他行了礼，然后默默走出去。

屋门关上。
若白睁开眼睛，他面色苍白，眼神凝黑，沉默地望着屋顶木梁，手握成拳，掩住嘴唇，一阵阵地咳嗽。

亦枫倒了杯开水，放在他手边。

过了一会儿，亦枫倚在墙边，说："她可真傻，为了她师父，可以哪怕从此退出跆拳道。而为了你——"

伸个懒腰，亦枫说：

"为了给你拿药，又差点错过对她而言那么重要的比赛。这种人太笨了，跆拳道练再久也成不了气候，我看往后你就别在她身上浪费太多精力。"

再看了眼身旁似乎睡去的若白，亦枫哈欠着，也倚着墙壁打起瞌睡来。

CHAPTER4

第二天的晨课上，金一山铁青着脸，同金敏珠一起，在来自各国的上百位营员的面前，正式向岸阳队伍中的百草道歉，并承诺今后不再提及关于曲向南的任何事情。

"咦，还不错呢。"

等金一山和金敏珠的背影走远，晓萤偷偷地说，林凤赶忙瞪她一眼，让她噤声。

这其实也有些出乎百草的意料。

在那场裁判宣布她战胜金敏珠之后，她对正欲退场的金敏珠说，只要以后金一山大师不再那样提到她师父，她并不要求金一山大师当众向她道歉。

事情就这样过去了。

暑期跆拳道训练营继续一天又一天的进程。

每天上午有昌海道馆的大师们进行跆拳道理论的教导，介绍目前跆拳道对战中最新的腿法和策略，几乎每个营员都能得到几分钟上台被大师们亲身指点的机会。

每天下午的实战切磋中，昌海道馆的弟子们是被邀请实战最多的，曾经不可思议地战胜了昌海道馆的岸阳队队员们，也是被邀请的热门人选，若白、亦枫、百草更是队中的大热门。百草基本每场都会应战，亦枫懒得场场都应，经常能推就推，若白身体不适，将所有的实战请求都拒绝了。

下午的交流切磋之后。

最优胜营员的选拔赛也如火如荼地进行着。

岸阳队中，最先被淘汰的是晓萤，然后是光雅，接着寇震，到了第六天的时候，还没有被淘汰的只剩下申波、林凤和百草了。

"好失望哦，看着你打败朴镇恩，我还以为你突然间功力大进了呢，"去食堂的路上，晓萤调侃着刚刚被淘汰出局的亦枫，"人家朴镇恩还都一局未败，你就败下来了，是不是觉得很没面子啊。"

"是啊，有人第一场就被淘汰，太没有面子了。那人叫什么来着，"亦枫挠挠头，故作思考，"好像姓范？叫什么'萤'？"

"啊！我又不是正式队员，我是打工小妹而已啦——"

晓萤恼羞成怒，追着去打大笑跑走的亦枫，眼看着追不上了，她才气鼓鼓地停下脚步，扭脸向百草抱怨：

"你看亦枫，一点师兄的样子都没有，气人！"

百草正在想晚上应该炖些什么给若白，虽然烧退了，但是若白的身体还是虚弱，面色也始终苍白。在松柏道馆时，经常在做饭时帮范姊打下手，她也学会了一些，这几天来每晚绞尽脑汁帮若白做一些有营养的炖品。

听到晓萤的怨声，百草笑一笑。

每晚，她的炖品都是亦枫帮忙接过去的，若白师兄仍旧不太理会她。看到晓萤和亦枫感情这么好，她居然有些羡慕。

"戚百草！"

傍晚的小路上，忽然闪出来两个人。看到前面的那个是金敏珠，晓萤唬了一跳，慌忙朝周围看，哎呀，只有她和百草两个人，林凤她们先回宿舍拿东西，要过一会儿才能经过。

"戚百草，你好啊。"

金敏珠笑眯眯地走过来，百草面色一凝，不动声色地将晓萤挡在身后，说：

"有什么事？"

说着，她的目光却不自觉地被小路上的另一个人吸引过去。那女孩子身材纤长高挑，扎着长长的马尾，面容清秀，有一双弯弯的单眼皮，她正微微笑着看向百草，眼底有像山间的溪水一般灵动的光芒，让人错不开眼睛。

"咳，"金敏珠用力咳嗽一声，背起双手，笑容诡异地说，"你打败我，不错，很厉害，我，口服心服。"

百草皱眉。

为什么她觉得金敏珠笑得那么怪异。

"但是，我的水平、很低，在我们、昌海道馆，我就是倒数第三的、弟子，你战胜我，也没什么意思，"金敏珠大摇其头，"所以，我请来了、我们倒数第四的、弟子，跟你、交流交流。"

有诈！

浑身每个细胞都尖叫起来，晓萤顾不得许多，从百草身后钻出头来，不屑地哼了一声：

"金敏珠，你不服气，就自己跟百草再打一场！哦，你怕了是不是，知道打不过百草是不是，怕会败得更丢人是不是，所以就来找高手助阵？拜托，你骗人好歹也自己去编一套，什么倒数第三倒数第四，那都是我三年前玩剩的好不好！"

金敏珠瞪着晓萤说：

"哼！你终于、承认，当年骗我，倒数第三第四！"

晓萤得意扬扬。

"骗你又怎么样，谁叫你笨。"

金敏珠的脸一阵红一阵白，她勃然欲怒，忽然看到自己身后的那个女孩子，才又克制了下来，磨牙说："那，今天，就让你们，看看，我们，昌海道馆，倒数第四，比你们，倒数第四，如何!"

"姐姐……"

说完，金敏珠扭头去喊身后那个一溪清水般的女孩子，眼中有哀求。晓萤恶寒，她从没见过这样的金敏珠，一点嚣张的气焰也没有了，眼睛里蕴着泪，像只小狗一样可怜巴巴地看着那女孩子，哎呀，好恶心。

那女孩子不置可否。

似笑非笑瞟了金敏珠一眼，在傍晚的霞光中，那女孩子走到百草面前，伸手捏了下百草的面颊，轻笑说：

"你好，可爱的泰迪熊，我们又见面了。"

晓萤目瞪口呆。

居——居然敢调戏百草! 还一副很熟稔的样子，百草什么时候跟她勾搭在一起的?

百草心中亦是一惊。

那女孩子伸手过来的时候，她的脸部瞬时自动反应去闪避，却仍被那女孩子轻松地捏住。

"是你。"

前几天的夜市中，帮她追到那个小偷的，就是这个女孩子，没想到在这里又见到她。

"姐姐，你见过她?"金敏珠错愕地问。那女孩子点点头，笑容可亲，一口中文说得异常标准："见过，她很不错，抓到了小偷。"听到那女孩子居然赞扬戚百草，金敏珠的表情古怪起来。

"姐姐，你答应了我的。"

扯了扯那女孩子的衣角，金敏珠眼中有委屈。

"嗯，"那女孩子应了声，看着百草，想了想，"那天晚上，你腾空的高度很好，判断力也非常棒，我希望能够有幸同你切磋一下。就在那片草坪上，你看可以吗?"

不行!

晓萤死死扭了一下百草的胳膊，金敏珠带过来的人，肯定有诈!

"好。"

百草接受了。

她也始终记得那一晚，在她追赶小偷时，那女孩清脆的笑声还在耳边，一晃身却已到了巷子的另一头，堵住了小偷的去路。

小路的右前方有一片茵茵的绿地。

地面的小草平整柔软。

这是去食堂的必经之路，陆续有三三两两的其他国家营员走过，几乎每个人都认得金敏珠和戚百草，见她们在一起，都会多看两眼过来。

"也不用那么多规矩，我们只是简单地交流一下，你看好吗?"女孩子笑得眼睛弯弯的，里面如同盈满溪水，她穿着雪白的道服，乌黑的长发束在脑后。

晓萤忽然觉得她同某个人很像。

"好。"

百草调整一下呼吸，拉出适合的进攻距离，向她点头示意，自己已经准备好了。女孩子微微一笑，说:

"那就开始了。"

"呀——"

清叱一声，那女孩子率先发起进攻，她的声音清脆好听，就像溪水在石上溅起的水花。她的速度并不快，一记横踢，风声清冽，百草已旋身后撤，左腿反击而出！

"果然。"

将横踢出去的腿收回，那女孩子点头赞叹："这是天赋吗？能够这么准确地判断出对手进攻的路线。"

"不是，"百草诚实地说，"我练了很久。"

女孩子又是微微一笑。

"再来。"

诡异。

明明几个回合下来，都是百草很棒地识破那女孩子的出腿意图，做出准确的防守反击，按说应该是那女孩子处于下风啊。晓萤大皱眉头，为什么，她反而有种一切都在那女孩子的掌握中的感觉呢？

"我想再看看你的旋风三连踢，可以吗？"

各种进攻腿法试了一遍之后，女孩子对百草请求说，她眼底的诚恳和渴望，让百草不由自主地点了点头。

"喝——"

在那女孩子的横踢进攻之下，百草大喝一声，旋身而起，带起的气流在空中搅成旋涡，仿佛黑白的水墨画——

"啪——"

"啪——"

"啪——"

交叠在一起的腿影向那女孩子疾踢而去！

"哇——"

小路上，不知不觉已经聚集了十多位各国营员驻足观看，虽然在同金敏珠的交手中，他们已见过戚百草的旋风三连踢，然而再次看到，依然觉得惊心动魄。

能在双飞踢中连踢三脚，并不是非常难以做到的事情，但是第三脚往往已是强弩之末，不具备攻击的威力了。戚百草的三连踢，杀气却一腿强过一腿，尤其最后一踢，仿佛全身的力量灌入，在对手退避不及时，给予重创！

霞光中，那女孩子并未后退。
她用双臂格了几下。
空中凌厉的腿影如被清风吹过，散开了。

围看的营员们瞠目结舌，他们完全没有看清那女孩子究竟是怎么做到的，一双手臂怎么可能格开那样力量万钧的进攻。林凤、梅玲和光雅也赶到了，她们挤进来时，正看到百草怔怔地从空中落下。
"…………"
梅玲大惊，颤巍巍地指住那女孩子，那不就是——

"正是如此，你腾空的高度非常高，只有这样的高度，才能踢出有这样杀伤力的三连踢。"草坪上，那女孩子微微点头，眼中有一抹兴奋，将她清秀的面容点亮起来，如同山间闪着波光的溪水，灵动逼人。
百草呆呆地站着。
有些怔忡。
刚才这个女孩子是用双臂格开了她的腿吗？练成之后，将婷宜和金敏珠全都战胜过的双飞三连踢，被这个女孩子如此轻松地就避开了吗？

"你是有天分的人，判断的反应速度、体能、腾空高度都非常出色，只是……"望着天际燃烧般的晚霞，那女孩子在思考着什么，半晌，她凝视百草，正色说，"如果对手的速度更快，你该怎么办？"
"来，我们再试一下。"
女孩子饶有兴趣地拉开进攻距离，调整了几下步伐节奏。

"比如这样——"

"呀——"

身随声动，百草眼看着那女孩子身影一起，就如清风掠过，她眼前一花，还什么都没看清，那女孩的脚尖就已抵在她的胸前一厘米处！

她甚至还没来得及后退！

怎么可能——

百草的脑子轰然一声，如同大梦初醒，浑身冷汗。

"如果对手的速度快到这样的地步，你又该如何呢？"女孩子轻轻将脚收回，傍晚的风中，她似乎也在思考这个问题，面容清秀宁静，却有令人移不开眼睛的光芒。

婷宜。

这个女孩子很像婷宜，晓萤错愕地闪过这个念头，不对，应该说，婷宜很像这个女孩子。虽然这个女孩子面容清秀得近乎普通，婷宜是出名的美女，然而同样穿着雪白的道服，梳在脑后的乌黑马尾，站在那里挺秀宁静的气势，竟然如出一辙。

但是就像正版和盗版的区别。

此刻看着这个女孩子，晓萤竟然有种婷宜是盗版的奇怪联想。

这时，一队二十多人的昌海道馆弟子们从小路走过，为首正是闽胜浩，看到右方草坪上的那女孩子，他们神色均是一凛。

"她就是——"

梅玲惊得张大嘴巴。

"恩秀师姐！"

整齐地赶到草坪上，以闽胜浩为首的昌海弟子们恭敬地向那女孩子行礼，一个个深躬九十度。

"——那晚去初原前辈房间的女孩子。"

一边被林凤拉着匆匆往草坪去，梅玲一边喃喃地说。原来她真的没听错，那女孩子真的是李恩秀，传说中的天才少女宗师……

小路上，各国营员们有的韩语好些，有的韩语很差，但都听出来了"恩秀"两个字。训练营开始以来，李恩秀一直是大家话题的重点之一，但始终没人见到她，有人说她出国比赛去了，有人说她在闭关训练，有人说她在国技院同大师们交流。

而今天，居然看到了李恩秀本人！

"你们怎么才来！"

埋怨着林凤她们，晓萤顿时觉得底气壮了些，李恩秀又怎么样，还不是照样对百草的腿法很赞叹，哼，毕竟是天才少女宗师，是识货的。

"让你的身体，超过你的眼睛，这样就算对手速度再快，你也能够占到先机。"想了片刻，女孩子又摇摇头，"但这只是理论上的方法，希望日后你能够真的实现它。"

说完，女孩子对百草伸出右手，正色道：

"我是李恩秀。"

百草凝视着她，握住她的手。

"我是戚百草。"

李恩秀没有立时放开百草，而是又摇了摇，凑到她耳边低语了几句，百草的脸顿时红了，李恩秀的笑声清澈如溪水，听得林凤她们都有些呆住。

金敏珠不满起来，跺脚说：

"恩秀姐姐，你对她说了什么，你干吗对她笑!"

"啪!"一巴掌打上金敏珠的后脑，闽胜浩的面色沉下来，"不许这样对恩秀师姐说话!"

金敏珠捂着后脑勺，泪眼盈盈地望着李恩秀。

"敏珠呀，"李恩秀扭脸过来，对金敏珠说，"你不要不服气了，现在百草的实力是要胜过你的。如果你想打败百草，往后就专心好好练功，别光练那种唬人的连环十八双飞踢，你天生体力过人，练些扎实有效的腿法，会进步很多。"

金敏珠委委屈屈。

"明白了吗?!"李恩秀盯她一眼。

"……是。"

金敏珠闷闷地垂下脑袋。

"胜浩，你往后也多盯着她一点，让她多练功，别整天跑出去惹事闯祸。"李恩秀叮嘱说。

"是，恩秀师姐。"闽胜浩肃声说。

"我要先走了，"望一眼远处山腰上的庭院，李恩秀对百草说，"希望有一天，能在正式的赛场上同你交手，相信到时你会更出色。"

*** ***

彩霞满天。

茂密的紫红色花丛，坐在露天的饭桌旁，大家都有点沉默，百草和光雅闷头吃饭，晓萤吃几口饭就叹一口气，梅玲欲言又止，林凤皱眉说：

"都怎么了?"

"其实也没什么，对吧，"晓萤想了又想，振作精神说，"你们看，虽然李恩秀好像很厉害，挥挥手就化解了百草的旋风三连踢。可是，她毕竟也没有踢中百草啊。"

林凤无言了。

光雅闷声说："你自己功夫差到连眼光都差，就不要说这种白痴话了可以吗？"

"说什么呢！"晓萤生气。

百草低头扒了几口饭，尝不出滋味。

李恩秀在跟她切磋时，始终很注意分寸和力道，无论是用双臂格开她的双飞三连踢，还是那快到腿影也看不见，停在她胸口一厘米处的脚尖，都像一阵柔和的清风，仔细着不去伤到她。

李恩秀是友善的。

可是，就在她以为自己有了一些进步的时候，赫然发现，她与李恩秀之间的差距有多么的大。她并不想将金敏珠踢下台，但无法收住已出的腿势，李恩秀却能轻松自如地控制力量。

而且……

李恩秀的速度可以那么快……

如果对手的出腿的速度能够快至如此地步，她的判断起势，甚至她的双飞三连踢，都会变得没有意义。

"她就是那个人。"

梅玲握着筷子，左右看看，压低声音说。

"哪个人？"

晓萤吃几口韩国的炸酱面，没精打采地接话。她居然被光雅鄙视，有没搞错，到底谁的功夫差，改天一定要比试一下。

"就是前几天我说的啊，"梅玲将声音压得更低，"晚上偷偷进初原前辈房间的那个女孩子，还紧紧地抱住初原前辈，初原前辈喊她'恩秀'，就是她啦！"

百草一怔。

光雅吃惊地问："真的吗？就是刚才跟百草交手的李恩秀？我还以

为那天你是在编故事呢。"

"天哪，我怎么可能会编这种故事！是真的啦，就是她，初原前辈正在跟她交往，两个看起来很亲密呢。糟了，该怎么跟婷宜说啊，婷宜一定会很伤心。哎呀，说不定今晚李恩秀还会去找初原前辈的！"

"够了！"晓萤气急了，放下筷子，"我跟你说过，不许这样败坏初原师兄！你这是什么意思，是在暗示初原师兄很花心，脚踏两只船吗?"

"我……我没这个意思啦……"梅玲呆住，然后，又觉得有点不服气，"……我也没觉得初原师兄是那样的人，可是，可是我真的看到了嘛……"

"吃饭吧，每个人都少说一句，"林凤沉声说，"在这儿吵架，是想让别人看笑话吗?"

晓萤和梅玲互瞪一眼，都不说话了。

夜里。

虫鸣声在窗外此起彼伏。

被人推了几把，百草一下子从梦里惊醒过来，她坐起身，发现推她的是梅玲。林凤和晓萤也迷迷瞪瞪地坐起来，梅玲正在试图弄醒光雅，嘴里喊：

"快醒醒，快醒醒！"

"是天塌了还是地震了！"从香甜的梦里被弄醒，晓萤一肚子气，"梅玲你太过分了啊，我要生气了！"

"你不是不相信我吗？我现在就让你们亲眼看看，我究竟有没有骗人。"成功地把光雅也拽起来，梅玲扁扁嘴，"我一晚上没睡，一直在等着，幸好老天要还我清白，就在刚才，几分钟前，李恩秀又进了初原前辈的房间！"

光雅张大嘴。

百草看了看墙壁上的时钟，现在是夜里十一点四十。

"你……"

晓萤的脸涨红，声音卡着说不出话。

"快起来啦，一起去看，"梅玲穿好鞋子，硬是把晓萤从榻榻米上拉起来，打开房门往外走，"哼，今天我让你亲眼看看！阿凤、百草、光雅，你们也一起来！"

盛夏的夜晚，临着一簇繁茂盛开的紫红色花丛，初原房间的窗户是半敞着的。五个脑袋偷偷摸摸从窗台下冒出来，林凤、梅玲、晓萤、百草、光雅全都在这里，向屋里张望。

屋里亮着灯。

房门开了一道缝隙，初原和一个女孩子正并肩坐在榻榻米上。初原微低着头，专心听那女孩子说话，他听得很入神，眉心微微蹙着，一会儿又微笑起来，唇角的温和就像窗外轻柔的风。

那女孩子依恋地仰着头。

脑袋快要偎在初原的肩上，那清秀灵动的面容，像山间溪水般明亮的双眼，正是李恩秀。

李恩秀温柔地望着初原，似乎连眼睛都不舍得眨，说话的声音如清风般自然。她在说，她小时候最喜欢爬山，有一次在山里迷了路，两天没有回到家，外公板起脸，将她关了三天的禁闭，不许吃饭，她就偷偷从窗户爬出去，到山里面摘了好多野果子回来吃。

屋里的两个人就这样。

一个说着。

一个听着。

气氛静谧安详，仿佛世间只有初原和恩秀两个人，两人之间的眼神流转，即使再迟钝的人，也能感觉到他和她之间的亲密。

夜风凉凉地拂过面颊。

站在窗外的最左侧，百草怔怔的，梅玲和晓萤在身旁推来搡去，她什么也感觉不到。

…………

中午的阳光灿烂明亮。

初原略吸口气，他望向她，略微用力地揉揉她的头发。

"我喜欢你，百草。"

…………

满屋寂静中，初原俯下身，在她额头轻轻吻了一下，说：

"放心吧。"

她的眼睛霍然睁得大大的，他唇角弯起，离开了房间。

…………

"房门是开着的，这说明初原师兄心里坦荡。"晓萤咬着牙，趴在窗台上悄悄说。

"可是你看他们的手，"夜色中，梅玲低声说，"是握在一起的。"

"握在一起怎么了，我还可以跟你握手呢，"晓萤咬牙切齿，伸手握住梅玲的手，"现在我跟你握一起了，我跟你在交往？"

"嘘！"

林凤慌忙将头一缩，躲进旁边的花丛里。光雅见势不对，拉起百草也要躲，已经来不及了。

夜色皎洁。

星光点点。

初原和李恩秀推开窗户，低头一看，窸窸窣窣的虫鸣声中，几个女孩子惊慌地躲在屋外的窗台下。

"你们在干什么？"

李恩秀不解地问。

"我们……呵呵呵呵……"晓莹僵笑几声，突然趴到那丛紫红色的花上去，用力嗅着，"我们在赏花！啊，景色多美啊，花儿多香啊……"

"是啊是啊，好美的花！"梅玲也凑上去闭目大闻。

"百草?"

夜里的风有点凉，初原看到百草只穿着很薄的衣服，神情有些怔怔地发呆。

"我……我也在赏花……"

看到他和李恩秀肩并肩站得那么近，百草呆呆地用手指摸了摸身前紫红色的花瓣。

*** ***

同样的夜色。

站在窗边，婷宜合起手中的电话，拧眉出神。如果不是外公盯得很严，她真想明天就飞去韩国。

李恩秀。

在昌海道馆的那段日子，恩秀对关于初原的任何话题都很感兴趣，总是想让哥哥和她多说一些初原。她以为是自己多心，毕竟恩秀同哥哥之间……

或许是她太大意了。

*** ***

"若白师兄好些了吗?"清晨,亦枫一出房门,百草就急忙将一盒用热水温好的牛奶交给他。

"若白又不是小孩子,牛奶还用温。"亦枫打个哈欠,一副还没睡醒的样子,"你每天都问我这句话,烦不烦,不放心就自己进去看。你们两个这么大了,闹起别扭来就跟小孩子一样。"

"还是温一些对肠胃好。"

她发窘地说。

这几天来,若白师兄对她一直都淡淡的,好像看不见她一样,她也不敢接近他,怕再惹他生气。

隔壁房门开了。

"初原,"见到从里面走出的人,亦枫诡异地笑了下,问,"昨天晚上,很晚了还听到你房间那边有人说话,是谁呀?"

晨光中,初原笑着看向百草。

"有人在我的窗外赏花。"

"赏花?"亦枫听得莫名其妙,"大半夜的,赏花?"

"嗯,"初原又笑,"赏花可以,但是衣服记得要多穿点,这里夜晚的气温要比国内低。"

"初原师兄早。"

脸色微红地低下头,百草盯着自己的鞋尖,规矩地行了一个礼,就匆匆跑回自己的宿舍,留下初原和亦枫互相看了看。

一上午,坐在队伍里的百草始终沉默地保持一动不动,晓茧察觉到不对劲,趁昌海的大师们在台上点评营员腿法时,低声问她是怎么了。

"……可能是没睡好。"

百草闷声说。

"是太吃惊了吧，"看到她眼底的黑眼圈，晓萤深有同感地叹口气，"唉，我也很吃惊，虽然对着梅玲，我的嘴很硬，可是……"

中午。

食堂。

"只打了泡菜?"

打完饭回餐桌的路上，百草碰到初原。看到她手中端的餐盘，他眉心一皱，说："既然知道该怎样每天为若白煲出有营养的汤，怎么一点也不知道照顾自己的身体?"

几分钟后。

正在和大家一起吃饭，一只鸡腿落进百草的餐盘，她怔怔抬头，初原坐到她身边。

"多吃一点。"

他又将一碟水果放到她面前。

晓萤咬住筷子，梅玲和光雅面面相觑，林凤用眼角余光瞪了她们一眼，她们才装作若无其事地继续吃饭。然后一整个下午，晓萤都有点怪怪的，她用一种奇怪的神色望着百草，每当百草抬起头，她又立刻将眼睛错开。

***　***

最优胜营员的淘汰赛进入到第六天，百草遭遇到了昌海女弟子权顺娜，权顺娜曾经在那天的团体对抗赛中打败过林凤。

如果说前几天的淘汰赛，百草是一路势如破竹，那么这一场，她遇到了阻碍。不同于一般的跆拳道选手身材纤长，权顺娜整个人又瘦又小，身体异常轻盈，腾身而起时就像一根羽毛。

"哎呀，百草在干什么，快踢她啊，你一脚就能把她踢飞!"

看得有些着急，晓萤心中那些乱糟糟的念头立刻连影子都没有了，明明不堪一击的权顺娜，怎么百草打了快两局了，还没得分占先。

若白面色凝重。

"你懂什么。"林凤神色郁郁地说。那场跟权顺娜交手时，她原本也是如晓萤这般认为，结果权顺娜却如同黏在她身上，踢也踢不出去，打也打不中。

"像一块牛皮糖。"亦枫哈哈一笑。

"喝——"

百草大喝一声，旋身后踢，腿风凛含杀气，权顺娜像根羽毛一样轻忽忽地飘出去，还没落地，竟又轻忽忽地飘回来。

"这究竟是什么功夫！"梅玲看得眼都直了。

"有些像咱们国家的太极，柔和圆润，借力打力，"申波推推鼻梁上的黑框眼镜，"百草必须小心了，一旦权顺娜抓住机会……"

"砰！"

话音未落，权顺娜竟似钻进百草的身前，一记轻巧的斜踢，正正踢中百草的前胸！

3：2。

权顺娜领先一分。

第二局结束。

直待坐到岸阳的队伍里，百草还是脑中有点蒙蒙的。她呆呆接过晓萤递过的毛巾、光雅递过的水，一动不动，反复琢磨刚才究竟为什么居然会被权顺娜反击得手。

"出腿的时候，是什么感觉？"

淡淡的声音响起，听起来又熟悉又有一点陌生，百草呆了一秒，猛地抬起头，是若白师兄在同她说话！

"…………"

她傻傻地看着若白。

若白眉心微皱，重复一遍："是什么感觉？"

"……"不是耳朵的幻觉，百草心底狂涌上喜悦，她努力集中精神，想了想，"就像打进棉花里，使不上力气。"

"果然是太极的手法，先将对手的力道化掉。"申波摘下眼镜擦着，困惑道，"是巧合吗，韩国人也懂得将太极化入跆拳道。"

若白沉思片刻。

他抬眼看向初原，初原也正凝神听着，见他望过来，对他颔首点头。自从若白身体好转，比赛中初原就再没插手指点过队员们。

"再次进攻的时候，你先带一下。"

若白握住百草的手臂，打出去，在空中停滞一秒，"啪"的，接着打过去！

"明白了吗？"若白沉声说。

"……是！"

"她反攻时也是如此，留出一拍的节奏。"

"是！"

第三局开始，百草上场去了，可晓莹还是一头雾水，她完全没听懂。看了看全神贯注在比赛中的若白，她缩缩脖子，没胆量去打扰他，偷偷歪过身子，问申波说：

"什么是带一下？为什么要带一下？"

高高的赛台，百草调整着步伐节奏，耐心地寻找机会，已比分领先的权顺娜更是不慌不忙，摆出防守到底的姿态。

申波一边看得目不转睛，一边分神回答晓莹说：

"带一下就是……"

申波的声音陡然转高：

"看——"

"喝——"

大喝一声，百草仍旧是最习惯的旋身后踢，力灌右腿，风声似刀向权顺娜进攻而去！如轻飘飘的羽毛，权顺娜向后荡开，眼看如同前面那些回合一样无功而返，百草的腿竟在空中凝滞了！

凝滞了这一拍。

权顺娜的身体如羽毛般忽忽飘回。

"啪——"

就如是正正撞上，百草的右腿再次发力，一声重响，那一脚灌满全力踢在权顺娜的胸口！

"哗——"

满场轰然。

昌海队伍中的金敏珠大惊失色！

"砰！"

像断线的风筝一样飞出去，权顺娜的身体划出一道弧线，飞出赛台，落在地上，颤抖了几下，竟晕了过去。

百草呆了一呆。

她骇得面色也有些苍白，转身冲下赛台，拨开围上来的众人，趴向昏迷过去的权顺娜。

啊——

岸阳的队员们也都看得呆住了。

"……"晓萤张了张嘴，打个寒战，"好、好厉害，原来带一下，就可以这么强啊……"

申波低下头，在笔记本上开始记录，解释说：

"带一下，就是在空中稍作停顿，避开权顺娜的柔力，等权顺娜柔力用尽，或者真正发动力量开始进攻时，给予她致命的一击。"

"果然是致命的一击啊。"

梅玲喃喃说，决定以后跟百草实战的时候一定要当心点。

裁判宣布。

戚百草 KO 胜！

"哇——哇——"

满山谷的沸腾中，晓萤激动地跳起来，热血狂涌之下，她冲过去抱住若白的胳膊，眼中含泪说："师兄！师兄！你往后也多指点一下我好不好！我也想这么威风！师兄，拜托了，拜托拜托了！"

若白的目光从赛台收回来。

他淡淡看了眼胳膊上那双晓萤的手。

"呵呵，呵呵。"

晓萤讪讪地松开手，缩头缩脑地坐回去。

"痴心妄想！"亦枫重重敲了一下她的脑袋，"若白说的是什么你都听不懂，你看百草，人家不但能听明白，还立刻就能在比赛里用出来。人哪，是有资质聪慧和愚笨的区别的。"

"都是若白师兄偏心啦，"晓萤龇牙咧嘴地捂住脑袋，嘀咕说，"我的实力原本跟百草不相上下的，是若白师兄天天指导百草，不答理我，我才落下的。"

"是啊，你就说梦话吧。"光雅嘟囔着说。

"说说又怎么了，"晓萤得意地说，"反正我是百草的好朋友，我说什么百草都不会在意，嘿嘿嘿嘿，某人吃醋喽，谁叫以前某人总是欺负百草来着。"

"闭嘴！"

林凤喝止了两人。

赛台下，直到权顺娜悠悠地醒过来，昌海的队医检查后表示，她只是闷住了一口气，身体并未受伤，百草紧绷住的呼吸才慢慢缓下来。

"你的腿法真好。"

坐在地上，权顺娜用韩语对百草说。

"对不起……"

能听得懂韩语，但百草心中还是很歉疚。

"比赛就是这样，"权顺娜摇摇头，说，"如果能够踢中你，我也不会腿下留情的。希望下次还能有机会同你交手。"

夕阳西下。

天边有晕红色的霞光。

岸阳的队员们走在回宿舍的路上，大家都很开心，今天申波、林凤和百草在最优胜营员的淘汰赛中各进一轮，剩下的对手只有十几人，局面大好。尤其是百草，真是胜得酣畅淋漓啊，KO胜！晓萤和梅玲走着走着又笑闹起来，两人在小路上追追打打，扭头看到初原同百草并肩走在一起，晓萤的笑声略停了下，她跑回来，插进去凑在初原身边问东问西，要他预测百草会不会最终夺得最优胜营员的称号。

被晓萤从初原身旁挤开，百草放缓脚步，落在后面。看着初原的背影，她有些发怔，她无法从脑海中忘记那幅画面，他和李恩秀手握着手并肩坐在一起。

慢吞吞地埋头走了几步。

再抬起头来时，她发现身侧竟是亦枫和——

若白！

"若、若白师兄……"

隔着亦枫，百草紧张地望着若白，有些语无伦次，脚下一绊，差点摔了一跤。伸手扶住她，若白眉心微蹙，亦枫哈哈大笑。

"别像小孩子一样闹别扭了，"亦枫笑着将两人拉到一起，自己闪到旁边，"快和好吧，我看着都难受。"

呼吸中有若白淡淡的体味，她窘红了脸。

"若白师兄……"

比赛的时候，若白师兄跟她说话了，这么多天，若白师兄第一次跟她说话。是不是，他终于不那么生气了，她战战兢兢地又喊了一声，心脏扑通扑通地跳。

"嗯。"

松开她的手臂，若白低应一声。

"…………"

张大嘴巴，她傻傻地望着若白，傻傻地站在原地，一股酸涩和潮热冲向她的鼻梁，胸口仿佛涨满了。

走了几步，若白也停下来。

他回头看她。

看到她傻呵呵的模样，他的唇角静静一弯，如同高山上的雪莲静声绽放，却只一瞬，他的神情已恢复淡然，说：

"快走，吃完饭还要继续训练。"

"是！"

百草忍不住望着他笑，然后精神百倍地大声回答，每个细胞都在跳跃，从未觉得训练是如此快乐的事情。

前方，初原回身寻找百草时，看到了这一幕。他微微一笑，眼底的光芒却黯了下来。

*** ***

最优胜营员的淘汰赛继续如火如荼地进行，林凤在第七天的比赛中惜败给一位伊朗的女营员，申波在第八天败给了昌海的朴镇恩，唯一剩下百草，一路高奏凯歌。

第九天傍晚，百草对阵一位日本营员，名叫平川智子。智子一上场，明显有些放不开手脚，只要百草一抬腿，她就连连往后退。

"哈哈，她怕百草！"

赛台下，晓莹得意地笑。

"这位平川智子，不是拿到过上届世青赛的季军吗？"翻了翻手中的资料，光雅不解地说，"怎么看起来这么胆小？我还以为今天会是场硬仗呢。"

"那是因为百草太吓人了。"梅玲津津有味地看着台上的比赛，百草一边倒地占据着优势，比分已经是4：0，"你想想，百草有两场比赛将对手从赛台踢飞出去，有三场将对手踢得站都站不起来，几乎每场败给百草的人都是被扶着走下去的，估计平川智子还没上台，就已经先胆寒了。"

"喝——"

旋动气流，百草腾空而起的身姿如同凌空的飞燕，力灌右腿，旋身后踢，平川智子大惊失色，躲避不及——

"砰！"

一脚正正踢上她的胸口！

5：0。

"百草似乎收敛了腿部力量。"申波仔细研究百草的出腿，沉吟说，"否则刚才那一腿用足力量，平川智子就无法再继续比赛了。"

"太心软了，"寇震有些不赞同，"比赛就是比赛，能KO胜，就不要选择得分胜。"

"估计是，百草是有些不安……"

看看若白的神色，晓莹咽了咽，支吾着说：

"……那场将金敏珠踢下去，她就几乎一晚上没睡着。大前天权顺娜又被她踢飞出去，她担心会把权顺娜踢伤，晚上还不放心偷偷跑到昌海道道馆弟子的宿舍那边，亲眼看到权顺娜跟别人有说有笑，行动自如，才松了口气。"

众人面面相觑。

初原凝神望着赛台上的百草。

若白面无表情。

"不过，就算努力压制自己，百草身上的杀气也确实越来越重，"林凤摇摇头，"说是杀气也许并不合适，应该叫……"

"霸气!"晓莹接道。

"带着杀气的霸气!"梅玲补充。

"差不多，"林凤笑，"反正百草身上的这股气势，已经让对手有些未战先寒了。"

"砰——"

又是一脚踢在平川智子的左胸，平川智子浑身大汗，面色苍白，弯下腰双手扶腿急促地喘气，竟似已无法站直身体。

比分 8：0。

第二局结束。

百草以大比分领先。

"咦!"

晓莹惊呼。

看到裁判走到平川智子身边，问了几句什么，平川智子大汗淋漓地点点头。然后裁判示意平川智子和百草走到场中心的左右两旁。

难道是要……

晓萤瞪大眼睛。

满场屏息。

裁判向百草所在的右方举起手。
百草判决胜！

"哇——"
满场沸腾！
当比分差距过大，落后方明显无法追回时，裁判有权宣布领先方获
胜，无须再打满三局。

"啊——"
晓萤、梅玲、光雅激动地抱在一起，明天就是最优胜营员的最终赛
了，百草居然能够在今天大比分判决胜！这意味着什么，这意味着什
么，这意味着——
明天的胜利也是属于百草的！！

CHAPTER5

晚饭时，在餐厅占了一张很长的桌子，岸阳的全体队员们坐在一起吃饭。大家边说边吃，挺进明天最终战的百草自然是话题焦点。

"明天居然还是要跟金敏珠打。"梅玲觉得匪夷所思，百草跟金敏珠的缘分也太深了吧。

"没想到金敏珠也能打进决赛。"晓萤眼馋地看着若白端过来一锅热气腾腾香喷喷的人参鸡，咽了咽口水，"不过这样也好啦，金敏珠能打进决赛是帮百草扫清道路，金敏珠这个手下败将，百草用一根脚指头都能踢飞她。"

"还是要小心。"

初原静声说，他看到若白在百草身边坐下，不动声色地将人参鸡放至她面前。

"对，"申波放下勺子，翻看从不离身的黑色笔记本，"这几天金敏珠的比赛我一直在关注，她没有再使用连环十八双飞踢，打法变得谨慎朴实，也更加有效。"

"她没有再用连环十八双飞踢？"晓萤惊讶。

申波摇摇头。

众人静默了下，金敏珠的力量和持久力令人惊愕，但她的爱炫耀和嚣张是她致命的弱点，前几天那场比赛，如果不是她坚持要使用连环十八双飞踢，想很炫地将百草踢倒……

如果金敏珠能够改掉自身的这个弱点，她或许会成为跆拳道新生代中最可怕的女选手。

　"吃饭。"看一眼筷子杵在餐盘中的百草，若白将那锅人参鸡推到她手边。

　百草呆了呆，将人参鸡又朝若白推去：

　"一起吃。"

　"你一个人，吃完它。"若白淡淡地说，用不锈钢的筷子将石锅里的人参鸡剥开，鸡腹里是一团清香的糯米，里面有一根小小的高丽参，糯米融在鸡汤中，香气诱人。

　晓萤低咳一声，与梅玲目光相对，两人暧昧一笑，

*** ***

　吃完晚饭，月亮渐上树梢。

　晓萤缠在初原身边问东问西，寇震、林凤他们聊着最后两天还想去什么地方玩一下，众人走在前面，落开有十米的距离，若白和百草走在最后。

　"一会儿要去训练吗？"

　傍晚的风中，百草侧首望向身边的若白，能够重新这样安静地走在他身边，她心中仿佛被装满了一样。

　"不用。"

　"啊？"她有些疑惑。

　"你能打败金敏珠。"若白看向她，初染的月光中，他的目光落在她刘海儿上的那枚发夹，红晶晶的草莓，映得她小鹿般的眼睛格外乌黑明亮，"只要你赢得明天的最终战，就可以有被云岳宗师亲自指点的机会。"

　云岳宗师……

传说中神龙见首不见尾的世界跆拳道第一人。

也是少女宗师李恩秀的父亲。

"嗯！"

百草用力点头，眼底有明亮的火光，她望着他说：

"我一定会赢！"

"你知道明天该如何同金敏珠交手吗？"金黄色的圆月悬挂在不远处庭院外的树梢上，若白的道服被夜风吹得轻轻扬起。

"我想，我知道。"

"好。"

走进训练营的庭院，百草怔了下，她发现大家并没有进宿舍，而是表情古怪地围着什么。等她和若白走近，梅玲、光雅和晓萤齐刷刷扭头过来盯住她，眼睛贼亮贼亮，让她忽然毛骨悚然。

"她就是戚百草！"

晓萤兴奋地说。

包围圈的中心，一个男孩子抱着一大捧深紫浅紫的花走过来，百草怔怔地看着那男孩子朝她越走越近，然后站在她面前，将那捧她不知道名字的美丽的花束送到她手上。

"戚小姐，这是送给您的花。"

男孩子用韩语说。

"哇——"

等花店的男孩子一离开，晓萤就迸发出惊天尖叫，她冲过来，激动地一边从百草手中抢过那捧花，一边连声喊：

"是谁？是谁送你花？好样的，百草，你居然也有了崇拜者了，啊，说不定是暗恋你的人呢！居然送花送到这里来，难道是哪个国家的哪个营员？咦，有张卡片！"

从花里翻出一张淡紫色的卡片，晓萤又发出一声尖叫，脑子想也没想就读了出来，梅玲和光雅也好奇地凑过来。

"'明天的最终赛，想必你一定可以获胜，但是不要忘记你曾经答应过我的事情。'"嗅到劲爆八卦的气息，晓萤激动得手都在颤抖，目光在卡片上继续搜索，"署名是——"

她的声音突然卡住！

梅玲和光雅凑过来，也古怪地瞪大眼睛，不敢置信地瞪着卡片上的那个签名。

"怎么了？"

林凤一头雾水，走过来看了看晓萤如石化般手中拿着的那张卡片，表情也古怪了下。她把卡片从晓萤手中抽走，又插回花束里，还给看起来有些呆呆的百草，说：

"进屋吧。"

百草低下头。

深紫浅紫的花穗中，紫色的卡片上画着一张灿烂的笑脸，寥寥几笔，将那人太阳般耀眼的面容勾勒得如在眼前，他满脸阳光地对她笑着，签名是遒劲张扬的两个字——

"廷皓"。

等她再将头抬起来，其他人都已经进屋去了，只有初原和若白留了下来。她有些不安地看向若白，他的目光从卡片上移开，眉心微微皱起，却神色淡然地说：

"集中精力准备明天的最终赛。"

然后走进宿舍，将门关上。

金黄色的圆月洒下柔和的光辉。

初原静了片刻，凝望着她，笑了笑说：

"是廷皓吗？"

"……是……是的，"百草窘迫地解释说，"……是廷皓前辈出发前嘱咐过我，让我从韩国买些大酱给他，他说他喜欢吃韩……"

"不用这样。"

温声打断她，初原走到她面前，说：

"是我让你紧张了吗?"

"…………"

她有些不解。

"这几天，你总是躲着我，"声音里有微不可察的涩意，他静静说，"是因为那天我对你说的话吧……很抱歉，让你感到了压力。"

看着她慌乱起来的眼睛，他用手指揉了揉她的黑发，轻声说：

"没关系，你不用放在心上，我可以调整我自己。我们还是可以像以前一样，我还是你的'初原师兄'，我希望能继续帮你辅导功课，你有心事也还是可以告诉我。"

"…………"

心脏像被死死攥住一样难以呼吸，她呆呆地望着他，喉咙干哑，脑海中却浮现出那一晚他和恩秀的画面。

"只是，"初原的眼睛微黯，他轻吸一口气，又揉揉她的头发，"不要再躲着我了。"

*** ***

宿舍里，梅玲兴高采烈地找出一个玻璃瓶，灌上水，把那捧花插进去，放在桌子上同晓萤和光雅一起研究。绿色的叶子，深紫浅紫的花穗，颀长秀丽，有淡淡的香气。

"太浪漫了，是薰衣草呢。"梅玲陶醉地嗅着花香，仿佛自己体内的浪漫细胞全部被激活了，"你们知道薰衣草的花语是什么吗?"

"等待爱情。"

光雅伸手碰了碰其中的一朵花穗，又一股淡淡的香气弥撒出来。

"你居然也知道。"梅玲有点惊奇。

"这是常识好不好，在偶像剧里被介绍过 N 次了，"晓萤挠挠头，"可是为什么廷皓前辈要送薰衣草给百草呢?"

梅玲更加惊奇，说:

"你不会连这都不知道吧，当然是为了追求百草啊! 啊，我明白了，你以前说百草交了男朋友，就是廷皓前辈对不对! 故意让我以为是若白，是为了迷惑我吗? 天哪，百草居然在跟廷皓前辈交往，一点也看不出来呢，太神奇了!"

"百草在跟廷皓交往?"

光雅和林凤面面相觑，真的是一点点迹象也没有啊，两人吃惊地看向正呆呆坐在窗边的百草，觉得这简直是最不可思议的配对。

晓萤皱着脸冥思苦想。

"啊——"

她惊叫一声，灵感来了。对啊，在机场的时候，廷皓曾经单独同百草说过话，百草突然多了个手机，夜市走失那次，是廷皓派人去接的她们，车里廷皓还跟百草通了电话……

"百草——"

被异常高亢的声音惊醒，百草回过神来，看到晓萤正一脸诡异八卦地扑过来，满眼激动兴奋的梅玲、光雅紧随其后。有危险! 百草身上一寒，下意识地站起来，紧张地说:

"我……我出去走走……"

"百草——"

"百草——"

等晓萤她们追过去，百草已经闪电般消失在庭院的院门外。手指抠紧门框，晓萤气得牙痒痒的，可恶，这个臭百草，不淳朴了啊，不可爱了啊，变狡猾了啊啊啊啊!

夏夜的风清凉如水。

金黄色的圆月悬挂在静静的夜空。

漫无目的地走着，百草脑中一片混沌，她觉得自己需要静一静，有一些心情她弄不清楚，她不知道自己是怎么了，有很多混乱的无法掌握的感觉。

夜风吹过树叶。

走到湖边。

湖面蒸腾出淡淡的水雾，圆圆的月亮映在被吹动的层层水波上，她呆呆地坐着。草尖染有夜露，在身下微湿凉凉的，耳边有远远近近的虫鸣声，她记得，那天也是在这里。

…………

"虽然在跟金敏珠比赛前，对你说这些并不合适，但是……我不想再等了。"湖面的涟漪一层层荡开，就像金色水晶般透明美丽，初原略吸口气，他望向她，略微用力地揉揉她的头发，"我喜欢你，百草。"

…………

望着湖面的月影，她的脸红了红，心跳变得快速，一会儿，又怔怔地落下去。

…………

"然后，初原前辈……"梅玲慢吞吞地说，"……也温柔地抱住了那个女孩子，右手还在她的背上，温柔地轻轻地拍了拍。"

…………

深夜，透过半敞的窗户，能看到屋里的两个人就这样。

一个说着。

一个听着。

气氛静谧安详，仿佛世间只有初原和恩秀两个人，两人之间的眼神流转，即使再迟钝的人，也能感觉到他和她之间的亲密。

…………

"这几天，你总是躲着我。是因为那天我对你说的话吧……很抱歉，让你感到了压力。"

他用手指揉了揉她的黑发。

"没关系，你不用放在心上……"

…………

圆月洒下淡淡的金色光芒，百草抱膝坐在湖边，她呆呆地想了又想，想了很久，脑中依旧理不清楚，就像忽然间她不是她了一样，她不懂得心中那些翻涌的酸涩究竟是什么。

不知过了多久。

不远处传来脚步声。

脚步声听起来有些熟悉，她微怔地侧过脸，看到那片雾气氤氲的湖畔，枝叶茂密如华盖的大榕树下，走过来一个少年和一个少女。金色的月光中，少年仿佛自仙境中走来，笼罩着晶莹的光芒，少女面容清秀，笑声如溪水般叮咚清脆，她挽着少年的胳膊，看起来那样亲密。

那是——

初原和恩秀。

*** ***

第二天下午，暑期跆拳道训练营进入尾声阶段，最激动人心的最优胜营员最终赛开始了！

经过每天一轮的淘汰赛，今天只剩下男、女各一场比赛，决出最终优胜者。获胜者不但可以得到一万美元的奖金，还可以得到被传说中的云岳宗师亲身指点的机会！

　　能够被云岳宗师指点，几乎是所有习练跆拳道的弟子们最梦寐以求的事情。虽然从没有参加过世界级的跆拳道比赛，但是据说再了不起的世界冠军，也无法同云岳宗师打满三局，云岳宗师总会在第二局结束之前就将他们 KO。

　　云岳宗师是公认的世界跆拳道第一人。

　　他的种种传说。

　　他的神秘色彩。

　　仿佛是云端之上的人，使得无数跆拳道弟子膜拜崇仰。

　　"嘿嘿嘿嘿，戚百草三战金敏珠！"看到赛台上，百草和金敏珠已在进行比赛开始前的互相行礼，晓萤克制不住得意的心情，笑得眉飞色舞，"打败金敏珠，百草就能拿到一万美金了，嘿嘿嘿嘿！往后百草再也不用穷兮兮的，学费也不成问题了，可以跟咱们一起逛街，买些漂亮的衣服，说不定还可以看场电影，出去吃顿饭，啊，太美好了！"

　　"是啊，"梅玲目不转睛地看着台上刚刚开始的比赛，金敏珠的打法明显沉稳了许多，看来这场交手将会没有他们想象中那么轻松，"百草太需要买点衣服了，我知道百草没有钱，可是至少道服可以买套新的啊，她身上这套穿了好多年了吧。"

　　"快七年了。"

　　光雅抿了抿嘴唇说。

　　"啊？"梅玲惊了一下，"你开玩笑吧，七年前百草才十岁，身高差别这么大，怎么可能！"

　　是真的。

　　光雅记得很清楚。小时候，别人的道服都是合身的，百草的道服却是大得离谱，肩膀和裤裆是松垮的，袖子和裤管挽了一层又一层，有时候训练的时候一甩腿，裤管就会掉下来。

道馆里所有的孩子们都狠狠地嘲笑百草。

百草沉默着。

就跟没听见一样。

后来，百草越长越高，那套道服渐渐没那么大了，却越来越旧。她见到过百草蹲在水盆前洗道服的样子，双手很轻，小心翼翼的，像是洗什么宝贝一样，可是一年又一年，那套道服还是渐渐旧得有些泛黄。

"呀——"

金敏珠一声厉喝，反身横踢，左腿势大力沉向百草右胸口踢去，百草一晃身，将那一腿的攻击力卸掉。

"嘿嘿，没什么啦，百草说，道服旧了才更柔软，而且现在也修改过了，长短也合身。"看到梅玲和光雅都是眼圈红红很难过的样子，晓萤赶快安慰她们，"而且哦，百草有一套很好很好的道服呢，漂亮极了，还是顶级名牌!"

"哇。"梅玲有些不相信。

"我骗你们干吗?"晓萤翻个白眼，偷偷看看不远处的若白，小声说，"只是若白师兄不让百草穿而已，说是百草太爱惜道服，会影响比赛。"

"哪有这回事，"梅玲以谴责的目光看向若白，又说，"可是你说是名牌? 百草怎么可能舍得去买名牌?"

"嘿嘿，是别人送的啦。"

"送的?"嗅到了八卦的气息，梅玲兴奋地把头凑过来，"是谁送的?"

"我原来以为是若白师兄送的，现在看来，"联想到昨天的薰衣草事件，晓萤眨眨眼睛，"有可能是廷皓前辈哦。"

"廷皓前辈——"梅玲更加兴奋起来。

"咳!"

林凤重重一咳，警告地瞪了她们一眼，她们这才发现自己八卦的声音太大了，连申波都一脸无奈地看过来。她们不好意思地缩了缩脑袋，不敢再说话，把注意力重新投回前方的赛台。

咦。

有点奇怪。

为什么第一局马上就要结束了，反而是金敏珠以 1 : 0 领先，而且百草的状态似乎……

"呀——"

金敏珠发动新一轮进攻，一个双飞踢，再接一个双飞踢，腿影交错，虎虎生风，百草连连后退，却明显是动作慢了，"啪"，金敏珠的最后一脚擦着她的脸颊踢了过去！

"啊——"

晓莹吓得失声。

裁判吹响了第一局结束的哨音。

0 : 1。

金敏珠暂时领先。

"怎么了？"

拿着毛巾迎过去，晓莹急忙让百草坐下休息，边为她放松按摩肩膀，边不解地问：

"出了什么状况？是不是前几天连着打比赛，有点累了？哎呀，我就说嘛，你的重点应该放在最优胜营员的比赛上，其他那些国家的营员邀请你实战切磋，应该能推就推才是呀。你也太好说话了，只要人家一请求，你就……"

"晓莹。"

淡淡的声音传来，看到若白眉心纠起，晓萤讪讪地闭上嘴，一声不敢再吭。

若白凝视百草，沉声说：

"你在想什么?"

"…………"

百草避开他的眼睛，她自己也知道不妥，从昨晚开始，她的心里一直乱乱的，却完全无法控制。

"比赛的时候，集中精神，摒除杂念，是第一重要的事情!"若白的声音放重了些。

"……是。"

百草低下头。

"喝水。"

拧开矿泉水的盖子，初原将它递给她，她怔怔地接过来，忽然扬起睫毛看向他。她的眼神怔怔的，眼底仿佛有着极为复杂的内容，看得初原也不禁怔了一下。

休息的时间一晃而过。

眼看百草要重新上场了，晓萤忍不住又对她说："百草，要加油啊，为了一万美金，为了云岳宗师，一定要拼了啊!"

云岳宗师……

百草心中一滞。

第二局开始了。

"呀——"

又是金敏珠率先发动进攻，身影如飞，腿势极重，百草立时旋身反击，却似慢了一拍——

"啪——"

那一腿击在百草仓促间架起的胳膊上，重响如霹雳！

好险，金敏珠没有得分。

晓萤看得目瞪口呆，就算她再一相情愿，就算她对百草再有信心，此刻也能看出来，从比赛开始到现在，百草是一直落于下风的。

"金敏珠进步这么快？"

梅玲同样看呆了，讷讷自语。

"是啊。"

晓萤有点沮丧。

"金敏珠确实进步很多，"推推鼻梁上的黑框眼镜，申波凝望着赛台，"短短几天，金敏珠脱胎换骨一样，没有以前那么浮躁了，腿法变得更加平实和有效。"

"对。"

林凤赞同。

"不过，"又仔细观察了一下，申波凝思说，"我觉得，问题的关键不在金敏珠身上，而是百草有些注意力不集中。"

"…………"

晓萤和梅玲同时张大嘴巴。

盛夏的阳光刺目耀眼，有风吹过她的脸畔，百草微微眯了眯眼睛。

一道阳光如琉璃。

远远的，台下有一身雪白的道服，闪入她的眼睛，远远的，她能看到初原正担心地凝望着她。昨晚，夜风将他的声音吹至她耳畔，虽然她无法看到在那棵榕树下他说话时的神情，但是她可以听得出……

"呀——"

怒吼伴随着裂空的风声，百草悚然一惊，视线刚刚闪回，见金敏珠的腿影已将她头顶罩住，如山般重重下劈而来！

晓萤大惊失色！

幸好，百草险而又险地往后仰身，没有使金敏珠的腿劈中头部，而是只落在左胸口，她终于透过一口气。

0：2。

"太可怕了……"

差点就再失两分，晓萤惊魂未定，见百草接连后退了几步才终于站定身体，她十分沮丧地承认：

"百草确实有点心不在焉，前几天跟金敏珠交手，金敏珠这种进攻根本对百草造不成什么威胁的。"

"是啊，按说不应该啊。"梅玲也有些发怔，"百草经过的比赛也不少了，早就懂得比赛时必须全神贯注的道理，以前的比赛也从没有见她这个样子过，难道是太想得到那些奖金和云岳大师的指导，所以杂念太多？"

"我觉得不是。"

偷偷看了眼左前方脸色冷沉的若白，晓萤压低声音，在梅玲耳边悄声说：

"……估计是感情方面的原因。"

"感……"梅玲嘴巴吃惊得刚张到一半，就被晓萤的手掌火速捂上了，收到晓萤噤声的眼神，她呜呜点头，在晓萤移开手之后，将声音压到最低，"你是说廷皓前辈吗？"

"嗯，廷皓前辈，还有若白师兄，"晓萤极小声地说，"估计百草很为难，不知道该怎么选择了。"

梅玲两眼发直，想想也觉得有道理。

"也对，百草从来没接触过这种事情，难怪她心神不宁呢。"

"唉。"

晓莹发愁，一直希望百草能交个男朋友，好好体会一下恋爱的滋味，哪知道桃花一来就是两个，反而为难了百草。

"啊，李恩秀来了。"

旁边，光雅忽然说，众人连忙望过去。在昌海道馆的队伍的最前面，那专注观战，面容清秀如溪水般的少女，正是当日同百草交流过的，传说中的少女宗师李恩秀。

"戚、百、草！"

赛台上，局面占优的金敏珠一点喜色也没有，她瞪着百草，奋声怒吼，气血上涌，眼底有熊熊燃烧的怒火：

"你！打败过我、两次！就可以、这样、羞辱我吗?！你在、想什么！你的注意力、为什么、不在我身上！我要你、全力以赴！我要你、尊重我！"

为了今天同戚百草的这场比赛——

几天来，每个夜晚她没有踏出过训练厅一步，连偶尔打盹儿都是在赛垫上。她改变了自己的打法，她要让自己迅速变强，她要让戚百草不敢小觑了她，她要让戚百草明白，金敏珠是不可战胜的！

可是，她不要这样的胜利！

她宁可第三次被戚百草打败，也不要这样窝窝囊囊地获胜！

"……对不起。"

深吸一口气，百草的脸也窘红了，她顿了顿，提神静气，对金敏珠说：

"现在，开始吧。"

于是，戚百草与金敏珠的第三次交手，正式开始了。

"呀——"

"喝——"

昌海道馆的山谷中，两个少女的高喝声穿透云层，两人身影交错，一次次裂空的出腿在空中叠映出如水墨画般的留影。

台下的各国营员们看得瞠目结舌。

没人明白究竟是发生了什么，前一刻还有些死水乏味的战局，忽然间如烈火烹油一般，令人只是看着也鲜血上涌！

一个是以嚣张之姿，首战立威的昌海道馆最强新秀金敏珠。

一个是以黑马之态，一路过关斩将，勇猛冲入最终赛的中国少女戚百草。

如果说这两人几天前的交手，戏剧性颇强，那么今天这场，是一招一式实打实的硬拼，没有任何花哨，却更加激烈，腿腿出击，如同火光四溅！

更令人吃惊的是。

比赛转瞬已进入了第三局，两个少女的体力皆没有丝毫衰退的迹象，竟好似体力都是用之不竭的。

"好强啊！"晓萤两眼放光，满脸膜拜之情，"如果是我，这会儿早就瘫在垫子上爬不起来了，她们两个还真能打。"

"但是不一样。"梅玲目不转睛地看。

"怎么说？"晓萤不太懂，睁大眼睛努力研究。

"你仔细看金敏珠，她个子低，腿短，而且粗，像是天生神力，"梅玲说，"所以她的体力，就像火山喷发，而且是喷不完持久燃烧的那种火山。"

晓萤一寒，问：

"那百草呢？"

"百草嘛……"梅玲想了想，又仔细观察了一下台上将金敏珠的进攻封住，接着反击的百草，说，"怎么说呢，我觉得，百草的力量很清秀……"

"清秀？"晓萤瞪她，"你是说百草的力量弱？你说话也太'含蓄'了吧。"

"不是啦，"梅玲有点苦恼，"是有点奇怪，百草的力量没有那么'壮'，有种清秀的感觉，可是也是源源不断的，虽然看起来比金敏珠的力量要单薄，却能压制住金敏珠……"

"是的。"申波同意。

"像水的力量？"林凤思忖。

"可是不像水那么柔弱，"梅玲摇摇头，"要比水更有力一些，更有冲劲一些。"

"是草的力量。"若白淡淡说。

"对！对！"梅玲大悟，惊喜说，"没错，就是草的力量！而且是……"

"……小草，"光雅默默接语，"是破芽而出的小草，哪怕压着万钧巨石，也要持续生长的小草的力量。"

"对，"梅玲点头说，"就算在火山岩石上，也能生长的小草。"

高高的赛台上。

"呀——"

摒弃了嚣张绚烂的连环十八双飞踢，将触地跳跃的力量完全叠加在反身后踢上，金敏珠的出腿更加凶猛，那力道仿佛能摧枯拉朽，飓风一般向百草踢去！

"喝——"

在台下一片惊呼中，百草不退反进，竟腾身而起——

那完全是力量与速度之拼！

两人几乎同时起身——

几乎同时出腿——

飓风吞噬之势，金敏珠的左腿距离百草只有一寸的距离，似要将百草的腰部拦腰踹断——

"啊——"
晓萤惊骇。

然而一切快如幻觉。
就在金敏珠的左脚即将踹上百草的那一瞬，百草的身体已如烟尘般高高腾起，就差了那样的距离，仅仅一寸的距离，她竟已跃至金敏珠的上空——
"喝——"
右腿重似泰山压顶！
正正朝金敏珠下劈而去！

昌海队伍中，恩秀神色一凝。

金敏珠大惊！
她看到了百草的腾身，看到了百草的下劈，可是，居然完全无力可施，百草的速度如此之快，她竟只能眼睁睁地感受到自己左腿落空失重，而笼罩在自己头顶的下劈腿影——
力量如此之巨。
顷刻间，仿佛全身已被某种震撼惊住，如山体的崩塌，那一瞬——

"砰——"

满场惊寂中。

像漫画中的定格，金敏珠的身体缓缓向后仰倒而去，盛夏的阳光灿烂透明，百草的右腿像是凝在空中，略旧的道服映出逼人的光芒。

"哇——"

满场沸腾。

各国营员们欢呼出声，太精彩了！

这样实力接近，双方皆用足全力的激烈交手，看得人酣畅淋漓，就如每个毛孔都打开了一般！

裁判示意，踢中头部直接得两分。

2：2。

双方打成平局。

"哈哈，金敏珠还真是……"

眼见着受到那样重的下劈之击，金敏珠却只晕在垫子上两秒钟，又生龙活虎地跳起来，晓萤也忍不住摇头而笑，不知道说什么才好。

比赛继续精彩。

一直持续到了加赛局。

加赛局是采用的是，一方得分即立刻结束比赛的突然死亡法。百草和金敏珠却丝毫没有受到影响，打法不仅没有变得保守，反而越发放得开。

那腿腿犀利的进攻！

短兵相接的对攻！

两人一同为在场所有的营员们献上了目不暇接、高潮迭起的激烈盛宴，呐喊声、喝彩声响彻山谷，不仅仅是为百草，也不仅仅是为金敏珠，沸腾的加油助威声让此刻不再像是比赛，而真正是一场强者之间的交流！

"啪——"

比赛的终止是在百草旋身腾起，又一次使用出双飞三连踢的那一刻，一脚踢出，金敏珠后退闪过——

"啪——"

第二脚踢出，金敏珠身影一晃，竟向右侧闪过！

"咦！"

晓萤、梅玲皆是一惊。

每当百草用出旋风双飞三连踢，对手都是毫无例外向后闪躲，因为那是最直接和快速的反应，上次金敏珠亦是如此。这回，金敏珠居然会向右闪，而且居然闪过去了！

昌海队伍中，恩秀凝神观看。

…………

"哼，那个戚百草肯定还会再用那个什么双飞三连踢，我一定要想出破解之法，让她不能再得逞！"已是深夜，敏珠两眼炯炯，一边大汗淋漓地擦汗，一边蹲在垫子上冥思苦想，突然，她大喊——

"恩秀姐，我懂了！"

"嗯？"

那时她正偎在窗边在看一本中国明朝人写的笔记小说，冷不丁手中的书被夺走了。

"戚百草是故意的！"敏珠双目圆瞪。

"嗯，说。"

她将书从敏珠手里抽回来。

"如果她这样踢，我向后躲，她再踢，我再向后躲，"模仿着戚百草进攻的路线，敏珠咬牙说，"那么她第三脚这么踢过来的时候，我向后躲的速度，肯定跟不上她持续进攻的速度，反而恰好落入她的最佳进攻范围内！"

"嗯，继续。"

"所以！我偏偏不上当！"敏珠狂笑起来，"我要向旁边闪，就像这样！她肯定料想不到，出腿就会失去目标，失去方向的控制，到时候她只要一犹豫，或是有空隙，我的机会就来了，哇哈哈哈哈！"

她微微一笑。

"恩秀姐，你笑什么！"敏珠慌了，扑过来，"我说的哪里不对？那样的话，那个戚百草肯定会措手不及，被我打败，不对吗？"

"也许吧。"

脑海中浮现出那个女孩子小鹿般灵闪的眼睛，她忽然也很想知道，如果按敏珠师妹的应对，那女孩子会有怎样的反应。

"嗯，你可以试一试。"

…………

"啪——"

金敏珠向右闪去，百草第二脚落空，腿风还凝在空中的那一刹，金敏珠清晰地看到百草眼神一怔，第三脚变得稍有迟疑——

果然！

金敏珠狂喜！

"呀——"

她的机会来了！

纵声提气，金敏珠大喝一声，出腿横踢，灌全身之力！她要让戚百草败在她最得意的双飞三连踢之上！就像前几天，她居然耻辱地在连环十八双飞踢上落败，而现在——

她、要、反击了——

"啪——"

高高的赛台上，阳光闪耀中，就在金敏珠即将光荣反击的这一刻——

"啪——"

她的胸口之上，被踢中了一脚。并不很疼，但那一脚，扎扎实实踹中了她的胸口。

双飞第三踢……

金敏珠惊呆。

然后她双眼暴睁，难以置信地连连退了几步，惊骇欲绝。

为什么——

这绝不可能！她明明已经闪到了右侧，并且进行了反击，为什么，戚百草还是踢中了她！

金敏珠的脑中空白一片，有杂音嗡嗡地响。

3：2。

裁判做出判决，戚百草得分获胜！

比赛结束。

"啊——"

岸阳队的队员们激动地欢呼拥抱在一起！暑期跆拳道训练营的最优胜女子营员出自这里！是百草！是他们朝夕相处的伙伴！

若白轻吸口气，缓缓站起身。

初原的神情中也有些激动，他将目光从赛台上的百草身上收回，看向身旁的若白，微笑说：

"她确实非常出色。"

掩住眼底暗涌的波澜，若白淡声说：

"她还可以更好。"

昌海道馆的队伍里。

闽胜浩看到了恩秀眼中迸发出的明亮之光，就好像终于看到了期盼已久的对手，他肃声说：

"恩秀师姐……"

"嗯。"

恩秀继续紧紧望着赛台上的百草，感觉心中的某些东西仿佛忽然间被点燃了一般。

"您认为，她的实力已经超过了方婷宜？"望着她眼波中的喜悦，闽胜浩一怔，目光立时转开，不敢再看。

恩秀沉吟片刻。

"不。目前，她和婷宜的实力应该还在伯仲之间，或者，婷宜是要比她强一些，但是，她进步很快。"而且，那女孩子同敏珠师妹的两场比赛，中间只隔了短短几天的时间——

恩秀想了想，又说：

"她的进步，快得惊人。"

赛台上，金敏珠呆呆地站着，她没有看到满场沸腾的各国营员们，没有听到裁判宣布比赛结束的声音，只有胸口被踢中的那一瞬，在她的感觉中一遍遍地重现着。

究竟发生了什么？

将那一刻的情景往后倒带一点，再倒一点，是的，戚百草踢出双飞第二踢时，她没有往后退闪，而是向右闪去。她的反应出乎戚百草的意料，她能看出戚百草的眼神怔了一下，即将出腿的第三脚变得有些犹豫。

那么，直到那时，局面对她还是有利的！

接着呢？

发生了什么——

金敏珠紧紧闭上眼睛，屏住呼吸，用力回忆。那时，接着，她大喜之下，从戚百草的右方，试图横踢反击，戚百草……戚百草……

一道强烈的白光刺穿她的记忆！

啊！

就在她试图横踢反击的那一刻，戚百草已要踢出去的双飞第三脚，居然在空中，匪夷所思地改变了路线，不再是向前，而是——

向右横扫了过来！

虽然因为路线的陡变，力量受到了损失，却恰恰踢中了正从右方反击而上的她的胸口！

看起来竟如同是她自己迎上了那一脚似的！

短短几天，戚百草居然可以进步到这样的境界，双飞三连踢不再是固定的模式化的，而是可以随心所欲，身随心动！

霍——

金敏珠双目暴睁！

"戚百草！"

这声低喝令正欲退场的百草站住脚步，她一怔，望向刚才还呆呆愣愣如同做梦一般的金敏珠。见金敏珠瞪着自己，眼底翻涌着各种各样复杂的情绪，百草皱眉，心中暗生警惕。

"你……"

难道金敏珠还是不服气，还想再打一场？

"我会、进步的！"

直直地瞪着百草，金敏珠胸口鼓起来，她每个字都咬得很重地说："终有一天，我会、打败你！"

百草凝视她："我期待同你下次的交手。"

"……我也是。"

金敏珠眼中依旧有着不服气，声音也还是硬邦邦的，瞪着她，说："我期待、同你下次、交手。虽然、我不喜欢你、但——"

脸色古怪地一红，金敏珠不去看她。

"——你是、很棒的、对手。"

百草怔住。

习惯了面对那个嚣张得不可一世的金敏珠，忽然听到金敏珠这样说，她竟有些不知所措。

"你也是，很好的对手。"

轻吸一口气，百草郑重回答她。每次同金敏珠交战，她的斗志总是被激扬到最高，有超出她自己想象的发挥。

听到她的话，金敏珠两眼放光，嘴角兴奋地咧出笑容。可是，当百草腼腆地笑着回应时，金敏珠又气鼓鼓地瞪回去，转身就走。百草留在原地，困惑地望着金敏珠的背影，晓萤和梅玲她们已尖叫着冲上来，将她紧紧拥抱住！

*** ***

"哈哈哈！太圆满了！"宿舍里，晓萤双手叉腰，激动的狂笑声震得房梁颤抖起来，"戚百草！最优胜营员！一万美金！云岳宗师的弟子！哈哈哈！人生如此，夫复何求！现在全世界都知道百草的名字了！全世界都知道咱们岸阳队了！将来全世界也会知道，岸阳队里还有一个人，名叫范晓萤！"

"不是弟子，只是云岳宗师会指点一下，"正为那瓶薰衣草换水的百草纠正说，"而且，也只是一天的时间。"

"一天已经很厉害了，"梅玲敷着面膜，最小幅度地说话，"据说哦，只要被云岳大师指点过，境界就会提升很多。"

"那么神奇？"光雅有点怀疑。

"是真的，"压一压唇角翘起的面膜，梅玲继续说，"据说云岳宗师指点李恩秀的时间，加起来陆陆续续也不超过一个月，你看李恩秀现在的地位和身份，少女宗师哎。"

"可是，他们不是父女吗？父女在一起，指点的时间究竟有多长，外人怎么会知道？"光雅还是怀疑。

"哈哈，你这就消息不灵通了吧，"晓萤凑过来参与八卦，"传说中哦，云岳宗师长年闭关，任何人都不见，连李恩秀能见到父亲的机会也是寥寥可数。"

瓶中的水清澈透明。

百草听得怔住，紫色的薰衣草留在半空忘记插回去。

"啊，百草，这个给你。"时间一到，取下面膜，梅玲从包里翻出一个相机，喜滋滋拿给百草，"有机会就偷偷拍张云岳宗师的照片回来，小心别被他发现。"

"哇，好主意呀！"晓萤大喜鼓掌，"这样就可以知道云岳宗师究竟长什么样子了！"

"百草，别听她们的。"林凤出声，瞪她们一眼，"净出馊主意，万一害得百草被赶出来怎么办？你们以为偷偷给云岳宗师拍照，云岳宗师会发现不了？"

"……哦。"

晓萤和梅玲不情不愿地对视一眼。

"云岳宗师……"薰衣草香气弥漫在空气中，百草怔怔问，"……真的很少露面，普通人连他的照片也看不到吗？"

"是啊！"见百草难得对八卦有兴趣，晓萤连忙倒豆子一样噼里啪啦地说，"云岳宗师不接受采访，不允许照相，不参加比赛，要不是有时候会参加大师级别之上的交流切磋，简直跟隐形人一样。世外高人大概就是如此吧，看淡名利，只在乎境界的提升。"

"…………"

百草呆呆地听着，手指一顿，不小心捏破了一点花穗，薰衣草的香气弥漫出来，清清淡淡的，如同昨晚吹过的夜风。

那边，晓萤、梅玲她们已经开始新的话题。明天是训练营的最后一天，除了获得最优胜营员荣誉的闽胜浩和百草，别的营员们都可以白天自由活动。一定要好好出去玩玩，到底是去传说中的大东门购物，还是去景福宫、德寿宫那些景点玩，四个女孩子讨论得热火朝天。

"咦，百草呢？"

光雅忽然发现房间里少了一个人，只留下深紫浅紫的薰衣草插在桌上的瓶子里。

*** ***

"咚、咚。"

内心仍在挣扎，鼓足勇气，百草扣起手指敲门。看到房门打开，初原温和地站在她面前，她窘迫地咬了咬嘴唇，说：

"我……我那晚听到了……"

CHAPTER6

昨晚还是金黄色的圆月，挂在深蓝的夜空中，今晚的月亮就已缺了一块，是冷冷的银白色，映在湖面的水波上。

"这么说来，那一晚你们不是在我的窗前赏花?"走在宁静的小路上，初原莞尔一笑。

他的声音有淡淡的鼻音，格外好听，百草禁不住怔怔仰起头。月光下，他的面容有透明的光芒，眼底也有令她屏息的光芒，呼吸间，他的气息也如同她第一次遇到他的那个夜晚，有若有若无的消毒水气息，干净得不可思议。

"所以，你们认为，恩秀是我的女朋友?"

初原笑着摇摇头。

过了一会儿，没有听到她的声音，他停下脚步，深深凝视她："你也是这么认为吗?"

"……嗯，"百草死死盯着自己的脚尖，半晌，"……是的。"

初原似乎怔住。

后脑勺能感觉到他的目光，她紧张地低着头，不敢看他。良久之后，他低低叹息一声，揉了揉她的发顶，却什么也没有说，缓步向前走。

百草呆呆地站在原地。

望着前方的初原，他的背影在小路上被映得斜斜长长，她的心仿佛被揪住了一般，赶忙几步追上去，不安地嗫嚅说：

"对不起。"

同她一起走着，初原的声音很静：

"是因为这样，最近几天才躲着我？"

"……嗯。"

"傻丫头，"声音里多了抹释然，他低声说，"你让我以为……"

"嗯？"

"往后，不要再胡思乱想，"小路上，他和她的影子并在一起，夜风中有淡淡露水的气息，"有任何想知道的事情，都可以直接来问我，明白了吗？"

"是。"

她郑重地点头。

"那天，我已经告诉过你了，"看到她如此严肃的表情，初原忍不住又揉揉她的头发，轻叹一声，"你怎么可以误会我呢？"

月光下，她的头发如此清爽，眼眸如此明亮，渐渐地，他的手指如同被施住了魔法一般，竟无法从她的发间移开，他深深地凝望她，她也怔怔地望着他。

夜风清香。

虫鸣远远的此起彼伏。

心跳越来越快，她的眼睛亮得像星星，脸越来越红，忽然，她不敢再看他，心跳得想要从嗓子里蹦出来，睫毛慌乱地颤抖，她向后一躲，他的双手拥住了她的肩膀。

"霍"的一声……

她脑中一片空白。

耳边是心脏"怦怦怦"疾跳的声音，那样快速，她面红耳赤、手足无措，又不知过了多久，才猛然明白，那不是她的心跳，而是他的。

"百草……"

初原轻轻喊了声她的名字,声音中有那么一丝不确定,她的耳膜轰轰地响,仿佛血液在翻涌冲荡,她以为她回答了他,声音却比虫鸣响不了多少。

"……嗯。"

"如果必须再讲一遍,"初原闭上眼睛,更加拥紧她,"百草,我喜欢你。"

那一刻,他的呼吸就在她的头顶,他的心跳就在她的耳边,他的掌心很热,温度透过她的衣服,熨热她身上的每个细胞,那一刻,她仿佛可以听见世间任何细小的声响,可以分辨出远处每一声虫鸣的不同,可以感受到夜风吹过每一片树叶的区别,又仿佛,如在一场无法醒来的梦中,甚至每一根手指都无法挪动。

"可是婷宜前辈……"

她心中恍惚着。

"没有,"听懂了她在问什么,他拥着她,在她头顶静静说,"除了你,从来没有过任何人。"

当他终于松开她时。

世界已变得如此不同。

两人痴痴地站着,互相望着,想要说什么,却什么也说不出来,初原的面容也微微染红,眼中有璀璨得令她不敢去看的光芒。又过了一会儿,初原轻轻握住她的手,她慌乱地低下头,手指在他掌心蜷曲了一下,然后,就任他那样温柔地握着。

月光如水。

小路上。

两人静静地并肩走着。

夜风一阵阵吹过,虫鸣一阵阵响起,只要一抬眼,她就会看到他明亮温柔的双眼,只要一低头,她又会看到交握在一起的那两只手。那种宁静,仿佛一根线,将她的心越缠越紧,紧得似要绷开。

"……有任何想知道的事情，"宁静紧绷的气氛中，看到不远处月光下的湖面，百草挣扎片刻，犹豫说，"都可以直接问你，是吗？"

"是的，"初原温声说，"你想知道什么？"

"……我，"她最后迟疑了一下，"……我昨晚就坐在那片湖边，听到了你跟恩秀之间的说话。"

湖面的水波被夜风吹起一层层的涟漪。

"你全都听到了？包括我和恩秀之间的关系……"

"是的。"

月光在涟漪上面如同细碎的银子般洒开，初原沉静着，久久没有说话，直到走到那棵茂密的榕树下，他缓缓松开她的手，望向那遮天蔽日般的枝丫。

"在松柏道馆，也有这样一棵榕树。"良久之后，初原静声说，"小时候，我最喜欢那棵榕树，夏天很阴凉，风吹过树叶的声音很好听，那时候，我几乎每天在榕树下练功，读书。因为太喜欢它，我特意在它附近建了一座木头房子，这样一推开窗户就能看到它。"

百草仔细听。

她自然记得那棵榕树，那棵榕树要比昌海道馆的这棵年代更久远一些，更繁茂一些。在初原远赴海外的那些日子里，她常常站在榕树下，呆呆望着那座不再亮灯的小木屋。

"母亲说，那棵榕树是很多很多年前，由创建松柏道馆的老馆主亲手栽下的，小时候她也常常在榕树下玩。"摸着榕树的树干，初原笑了笑，"只是当时的我，一直觉得很奇怪，为什么母亲长大后，却不再喜欢那棵榕树了，为什么每次她看到那棵榕树，总是有种像是悲伤的感情。"

百草呆呆地听。

夜风吹得树叶扑簌簌响。

"父亲也是如此，每次看到那棵榕树，他的神情总是更加复杂，就像他在看我比赛时的神情一样。"初原出神地摸着树干上那个凸起的节疤，语速渐慢，"小时候，我以为只要我赢得比赛，父亲就会开心，而且，我喜欢比赛，喜欢率领着松柏道馆一路战无不胜。"

仿佛想到了什么，初原摇头笑笑。

"父亲确实很开心。第一次拿到挑战赛冠军的时候，父亲冲了上来，紧紧抱住我，他激动兴奋的笑声，我一直到现在还记得很清楚。可是渐渐地，我发现事情并不像我想的那样。父亲的情绪似乎很痛苦矛盾，每一次我赢得胜利，父亲是由衷的高兴，但是在比赛中，我有时看到父亲望着我的眼神……"

初原的声音顿住。

月光透过枝叶洒下来，将他的身影勾勒出淡淡银辉的轮廓，静了很久，他回过神来，说：

"……同母亲望着榕树时一样，父亲的眼中是悲伤，一种无法散去，越来越浓厚的悲伤。"

百草听得完全呆住。

看到她这个模样，初原笑了笑。他低下头，凝视着她的眼睛，问："还可以继续听下去吗？"

百草呆呆地望着他。

"……"她的声音很涩，心中乱成一团，"对不起……我……我不该问这些……"

初原摇摇头。

浓密的枝叶将夜空遮住，只有零散的月光和星芒漏过，伸出手，握住她的右手，他轻轻拉着她一同坐下，前面是波光粼粼的湖面，榕树倒映在水光中。

他的手指有些凉。

掌心依旧是温热的。

"后来，有一天，母亲对我说，不要再练跆拳道了。"初原慢慢地回忆说，"当时的我，无法接受。我喜欢跆拳道，喜欢比赛时的那种感觉。我问母亲为什么，她什么也不说，只是告诉我，不要再练了。"

百草的手指一颤。

她难以置信，居然是那美丽温柔得像仙女一样的馆主夫人，命令初原师兄退出了跆拳道。

"不是。"

好像知道她在想什么，初原静声说：

"母亲是温和的人，看我不愿意接受，也没有再说什么，只是她的神情一天比一天忧伤，我知道，她是在担心父亲。

"直到那一次，我们又获得了道馆挑战赛的冠军，当天晚上，恩秀来了。"初原微微一笑，眼中有柔和的星芒，"她居然是偷偷一个人从韩国跑来的，那时候她还是个小姑娘，就跟你当初一样，只是她更爱笑一些。"

他的手指渐渐温暖。

"第一眼见到她，有种莫名的熟悉和亲切的感觉。她对我说，'我看了你的比赛，你知不知道，你比赛的时候跟我的一个亲人非常非常像。'"虽然已过去多年，但恩秀说的这句话，每个字他都记得异常清晰。

"非常非常像……"

初原喃喃又重复了一遍，神情中有复杂的情绪，半晌，他侧首看她，笑了笑，说：

"你看，这就是一个很简单的故事。那个男人和我的父亲母亲从小一起长大，是师兄妹，他一心痴迷跆拳道，有一次他们三人终于进入当时地位崇高的昌海道馆习练，他因为资质出众，被留了下来，再也没有离开。后来，他娶了昌海道馆馆主的女儿，继承了风赫宗师的衣钵，虽然……"

“初原师兄……”

心中有强烈的不安，百草的声音微微颤抖。

“恩秀说，当时他并不知道母亲已怀有身孕，如果知道，可能他不会做出那样的选择。”初原望着湖面的粼粼波光，“可是，无论母亲是否有身孕，当时母亲都已同他订了婚。”

榕树的枝叶浓密如华盖。

夜风微凉。

“所以，你从此退出了跆拳道?”

百草呆呆地望着初原，在她心底，他一直是仙人般的存在，没有世间的烦恼，不染世间的尘埃。

初原微微一笑，说：

“所以我明白了母亲，她是看我那时太沉迷于跆拳道，怕我变成跟他一样的人。”

又待了一会儿，她怔怔地问：

“会觉得可惜吗? 你曾经那么喜欢跆拳道。”

“有一阵子很不习惯，连做梦都在练习腿法。”初原笑着摇摇头，“后来，慢慢发现，原来世界很大，除了跆拳道，也有其他令我感兴趣的东西。比如中医的针灸，人体上有那么多穴位，扎在不同的穴位上，力道轻重不同，会有截然不同的疗效，也很让我着迷。”

***　***

夜雾缭绕山顶。

皎洁的月光，一座古朴雅拙的庭院。

恩秀从母亲手中接那盅炖了很久的汤，穿过长廊，行到一间四面卷帘的亭子前，卷起米黄色的竹帘，一弯腰钻进去。

"父亲，这是母亲亲手炖的虫草，您趁热喝了吧。"望着那正盘膝打坐的清癯身影，恩秀眼中含笑，声音清脆地说，"您这一次闭关了三个月，再不出来，我和母亲都要把您长什么样子都忘记了呢!"

夜风吹得竹帘微微晃动。

云岳闭目盘膝。

"今天，我去看了训练营最优胜营员的最终赛，果然是胜浩师弟拿到了男子组的优胜，不过我还是怀念三年前廷皓拿到优胜的那场比赛。廷皓是那种有天生的王者光芒，令所有对手都忍不住想要臣服的选手，胜浩师弟虽然进步很快，但是气势上还是略逊一点。"

欢快的声音像小溪流水叮叮咚咚，恩秀想了想，眼睛忽然一亮，又说："我还发现了一个很出色的女孩，名字叫戚百草，她很踏实，又很聪明，明天您就可以看到她。"

月光透过竹帘。

云岳仿佛已经入定，感受不到任何身外的事物。

"说不定，她会成为我最强大的对手，"恩秀有些兴奋起来，眼睛也越发明亮，"父亲，您好好指导一下她，我觉得她确实很有潜力!"

静了一会儿。

手指摸了摸保温盅，比刚才微微凉了些，恩秀回头，看到不远处母亲还站在那里，然后她又看看入定中的父亲，笑了笑，说：

"父亲，有时候我觉得有点寂寞……"

在外人的面前，父亲虽然也很少说话，然而态度总是温和的。可是在家里，面对着母亲和她，父亲总是疏远得仿佛他根本不属于这里。

"如果您能陪我说说话，该有多好，"她叹息一声，摇头笑着，"或者，如果我有一个哥哥，能朝夕相伴在一起……又或者，我能有一个势均力敌的对手，我以战胜她为目标……"

将保温盅推至父亲身前，恩秀深深行了个礼，不再打扰父亲的清修，她弯腰从亭子里钻出去，把竹帘重新放好。穿过长廊，她走到满脸渴盼的母亲身前。

"父亲说待会儿就吃，父亲让你回房休息，说风凉，担心你体弱再生病。"用手语边说边比画着，恩秀眼中都是笑意。

母亲的双手比了一下。

"当然是真的，"恩秀撒娇地说，"妈妈，你难道还不了解父亲吗，他最关心咱们母女两个了，你不能因为父亲不爱说话，就误会他啊。"

目送着母亲干枯瘦弱的背影，恩秀久久地站着，她忽然很想知道——

父亲，您不会觉得寂寞吗……

*** ***

"傻丫头，不用担心我。"看着百草呆呆愣愣的模样，初原含笑揉揉她的头发，"我早就放下这些了。倒是你，因为昨晚听到了这些，心神恍惚得差点输掉比赛，嗯？"

她的脸红了。

"我……我以为……"

"别想那么多，"温和地握紧她的手掌，他凝视她说，"廷皓曾经在这里住过一段时间，他提起过，云岳宗师在跆拳道上的造诣早已入化境。你能够被云岳宗师亲自指点，是难得的机会，要好好把握，明白吗？"

"嗯。"

她缓缓点头。

然而，看着他宁静如月光的眼睛，她又犹豫片刻，小心翼翼地问："……你，见过他吗？"

"没有。"

"……你想见他吗?"

初原似乎怔了怔,他抬起头,望向远处的湖面,说:"见到他又能如何?不,我不想见他……"

"不说这些了,"将目光从湖面收回来,初原含笑看着她,"明天你没有时间出去玩,需要我帮你买些什么回来吗?为曲师父带的礼物,你买好了吗?"

"啊!"

百草被提醒了,她睁大眼睛,对,她还有好多东西没有买。现在她得到了最优胜营员的奖金,她有钱了,可以为师父买高丽参了!还有,还有答应廷皓前辈的大酱……

"列个单子给我,我明天去帮你买。"

从口袋里拿出一支笔,初原开始记录。在他的指间,是一只黑色的钢笔,笔尖是金色的,百草怔怔地看着,心中温热一片,那钢笔正是她送给他的。

*** ***

清晨,晓萤伸个懒腰,迷迷瞪瞪睁开眼睛,霍地吓了一跳,有个人正跪坐在她身旁,目不转睛地等她睡醒。

"吓死人了!"拍拍胸口,晓萤坐起来,惊魂未定地说,"百草,你干吗突然这么深情地凝视我,好不习惯哦,难道你忽然间爱上我了?哈哈哈!"

"她已经'深情凝望'了你快半个小时了。"梅玲边擦面霜边说。

"哇!你真的爱上我了吗?"晓萤激动地扑向百草,"我也爱你!我也爱你!呜呜呜,百草,我其实暗恋你好久了!"

被晓萤激情拥抱得无法呼吸，百草窘得满脸通红，结结巴巴地说："不、不是的，我想找那套道服……"

"道服？哪套？"

"那套……新的……"

"哦——"

晓萤想起来了，临行前百草死活不肯带上那套新道服，她一怒之下，把它塞进自己的行李箱带过来了。不过那个行李箱一直都是百草帮忙提的啦，所以她倒也没累着。

"就在那个箱子里啊，你自己去拿就好了嘛，"晓萤伤心地松开她，两眼含泪说，"干吗要这样欺骗我，欺骗我纯洁的感情，我以为你终于爱上我了，结果却受到这样的伤害……"

"打住！打住！表情过猛，戏过了，"梅玲点评说，"要这样演才对，你看我，'百草，你怎么可以……'"

簇新的道服雪白雪白。

在清晨的阳光中显得格外好看。

"好漂亮。"

叠好薄被，光雅一抬头，看到换上新道服的百草，忍不住赞叹出声。

"是啊，很漂亮，"林凤也站起来，摸摸那身道服，"料子也很好，又柔软又吸汗，为什么以前不见你穿呢？"

仔细地将旧道服叠好，百草脸红地说：

"我……我怕把它弄脏……不舍得穿……"

"哈哈，是若白师兄不许她穿的，"正在和梅玲探讨演技的晓萤扭过头，眨眨眼睛说，"怎样，因为要去见云岳宗师，今天不怕若白师兄骂你了？"

庭院中，女孩子们高高兴兴地走出房门，寇震、申波他们已经等在那里。今天除了百草，大家都是集体活动，民载包了一辆车，充当翻译陪大家出去玩。

看到若白，百草有些局促。

若白也看到了她。

她穿着雪白簇新的道服，黑色的腰带在晨风中轻轻飘扬，她的短发细心梳理过，刘海儿上别着那只草莓发夹，红晶晶，亮闪闪，映着她的眼睛如小鹿般，格外乌黑明亮。

若白没有说什么，转过头对亦枫交代一些事情。百草松了口气，在人群中又看到了初原，她的脸一红，窘迫地错开目光。

初原也看到了她身上的那套道服。

除了她生日那天兴冲冲地穿了它跑来给他看，这还是他第一次看到她穿。他知道她不会在意道服的品牌，可是第一眼见到这套柔软又漂亮的道服，他就觉得，那是应该属于她的。

直到她脸颊微红地错开目光，初原才微笑着将头也转回来，他向大家介绍了今天出行的路线，又叮嘱些注意事项，让大家记好他的手机号码。然后说，他还有些事情需要处理，就不跟大家一起出发了，随后，他同昌海道馆的一个大弟子离开了庭院。

看着众人跟随民载上了车，若白淡淡对百草说："走吧，时间已经不早了。"

"你不去吗?"

眼看着车已经开走，百草疑惑地问。

"你接受云岳宗师指导时，我会守在外面，有什么需要，你就告诉我。"若白向山路走去。

"我没有什么需要的，"追在他身后，她着急地说，"难得来韩国，你还一次也没有离开过昌海道馆，你跟他们一起去玩吧，我可以自己照顾自己……"

"你确定要穿这身道服?"打断她,若白皱眉。

"⋯⋯⋯⋯"

百草支吾着,脸红红的。

"那么,就把它当成一套旧道服,不要束手束脚,反而让它成为你的拖累。"若白肃声说。

"是。"

她正色回答。

"要仔细听云岳宗师的指导,每一个字都要牢牢刻在你的脑子里,明白吗?"若白叮嘱她。

"是。"

*** ***

山上的树木郁郁葱葱,开满了野花。一路向山顶走去,那栋古朴雅致的庭院仿佛被淡淡的云雾缭绕着,如同淡墨山水画中的一笔,远远地仰望着它,百草心中竟开始有些紧张。

走到山顶。

闽胜浩正等在庭院门口。

看到若白和百草走近,闽胜浩对两人颔首行礼,目光微微在若白身上多停留了一秒,然后望回百草,说:

"请随我来。"

若白沉默地对闽胜浩鞠躬还礼,守在院门外,没有进去。

跟随在闽胜浩身后,百草静静地走着,这庭院宁静幽深,除了几声鸟鸣,几乎再听不见任何声音。弯过一道长长的回廊,面前是一池碧水,在上午的阳光中映出粼粼波光,池边也有一棵榕树,同样茂密得遮天蔽日,似乎同山谷中湖边那棵有相同的树龄。

一座四面竹帘的亭子临在池畔。

百草有些怔忡，面前的这些景色让她想起初原的小木屋，其实是不同的，也并不是非常像，但是那种味道，那种宁静，仿佛有着某种难以言述的相通的感觉。

闽胜浩打开一扇门。

里面漆黑，百草定了定神，紧跟着闽胜浩。屋里居然有一条路，幽黑得像是地道，伸手不见五指，偶尔指尖碰到，竟是冰冷的壁石，沁着微寒的水汽。

不知走了多久。

眼前突然迸起万千亮光！

百草下意识用手背遮了一下，等终于能睁开眼睛，立刻看得呆掉了。

面前是一个山洞，无比巨大的山洞，山洞中有潺潺流水的小溪，洞壁上有一些壁画，看起来有些眼熟。山洞上方有一个缺口，阳光如瀑布般奔涌下来，令山洞中充满了金色的光芒！

"弟子闽胜浩，与今次跆拳道暑期训练营的最优胜女子营员戚百草，拜见云岳宗师。"闽胜浩深深弯腰行礼，声音异常虔诚恭敬。

百草连忙一同深躬行礼。

山洞中并无声音。

等了片刻，还是没有任何声音，百草不解地微微侧首看向闽胜浩，见他依旧敛声静气，弯腰不起。顺着他行礼的方向，看了看，又看了看，突然，她怔住了——

从山洞上方直射而下的光芒中。

竟似有一个身影！

那身影似一片透明的水波，映在那片光芒中，又似自身便是一道光，是以隐在万千道光芒间，再仔细看去，又仿佛，那身影平凡无奇，就只是静静盘膝坐着，是太过宁静了，于是如同空气一般，融在金色的阳光里。

"请起。"

光影中，声音如静静的水汽，没有倨傲，只有宁静温和。百草听得一怔，眼角看到闽胜浩已直起身，她便跟着站直身体，于是，她看到了传说中的——

云岳宗师。

"你来自中国，是吗？"

云岳宗师静声问，百草怔怔地望着他，回答说：

"是的。"

"你的名字叫什么？"

"戚百草。"

"这名字的含义是？"云岳宗师眼神静静地问。

"父亲说，神农尝得百草去找寻真正的良药，凡要做好一件事，必定付出辛苦和努力。"

"嗯。"

云岳宗师沉思片刻，稍后，对二人说：

"作为最优胜营员的获得者，我指导每人一天的时间。百草，你何时回国？"

"明天。"百草回答。

"好，那么今天我先指导你。胜浩，你可以先回去了。"

"是。"

闽胜浩恭谨地离开。

山洞中阳光极盛，百草怔怔地看着云岳宗师，虽然明知这样很不礼貌，可是她的眼睛无法离开。不，那不是云岳宗师，那是……

初原。

虽然比初原要清癯很多，年长很多，虽然他的眼睛已苍老，有着深深的孤寂，却依然干净温和，如同透过榕树枝丫的星光。

那会是很多年后的初原吗……

"先把你所有的腿法演练一遍。"

云岳宗师静声说，仿佛对她怔怔的目光视若无睹。

"……是!"

深吸口气，百草强迫自己不能再看，她走到山洞的宽阔地方，屏心静气，清叱一声——

"喝!"

瀑布般的阳光中，百草双拳握紧，全神贯注，从最基本的前踢、横踢、侧踢、后踢，到下劈、勾踢、后旋踢、推踢，虽然面前并没有对手，但每一次出腿她都命令自己用尽全力，将身前攻击范围内的空气，视为一定要踢倒的目标!

"喝——"

基本腿法习练完毕，她厉声清叱，腾身而起!

旋身进攻是她最喜欢的进攻方式。

从基本腿法中演化出的旋身横踢、旋身后踢、旋身双飞，是她感觉最有力量的方式，她喜欢那种腾空而起的旋转感觉，如同飞了起来，出腿时也会感觉更加有力!

"喝——"

腾空的旋转中，被搅动的气流擦过她的面颊，那一瞬，她旋身滞留在空中，阳光如此耀眼，如同昨夜湖面上粼粼的波光。

…………

"……你，见过他吗?"

"没有。"

"……你想见他吗?"

初原似乎怔了怔，他抬起头，望向远处的湖面，说："见到他又能如何？不，我不想见他……"

…………

"喝——"

厉喝出声，百草勒令自己不可以分神，旋身腾空，高高跃起，在空中的最高点，她再次高喝，用出双飞三连踢！

"啪！"

第一踢！

"啪！"

第二踢！

使用双飞三连踢已有时日，她越来越能把握住节奏，不再是单单能够踢出三脚，而且每一脚的力道、方向也似乎越来越能够掌控！

"啪——"

她向空中踢出第三脚！

…………

"哥，你会不会怪我……"

前晚的圆月是金黄色，抬起头，她能看到榕树下的初原和恩秀，夜风将两人的说话声传到她的耳旁。

"我应该，至少安排你和父亲见上一面，"恩秀低低地说，"我也一直想让父亲见到你。"

"没关系，我并没有想见他。"

初原安慰她说。

"父亲是个寂寞的人，自我懂事以来，从没有见父亲开心过，"恩秀的声音有些涩，"我常常觉得，父亲应该是后悔的吧，如果能够再选择一次，他一定不会选择留下来，不会跟我的母亲生活在一起，也不会有我的出生。"

"选择留下，他必定已知道将会失去什么，得到什么。"初原默声说，"如果当时选择回国，他也许终其一生也无法在跆拳道上达到如今的成就。到那时，他或许也是会后悔的。"

夜风轻轻地吹。

"如果，父亲当时知道，已经有了你呢？"恩秀的声音微微屏住，"他还会那样选择吗？"

"…………"

初原似乎笑了笑，说：

"你又怎么知道，他当时并不知道已经有了我？故乡和未婚妻都可以放弃，一个胎儿，并不足以动摇决心。"

"不，不是这样的……"恩秀挣扎地说，"那一年，我跑去找你那一次，偷偷去看了你的母亲。她是那么美丽，那么温柔的人，连我只是看了她几眼，就再也难以忘记。"

"父亲也一直难以忘记她吧……"恩秀的声音低下去，"所以，即使我的母亲将父亲当做神，将她全部的生活奉献给父亲，父亲心中却没有母亲的位置。"

榕树的枝叶沙沙作响。

初原似乎对恩秀低语了几句什么，被夜风吹得散落，等再能听得清楚时，又是恩秀的声音。

"……第一次见到你，你在赛场上太迷人了，又英姿勃发，又出尘得像是中国神话里的少年仙人，"恩秀轻笑着，"我得意极了，心想，啊，长得这么好看啊，如果不是我的哥哥，我一定会爱上这个少年的。"

远远的。

她听出初原似乎在微笑。

"当时，我一眼就认出你是我的哥哥，因为你跟父亲太像了！其实从面容来讲，你长得更像喻夫人，但是你比赛时的神采，比赛时眼中的光芒，跟父亲一模一样。"

说着说着，恩秀欢快的声音渐渐低落。

"可是，我从未见过父亲开心时的样子，父亲虽然温和，但是始终是沉默着，是那么孤独，从不让我和母亲走进他的世界。"顿了顿，恩秀低声说，"哥，我一直想让父亲知道你的存在，那样，父亲或许会快乐些。"

初原没有说话。

"但是现在，哥，你真的来了，我却又开始害怕，"恩秀的声音里有难以掩饰的担忧，"父亲是母亲的生命，母亲现在身体越来越差，我害怕……我害怕如果父亲见到你，如果父亲决定离开韩国，回到他的故乡……那么我的母亲，她会不会无法承受……"

"我是自私的人，"恩秀的声音越来越低，"哥，对不起……"

"你没有错，过去的事情已经过去，就不要让它再伤害更多的人。"月光从枝叶间静静洒落，初原的声音温和低沉，"能够见到你，就已经很好。隔了这些年，你长大了，跆拳道练得更出色，长得更漂亮，思考事情也更加成熟，这样我就放心了。"

…………

"喝——"

用尽全身力量踢出双飞第三踢，百草大喝一声，自空中落地。山洞的地面长满一种茵茵的小草，踩上去跟赛垫的感觉很像，她松开紧握的双拳，调整呼吸，站好身体。

"坐。"

云岳宗师示意她坐到一片蒲团上。

"是。"

百草怔怔地盘膝坐下。

如果她刚才还能勉力让自己集中精神去习练腿法，那么，此刻望着

152

面前这让她感到又陌生又熟悉的云岳宗师，心中仿佛被堵满了一样，千头万绪，不知该如何是好。

或许，就让往事沉默下去吧。

她觉得恩秀的考虑是有道理的，如果云岳宗师知道了，会不会打破现在的平静，会不会影响到喻馆主喻夫人和恩秀的母亲，会不会一切变得混乱起来。而且，她听到了初原说，他不想去见。

那么，她也应该沉默才对。她早已明白，真相并非只能带来幸福，往往也会带来痛苦。更何况，初原和恩秀都认为那样最好，她又怎么可以将事情弄糟呢？

今天，她特意穿上了初原送她的这套道服。是不是，只要她穿着这套道服盘膝坐在云岳宗师面前，就可以相当于……

可是。

为什么她的心中还是会生起一阵阵的痛。

那是她在自欺欺人吧……

"你可以静下心吗？"

云岳宗师盘膝而坐，他望着百草，眼神宁静，没有一丝情绪。

"……是。"

百草涨红了脸。

"虽然在双飞踢时，你有些分神，为跆拳道习练之大忌，但是你的腿法和力量依旧保持得不错。"云岳宗师缓缓说，"从力量上讲，你天生的身体素质不算最好，但是看来，你下了很多工夫，而且很聪明。在进攻的腿法上，你加上了旋身，因为腾空高度够，速度快，旋身可以帮助你增加很多的力量。这是你的优势。目前，你最主要的问题在于——"

自山洞上方。

阳光如金色瀑布般倾泻而来。

"你在听吗？"

云岳宗师停下解说，眼神凝起，看着她。

"我……"
百草呆呆地望着面前的这双眼睛，尽管已染上了岁月的风霜，但是，是同样的宁静，在什么情况下，都是同样的温和。她的心底涌出痛痛的涩意，有什么在翻滚着、挣扎着。
她知道那样不可以！
可是……

可是……

"……云岳宗师，"咬了咬嘴唇，百草握紧手指，又深呼吸了一口气，"我想请求您……"

*** ***

弯弯的山路。
上午的阳光灿烂无比，照耀着漫山盛开的野花，从昌海道馆的事务交接部出来，初原走在回宿舍庭院的路上。远远的，是那片湖，抬起头，他望见了山顶上那栋古朴雅拙的庭院。

百草应该正在那里。
想到这个，初原微微一笑，他半蹲下来，手指碰碰路边一朵紫色的小雏菊，花瓣被阳光照得折射出光芒，就像她永远明亮的那双眼睛。
他曾经以为，在离开的三年中，她已经离他越来越远，身旁已经有了她喜欢的男生。他以为他可以平静地看着她，哪怕令她开心难过的将是别人。
可是，他高估了自己。

他是那么想在她的身边，看着她小鹿般的眼睛怔怔地望着自己，看着她脸红得连耳朵都变得红彤彤，他喜欢她在比赛时英姿飒爽的模样，也喜欢她平时忽然就开始呆怔怔的样子。

　　是三年前就开始喜欢的。

　　还是后来才变得越来越喜欢的呢？

　　他只知道，同她在一起时，他的心会忽然怦怦地跳得有些紧张，有热热涌动的喜悦。当她羞涩地默认，刘海儿上那枚草莓发夹，是她喜欢的男生送的，他的心一点一点地往下沉。

　　她会喜欢这些雏菊吧。

　　将路边的紫色花朵小心翼翼地摘下来，初原的呼吸中满是沁脾的清香，他以为他已经错过了，而居然，还没有错过太多。

　　昨晚湖边的榕树下……

　　后来他竟如小男生一般，一晚辗转没有入眠。

　　满满一捧的紫色雏菊，初原站起身，望着山顶那栋被云雾淡淡缭绕的庭院。

　　风一阵阵吹过。

　　他又驻足在那里，望了很久很久。

　　那应该是与他并没有什么关系的一个人。他的出生，他的成长，那人分毫都没有参与过。现在一切都很好，松柏道馆里，他的父亲和母亲生活得平静幸福，他对那人并没有太多的怨恨。

　　手中的雏菊被风吹得晃动。

　　初原默默看着它。

　　他也并不想打扰那人的生活。只是有时候，他会想，如果能远远地看那人一眼，知道那人长得是什么模样，也就足够了。

　　　　　　　*** ***

　　满是阳光的山洞中。

　　"……云岳宗师，我想请求您，"百草鼓足勇气，下定了决心，"听我讲一个故事……"
　　云岳宗师表情平静地说：
　　"今天，我要指导你跆拳道，而非听你讲故事。"
　　"我、我愿意交换！"百草结结巴巴地说，紧张得脸涨红了，"您不用指导我一天的时间，只、只要您愿意听我讲完这个故事……对不起……"

　　云岳宗师凝视她。
　　山洞中如此安静，细小的灰粒在万千道阳光中飞旋。百草越来越紧张，她在想，云岳宗师会不会生气，是会生气的吧，她的请求是如此的荒唐，或许下一秒钟，云岳宗师就会将她赶出去……
　　她不想莽撞。
　　可是，她无法忘记，自从踏入昌海道馆，初原的神情中那抹让人无法忽略的寂寞的气息。好几次她都见到，初原久久地坐在湖边的榕树下，久久地望着湖面出神……

　　"请讲。"
　　云岳宗师平静地说。

　　胸口屏住的那口气缓缓松开，百草镇定一下，努力想着应该怎么说："这是……我自己的故事……
　　"……我从小在全胜道馆长大，十四岁的时候，到了松柏道馆……"她忐忑地望了眼云岳宗师，从他面容看不出任何情绪变化，"……松柏道馆很美，里面种了很多树，其中也有一棵大榕树，比昌海道馆里的榕

156

树还要茂密一些……"

云岳宗师眼神宁淡。

"……我很喜欢松柏道馆，道馆里的人都很好。我认识了晓萤，她很可爱，若白师兄，他虽然不爱说话，但是对人非常非常好，亦枫师兄，他很喜欢睡懒觉……"低下头，她不敢再看云岳宗师，"……还有，还有初原师兄……

"……初原师兄以前也习练跆拳道，他非常非常出色，虽然我并没有看过他比赛，可是所有看过的人都说，初原师兄很棒，比廷皓前辈还要出色……"怔怔的，她的声音越来越低，"……后来，初原师兄没有再练了，他考入了医科大学，学业也是非常出色，所以被交换去美国学习了三年，往后，他会成为了不起的医生……"

山洞里，她的声音渐渐停下。

异常寂静。

只顿了一秒，她已如梦初醒地反应过来，急忙地说：

"我说这些是因为……是因为……初原师兄就住在离那棵榕树不远的地方。他建了一座小木屋，四周还有溪水缓缓流淌……那里景色很美，我平时练功累了，或者心里有什么解不开的事情，就会站在小路上，远远望着那里……

"这次来到昌海道馆，发觉这里的景色也很美……"终于圆过了刚才那些话，她的手心微微出汗，"……初原师兄、若白师兄、亦枫师兄、晓萤也都觉得这里很美……明天我们就要回国了，我们在这里的日子很开心……

"……这就是我的故事，我……我讲完了……"

脑子里依旧蒙蒙的有些空白，双手扶地，她俯下身去，深深行了一个礼。

"谢谢您，云岳宗师。"

山洞中静无声息。

良久，百草保持着行礼的姿势，她一动不动，直到云岳宗师声音无波地说：

"你出去吧。"

*** ***

退出山洞，走过那条黑暗的阴凉潮湿的隧道，眼前的光亮让百草微微闭了下眼睛。凭着记忆穿过那条长长的回廊，向外走去，她心中乱乱的，脑中也乱乱的。她已记不得自己究竟都说了些什么，有没有把事情弄糟，又或者她只是胡言乱语了很多，云岳宗师根本不会听懂。

是的。

云岳宗师是不会听懂的。

因为其实她自己也不知道该说什么，她只是说了乱糟糟的一堆话，怔怔地走着，她希望自己没有闯祸。师父说，她总是太冲动，要学会克制。这一次，她又冲动了，是吗？

"怎么这么快就出来了？"

肩膀被人用力地握住，她一愣，眼前的云雾散开，发现自己竟已走出院门之外，若白正焦急地看着她。

"…………"

她呆呆地看着他，不敢说话。

"你是要拿些东西，然后再回去吗？"若白皱眉问，"需要拿什么，我帮你送进去，你赶快回去多聆听云岳宗师的指导。"

"…………"

嘴唇有些发干，她嗫嚅着说：

"……已经结束了。"

"什么？"若白没听清。

"……已经结束了，所以我出来了。"

百草低下头，有些手足无措。若白定定地凝视了她两秒钟，然后霍然回身，朝庭院里走。

"若白师兄，你做什么?"

她急忙追上去。

"约好是一整天的时间，也许云岳宗师误解了，我去向他说明。"若白声音微沉，头也不回地说。

"不是的!"

从身后抓住他的手臂，她的脸涨红了，结结巴巴地说:

"……是……是我提出来的……"

若白的身体僵住。

他慢慢转过身，难以置信地看着她。

"你说什么?"

"……我……我对云岳宗师说……"她不安极了，"……我想给他讲个故事，他不用指导我一整天……"

"什么故事?"若白皱眉。

摇摇头，百草面红耳赤地说:

"我不能讲。"

若白紧紧盯住她:

"你没有在开玩笑?"

"没有。"

她不安得有点无法呼吸。

夏日的风从两人之间吹过，若白沉默地看着她，高高的身影将她完全笼罩住。她越来越害怕，背脊的冷汗一点点沁出来，这种恐惧甚至超过了刚才面对云岳宗师。

若白眼神严厉地问:

"你知道你在做什么吗?"

"⋯⋯是的。"

"那个故事，要比云岳宗师的指导更加重要?!"

"⋯⋯我⋯⋯我不知道，"她咬了咬嘴唇，慌乱地摇摇头，"⋯⋯我觉得，可能我做了一件傻事⋯⋯但是⋯⋯但是⋯⋯"

若白闭了闭眼睛。

他的嘴唇微微有些苍白。

"知道了。"

转过身，若白沉默着，没有再对她说什么，他走出院门，走上回去的山路。

漫山的野花。

两人一前一后地走着。

默默地跟在若白身后，望着他的背影，百草心中惶恐。

*** ***

窗前，初原将紫色的小雏菊插进玻璃瓶，阳光中，花朵灿烂地开着。院门·响，他看到若白和百草回来了。

若白径直走回房间。

百草呆呆地站在庭院中央，一副茫然失措的模样。

"你闯祸了?"

小雏菊摆放在窗台上，初原温和地问，见她嗯了一声，呆呆地垂下头，他笑了笑，说:

"需要我去帮你求情吗?"

"⋯⋯⋯⋯⋯"

百草难过地摇摇头。没用的，若白师兄一定是很生气很生气，或许，再也不会理她了。

"咚、咚。"

叹息一声，初原从房间走出来。他拉起她，不理会她惊恐的挣扎，敲响若白的房门。

"如果你不理她，她会在这里站一整天的。"初原无奈地笑着，将她推向站在门口的若白，说，"不如你好好骂骂她，或者干脆揍她一顿，无论怎样，让师兄生气都是不对的。"

若白沉默。

他看了看百草，她一句话不敢说，低着头，身体微微发颤，就像做了错事后不知所措的孩子。

"我没有生气。"若白淡淡地说。

百草惊愕地抬头。

"你不是不知道轻重的人，既然这样做，就有你的道理，"若白凝视她，"上次是因为你的师父，这次又是因为什么，我不想知道。"

顿了顿，若白淡漠地继续说：

"对你而言，总是有一些事情，比跆拳道更为重要。我非常痛心你失去被云岳宗师指导的机会，但是，你有这样选择的权利。"

"若白师兄……"

听完这些，百草却更加慌乱。

"我没有生气。"

打断她，若白淡淡地又重复了一遍，看了看她依旧显得不安的面容，又看了看站在她身边的初原，他垂下目光，说：

"你们出去玩吧。"

"…………"

百草觉得自己听错了。

"明天就要回国，既然空出了时间，你和初原出去玩吧。"若白反手准备关门。

"我们一起去。"

初原急忙按住房门。

"不了，我还有事。"将房门关上之前，若白最后看一眼百草，皱眉说，"别玩太疯，明天回国以后要开始恢复训练。"

"可以放心了吗?"

见百草还在望着若白的房门发呆，初原揉揉她的头发，将那束插在玻璃瓶中的雏菊花递到她的手中，温声说:

"这是送你的。"

灿烂盛开的紫色小雏菊，像是闪耀着阳光的笑容，百草呆住，反应不过来地说: "送我的?"

初原笑着说:

"难道只许廷皓送花，就不许我送?"

"⋯⋯⋯⋯"

百草更加呆住。

"好了，"阳光中，初原低咳一声，"想去哪里玩?"

"可是，"她还是不安，目光看向紧闭的房门，"若白师兄真的不生气了吗? 我⋯⋯我想我还是应该留在这里，万一若白师兄⋯⋯"

"走吧，那就让我决定好了。"

失笑地摇摇头，初原牵起她的手，拉着仍旧挣扎的她向院门走去。

CHAPTER 7

天空蔚蓝。

如同突然踏入了童话世界。

米白、粉蓝、粉红，一座座高低错落的美丽城堡，尖尖的屋顶，仿佛要插入棉花糖般的白云中。有欢快的音乐声，喷泉的水花在阳光下折射出七彩光芒，游客和孩童们手中拿着硕大的棒棒糖，各种卡通人物憨态可掬地同大家一起照相。

"我也是第一次来这种地方。"

采购完毕要带回国的礼物，下午时分，站在游客如织的游乐场广场上，耳边是满满的欢声笑闹，望着各种各样令人眼花缭乱的游戏项目，初原笑着对看呆的百草说：

"想先玩哪个？"

身处这样童话般如梦如幻的地方，百草体内的细胞也逐渐兴奋起来，她环顾四周，发现尖叫欢笑声大部分都是从右方传来的。那是一座她曾经在电视上看过的过山车，但是跟电视中不同的是，它从跑道到支架全部都是木质的。

"可以吗？你会不会害怕？"

初原顺着她的目光望过去。

那座木质过山车非常庞大，盘旋蜿蜒如长龙。映在蓝天下，它高耸入云，巨大的圆环，从高到低的降落角度异常陡峭，有的地方几乎是垂直的，下降的速度也如同风驰电掣，几乎所有游客都在车上失声尖叫面色惨白。

"……我想试试。"

百草扭头望他，眼中跃跃欲试。

坐进茶绿色的塑料座位里，百草兴奋得有点像小孩子，她看看前后的游客，再看向身旁的初原，说：

"你会害怕吗?"

初原帮她翻下护栏，又检查一下她的安全带，微笑说："我以前没有坐过。也许会害怕的，如果我吓得大叫，你会保护我吗?"

"是的，我会保护你。"

百草郑重地说。

这时，过山车开动了，她犹豫一下，朝他伸出手，"如果你害怕，可以握紧我。"

过山车的速度突然由平缓变得极快!

风声急速呼啸，两人身体后仰，剧烈晃动，眼睛被疾风吹得睁不开，那种失去重力的感觉令百草的面容有些苍白，她反手紧紧握住初原的手掌。转瞬间，一条长龙般，过山车已风驰电掣爬上圆圈最高的顶点，她刚睁开眼睛看了一下，就像在悬崖之上，过山车又一个俯冲，直直飞冲下来——

"啊——"

头朝下地冲下去，血液全部狂涌脑部，百草紧紧握住初原的手，大惊失声!

又一个飞速地上升!

风声裂耳!

然后急速地下降!

心脏似乎都要爆出来!

"啊——"

面前的一切全都看不清楚，身体在剧烈地摇晃，耳边只有风声和自己的尖叫声，冲高，跌落，再旋转冲高，再飞速跌落，在紧张和恐惧中，她大睁着眼睛，死死握住那只手！

等过山车终于静止下来，仿佛已经过去了一个世纪，百草面色苍白地呆坐在座位里，半晌说不出话。初原的手依然被她死死地握着，她的胸口还在急促地呼吸。

他笑着问：

"吓坏了吗？"

百草终于缓过劲来，她羞涩地看着他，面色还有些白，却眼睛亮亮地十分兴奋，回答说：

"还……蛮好玩的！"

从未有过的激动攫住她的全身，当过山车从高到低疾冲而下，虽然恐惧，但是仿佛整个人都被释放了！

"想再玩一次？"

"嗯！嗯！"百草拼命点头。

然后又排了半天的队，第二次坐上过山车。这一次，百草不再害怕，随着长龙般的过山车惊险地冲高和冲低，她紧紧握住初原的手，放声大喊，阳光灿烂，风声呼啸，初原同样握紧她的手，也与她一起喊出声——

"啊——"

"啊——"

在游客们的震天惊喊中，过山车再次冲上高高的顶点，他和她握紧彼此的手掌，两人对视一笑，迎接即将到来的最刺激的一次俯冲！

玩过两轮过山车，初原和百草全身的神经都彻底兴奋起来，又去玩了疯狂老鼠、海盗船。百草是第一次玩游乐场，初原也是第一次，在游戏项目剧烈的刺激中，两人晕得七荤八素，却笑得跟孩子一样。

最刺激的是跳楼机。

从上百米的高空完全失去重力地跌坠下来，在落向地面的最后一刻停住，两人的心脏足足休克了好几秒钟。

"累了吗？"

走在童话城堡般的游乐场里，初原买了杯泡沫红茶给百草，她的脸已是红扑扑的，就像熟透了的苹果。

"嗯，有点累了。没想到玩这些，居然比打比赛还累。"泡沫红茶清凉又有淡淡的甜味，非常好喝。用手背擦擦额头的汗，她渴望地看着周围那些还没玩过的游戏项目，说：

"可是，还是想玩。"

"先休息一下，然后玩一些不太累的。"接过她手中的红茶，初原又将一朵粉红色大大的棉花糖递给她。

"好。"

百草脸红红地说。

天际有了第一抹晚霞，走在鲜花盛开的广场中，不时有卡通人物憨态可掬地同他们照相。

照片从相机里吐出来。

在头扎蝴蝶结的可爱米妮的臂弯中，他手拿着泡沫红茶，她手拿着棉花糖，两人靠得很近，笑容灿烂无比。

路边有卖纪念品的小店。

百草低头翻看各式各样的钥匙扣、笔袋、小人偶，都很可爱，心想着要不要给晓萤她们带些回去。忽然，她看到一对笔，那是一对毛笔，笔头上有穿着韩国传统服饰的两个小人，一个小男孩，一个小女孩，正在欢快地敲某种韩国民间鼓乐。

若白师兄会喜欢吗？

她犹豫着拿起这对笔。

会不会，若白师兄觉得这对毛笔太幼稚呢？

*** ***

玩了一天，亦枫觉得很瞌睡，于是自己搭公车先回来了，一脚踏进宿舍准备埋头就睡，发现若白居然在屋里，愕然问：

"不是说你要陪百草一起去？这么快就结束了？"

听完事情经过，亦枫打个哈欠，摇摇头：

"她居然这么做，你居然也没有骂她，若白，你的心肠越来越软了。是想让她能玩得开心点，你才故意这么说的吧。"

暮色渐起。

院子里空荡荡的。

坐在窗边，淡淡望一眼无人的院门外，若白咳嗽了一阵子，低头从几个药瓶中分出药来，和水吞下。

躺到榻榻米上，拉起薄被，亦枫边睡边说：

"最近你身体没以前好了，感冒了这么多天，一直没好彻底。回国就去医院看看吧，别大意了。"

*** ***

"喜欢这个吗？"

傍晚的霞光中，初原拿起一枚发夹给她，长长的黑色细夹，上面镶着一片草，小小的、绿色的、三枚叶片，精致又可爱。

"这是三叶草，又叫幸运草。"

将她刘海儿上那枚草莓发夹取下来，初原为她换上这枚三叶草发夹。镜子中，绿色的三叶草似有勃勃生机，映得她的短发乌黑清爽，眼睛也分外有神。

"很好看……"

百草怔怔地望着镜子里的自己，过了一会儿，她却又将三叶草发夹取了下来，从他手心拿回那枚草莓发夹，脸有些红地说：

"不过，我有它就够了。"

游乐园中的路灯逐一点亮。

望向重新回到她发间的那枚草莓发夹，又望向她红扑扑羞涩的脸，初原微微一怔："因为那是你喜欢的男生送的吗？"

百草顿时脸更红了。

"我……我……那时我以为……以为没有人会注意到我喜欢这个发夹……当我打开柜子看到它……"

她脸红如烧，手足无措地说：

"谢谢你，初原师兄。"

"没什么，"掩去眼中的微黯，初原笑着揉揉她的头，"是我回来得太晚了，你喜欢就戴着它吧。"

"嗯！我会一直戴着它的！"百草望着他，郑重地说。

初原将她乌黑的刘海儿理顺，没有再说什么。抬起头，看到不远处灯火明亮的地方，他牵起她的手，指向前方，笑着说：

"看，那里有旋转木马。"

灯火辉煌。

明亮得如同星海。

起伏的旋转木马，百草开心地坐在一匹模样神骏的黑马身上，在她身旁，初原坐的是一匹漂亮的白马。音乐声，欢笑声，四周有美丽的壁画，傍晚夏风中有花的芬芳。

最后，两人并肩坐在摩天轮里。

一格一格，摩天轮缓缓升起，如同整个世间都在他和她的脚下，路灯如繁星，华丽的游行队伍，远处开始有烟火表演，一朵朵绚烂地叠映绽放在夜空中。

透明的玻璃。

将世界隔成只有他和她的空间。

在摩天轮最高的顶点，时间仿佛静止了，她的呼吸中只有他的气息，那种干净得不可思议的气息。她脸一热，忽然想起昨晚湖边的那个拥抱，她的心脏怦怦怦怦得要跳出来，他的心跳也是同样。

而此刻。

她恍若又听到了——

怦怦怦怦！

怦怦怦怦！

过了一会儿，她脸涨得通红，那是两颗心脏同时在跳的声音，她局促地望向初原，睫毛一扬，他的吻落在她的额头。

怦怦怦怦！

百草紧张得两只胳膊僵在空中。

怦怦怦怦！

初原竟似也有些紧张，脸颊微微发红。

月光宁静，华丽的紫色烟花在夜空中盛放，紧接着绿色、红色、金色的烟花，一朵朵，一片片，直冲云霄，辉煌交映。透明的摩天轮里，百草的双臂慢慢放松，环住了初原的背肩。

*** ***

回到昌海道馆，夜色已深，路上几乎没有人。百草依旧有些羞涩，走得略微落后初原一步，星光中，初原站定回头看她，等她终于走过来，他微笑牵起她的手。

快要走到宿舍的庭院门口时。

小路上，夜色中缭绕着淡淡的雾气，百草一呆，她看到不远处的雾气里勾勒出一个人影，她呆呆地站住，星光明亮，她认得那静静伫立在路边，仿佛融进夜色中的人影正是——

"怎么？"

初原护住她，目光也望向那人。

"他是……"百草脑中轰乱，不知所措地说，"云岳宗师……"

将云岳宗师和初原两人留在身后，百草不敢回头去看，如同是在做梦，她心神不属地走进了庭院，走进了房间。

"你才回来——"

晓莹的尖叫声让她猛地醒过神来。

"已经九点了你知道吗？回来这么晚，你干什么去了？"冲到百草面前，晓莹上下打量她，"我还以为你还在被云岳宗师指导，结果跑到山顶，守在云岳宗师庭院里的昌海弟子说，你上午就走了！为什么云岳宗师没有指导你一天？为什么……为什么是跟初原师兄一起出去了？你们干什么去了？为什么回来这么晚？"

"……若白师兄说，既然时间空出来，不如就出去玩一玩，"一连串的为什么听得百草晕掉了，"所以，我就……"

"那为什么是跟初原师兄单独出去？"打断她，晓莹瞪着她说，"为什么不跟若白师兄一起？"

"若白师兄说……"

百草努力把当时的情形告诉她。

"胡说，不可能！"晓萤完全不信，"若白师兄喜欢你，怎么可能让你和别的男孩子单独出去？"

百草的脸涨得通红：

"晓萤，你、你不要乱说，若白师兄才没有喜欢我……"

"好啦，"晓萤也有点懊恼自己说话不经大脑，不知道怎么了，一发现百草居然是和初原师兄单独出去了，她心里就乱糟糟的，"那你说，你跟初原师兄都去哪儿了？"

"晓萤，够了，"林凤往榻榻米上铺被子，"别跟审犯人一样。"

"别理她，喝口水，"光雅把倒好的水递到百草手中，"明天就要坐飞机回国了，先收拾好你的东西，然后早点睡觉吧。"

"呵呵，"梅玲取下面膜，"其实问问也没什么啊，难道你们不好奇，百草和初原前辈去玩什么了吗？回来这么晚，真的很像约会哎。"

听到梅玲的话，晓萤神情一变，她呆呆地看着百草，眼底蓦地弥漫起一层雾似的水汽，颤声说：

"你、你……"

"晓萤……"

看到她这个样子，百草忽然也莫名不安起来。

"好，"晓萤吸吸鼻子，"我相信你，你没有跟初原师兄去约会，可是今天你们究竟都做了什么，你必须一五一十全部说给我听。"

"她为什么必须说给你听，"光雅不满，"别说百草没有跟初原前辈在约会，就算她真的约会了，也不用说给你听啊。"

"因为我是她最好的朋友！"晓萤怒了，"好朋友之间是没有秘密的，我跟百草不像你，百草有什么事都会告诉我的！你以前对百草那么不好，现在后悔了对不对，想跟我抢百草了对不对？一直挑拨离间，我告诉你，别妄想了！百草是我的，她什么都听我的！"

"范晓萤！"

光雅也怒了。

"你们全都闭嘴!"林凤大喝一声,等屋里静下来,她"啪"地将灯关掉,"睡觉!统统不许再说话了!"

黑暗中。

百草毫无睡意地躺着。

她大睁着眼睛,望着屋梁。白天发生过的一切像走马灯一样在脑中闪过,有很多事情,她不知道该怎么告诉晓萤。比如云岳宗师,比如游乐场,比如在摩天轮里……

脸颊一烫。

她不敢再想。

窗外的树影映在屋梁上,思绪又渐渐飘散,现在云岳宗师和初原师兄是不是还在那条小路上……

*** ***

清晨。

首尔机场。

宽阔的机场大厅,初原和若白在柜台为大家换登机牌,亦枫仰靠在椅背上睡觉,林凤她们吃着简易的早餐,晓萤继续审问百草:

"你们都买了什么?"

"给师父买了高丽参,买了几支笔,打算带给阿茵和萍萍。"

"还有呢?"

"啊,还有……"百草从背包里摸出来一个挂饰,递给晓萤,有点不好意思地说,"这个,昨天忘记给你了。"

"给我的?"

晓萤张大嘴巴。那是一只超级可爱的白色小熊,有小手指那么高,

173

憨态可掬，四肢都可以活动，它穿着粉紫色吊带蓬蓬短纱裙，脖颈戴一串细碎水钻的项链，脚上还有一双小皮鞋，可爱极了！

"嗯，"百草点头说，"摊主说，这是她亲手缝的，可以挂在手机上，挂在钥匙上，啊，还可以挂在包包……"

"百草！"

手中握着那只小熊，紧紧抱住百草，晓萤眼圈一红，呜咽道：

"对不起，百草，我对你太凶了……光雅说得对，我不该这么对你……就算你和初原师兄出去……就算……"

"拜托，吵得人没法睡觉。"背后的座位，亦枫连打几个哈欠，扭过头正好对上晓萤感动得流泪的那张脸，他慢悠悠地看着她说，"一会儿凶，一会儿哭，情绪这么不稳，难怪你跆拳道练不好。"

"喂！"

晓萤气得向他挥起拳头。

"咦，李恩秀来了！"

旁边的梅玲惊诧地说，众人立刻望过去，阳光洒满玻璃穹顶的机场大厅，初原和若白已换好了登机牌，正好迎上仿佛从最明亮的光线中走来的恩秀。

晓萤好奇地看。

见恩秀鞠躬致意，同若白说了几句什么。

"好像是在送行，祝咱们一路顺风，"晓萤努力分辨恩秀的唇形，进行现场直播，"哦，若白师兄也回礼了，好像在说，多谢款待，下次我们会再来。"

"真了不起，从背影也能看出若白说了什么。"猛敲一下晓萤的额头，看她哀哀叫痛，亦枫似笑非笑又敲了一记，"记住了，往后别再胡说。"

晓萤眼中含泪怒瞪他，嘟囔说：

"要你管！"

亦枫作势再敲，晓萤一缩脖子躲过去，再望向那边，恩秀已经正在同初原说话了。

透过机场大厅的玻璃穹顶。

阳光洒照下来。

只隔着一尺的距离，初原和恩秀彼此凝视，恩秀微仰着头，她笑容清澈如溪水，对他低语叮嘱，目光中有依依不舍的感情，初原也望着她，目光温和，久久没有从她的面容移开。

"唉，"梅玲叹息一声，遗憾地说，"初原前辈什么都好，就是桃花有点太多了。"

百草怔怔地望着那两人。

晓萤也看呆了。

"啊——"

梅玲突然倒抽一口凉气，颤巍巍指住那两人——

光天化日之下！

恩秀居然伸出双臂抱住了初原！

"该死！"

气血上涌，晓萤怒得拔身就要冲过去，她要把李恩秀的魔爪从初原师兄身上拿掉！一只手突然抓住她的胳膊，她怎么也挣不开，又是亦枫，晓萤大怒转头——

呃，抓住她的是百草。

"别去。"

百草冲她摇摇头。

"为什么？她在骚扰初原师兄哎！"

晓萤快气死了，好在等她再回过头，李恩秀已经松开了初原，她怒喘几口气，转念一想，又高兴起来。既然百草阻止她，说明百草没吃醋，看到初原师兄被别的女孩子乱抱，百草都不吃醋，哈哈，这岂非是说明，百草跟初原师兄根本就没有什么！

"对不起，百草，"一想到这个，晓萤立刻郑重向百草道歉，"我昨晚误会你了。对不起，你原谅我好不好？"她昨天不该胡思乱想，自己吓自己，百草根本不是那样的人，初原师兄当然也不是。

"…………"

晓萤的情绪和话题转换得如此之快，百草愣住，完全摸不着头脑。

"行李收拾好了吗？"若白走过来，向队员们逐一发放完登机牌之后，淡淡地对百草说，"证件再检查一下，放在随身的包里，安检的时候要用。"

"是。"

百草埋头翻出护照看了看，小心地放好。

若白一来，晓萤便自动噤声。直到恩秀终于同初原告别完，竟然又朝这个方向走过来，越走越近，她才忍不住用手肘捅一捅正专心致志听若白讲话的百草，低声说：

"李恩秀走过来了，她好像在看你呢。"

果然，李恩秀是走到了百草身前。

"你好，我们又见面了。"

同她打过招呼，李恩秀又歪过头打量她，神情中居然有抹淘气，说："现在是七月份，暑假还有一个多月，你回国后打算做什么？"

"我会开始训练了。"

虽然不明白恩秀问这个的原因，百草还是老老实实地回答。

"备战世锦赛？"

"是的。"

百草答道。

"如果一个月见不到你的男朋友，"望一眼也走过来的初原，恩秀眼底闪过一抹促狭"你能够安心地进行封闭训练吗?"

"…………"

百草听愣了。

"能吗?"

恩秀神情严肃起来。

"能。"

百草回答。

"好，"恩秀微笑，"那么，百草，我代表我的父亲，邀请你留下来一个月的时间，在昌海道馆同我的父亲交流跆拳道的技艺。"

*** ***

啊——

时光飞逝如电，转眼半个月的时间就过去了，可是，晓萤的心绪一直无法从那柳暗花明、乾坤陡转、石破天惊、风云变色的一刻平静下来! 李恩秀的父亲是谁，那就是世界跆拳道第一人，传说中神龙见首不见尾的——

云岳宗师啊!

寻常人都难得见一面的云岳宗师，居然破天荒邀请百草留下，要指导百草整整一个月的跆拳道哎! 不是一小时，不是一天，也不是两天，而是一个月啊啊啊啊!

天哪。

太不可思议了!

整整半个月的时间，晓萤简直觉得自己就是在云里飘着的，她好想飞回韩国，去看看百草。夜里，她还做了很多梦，梦见她真的见到了百草。神哪，百草已经完全不一样了!

百草变得美丽无比。

啊，不，是神圣无比。

她梦见百草从金色的云层中走出，就像佛祖一样，浑身金光，百草慈眉善目，手拿拂尘，眉心一枚朱砂，让人情不自禁想要跪拜下来。百草轻轻一甩拂尘，春满大地，鲜花盛开，百草再一甩拂尘，星光皓皓，七彩云霞……

天哪……

可是她被亦枫狠狠地嘲笑了。

亦枫说，晓莹啊，你思想也太陈旧了，怎么做梦的版本全是观世音菩萨，好歹也该是百草一记旋风踢，春满大地，鲜花盛开，再一记旋风踢，星光皓皓，七彩云霞。

虽然没有了百草，每天在训练中心打扫卫生的工作全部落在她一个人身上，辛苦极了，快累死了，但晓莹心里还是美滋滋的。嘿嘿，不管怎么说，百草已经是云岳宗师的弟子了，只要百草一回来，那必定是称霸天下、唯我独尊！

每晚，握着百草送给她的那只白色小熊入眠。

晓莹一天天数着日子。

再有十四天……

再有十三天……

其实也有些让人闹心的事情啦，比如，婷宜结束了禁闭，回到了训练中心，继续像明星一样被一堆记者包围，比如，婷宜又开始常常来松柏道馆找初原师兄，比如，若白师兄……

嗯，等百草回来，一切都会好的。

夜晚，旁边是百草那张空荡荡的床，晓莹握紧白色小熊，努力摆脱掉脑海中婷宜被众星捧月的那公主般的形象，她很有信念地告诉自己——

再有六天。

百草就要回来了！

*** ***

昌海道馆。

星光从山洞的顶端洒下。

长长的三排蜡烛，一簇簇温暖晕黄的火苗在空气中摇曳。百草屏心静气，她握紧双拳，盯着那如两条长龙般点燃的蜡烛，大喝一声，她腾空旋身跃起——

"喝——"

腿风破空！

第一排蜡烛火光齐刷刷地灭掉！

"喝——"

又是一声厉喝，旋身踢出第二腿，腿风如刀，第二排蜡烛的火苗应风而灭！

"喝——"

用尽全力，百草再喝一声，声荡山洞，双飞第三踢！

第三排蜡烛的火苗骤然熄灭，山洞中黑暗下来，一秒钟之后，其中两只蜡烛的火芯却又颤动了下，摇摇晃晃重新燃烧起来。

被星光洒照的岩石上。

云岳宗师盘膝而坐，他看了眼那两根仍在燃烧的蜡烛，缓声说："太刚则不久，太柔则不断，其中的力道需要你自己把握。"

"是。"

179

百草凝思答道。

"今天就到这里，回去吧。"云岳宗师闭目说。

"是。"

百草恭谨行礼，站起身，她准备退下，目光又看到山洞洞壁上绘刻的那一排小人。嘴唇动了动，她有些犹豫，说：

"……云岳宗师，我以前见过这些小人。"

云岳宗师神情不动。

"是在一个旧书店，我买了一本叫做《旋风腿法》的书，里面画的练功的小人，同洞壁上的这些小人是一样的。"她偷偷研究了很久，发现真的是一模一样的，忍不住想，难道那果然是本奇书，连云岳宗师都在习练？

"很多年前，中国曾经兴起过一阵学习武功的热潮，"云岳宗师思忖一下，静声说，"那时出现了一批所谓武学功夫的入门书，《旋风腿法》便是其中之一，在业余习武者中很普及，你能见到它并不稀奇。"

"…………"

原来是这样，难怪松柏别的弟子也曾经买到过这本书，百草想了想，又说："但是我买到的那本《旋风腿法》上，批了很多笔记，像是习练心得之类，却是关于跆拳道的。"

她有点脸红。

"我……我一直在看那本书，觉得很多笔记写得蛮有道理，其中上面有一页写道，出腿前要先观察对手的起势，我照着练了很久，觉得……蛮有收获的，但是还有一些笔记内容，字体很潦草，含义我也不太懂……"

云岳宗师眉心一紧。

他缓缓睁开眼睛，看向她。

"你说的那本书在哪里？"

百草急忙去翻背包，一直想问云岳宗师关于《旋风腿法》的问题，所以这本书一直在她身边。

"在这里。"

她紧张地双手递上。

璀璨的星光。

书页早已旧得发黄，年代太久远，纸张也变得又薄又脆，轻轻一阵风，似乎就可以将它吹成星星点点的碎片。

一些页面上批注着潦草的笔迹。

仿佛被水湿过，有的字迹已淡淡散开。

翻看其中一页，云岳很久很久没有说话，星光明亮，他的气息却越来越沉，百草有些不安，动也不敢动地坐在原地。

"你是在什么地方看到的它？"

"旧书店。"

"旧书店……"云岳静默，手指轻轻翻过另一页。

"就是那种，专门卖旧书的地方，"或者云岳宗师不明白旧书店是什么意思，百草赶忙解释，"在学校附近，比新书便宜很多。"

"嗯。"

云岳点头。

又过了许久，他缓缓说："这本书，最初属于我，上面的笔迹是我留下的。"

百草呆住。

山洞中静得一点声音也没有。

"既然它已经是你的，就将它拿回去吧，"云岳宗师将它放至在身前的岩石上，"上面的笔记，是我年少时对于跆拳道的一点心得，现在看来，那些有的是正确的，有的却偏颇了。"

百草呆呆地听着。

完全傻住了。

"如果有看不清楚的地方，改天可以来问我，"云岳宗师又缓缓闭上眼睛，神情中有点倦容，"你回去吧。"

"是。"

应了声，百草拿起那本《旋风腿法》，心中忐忑地离开。

星光点点。

云岳宗师独自一人盘膝坐在岩石上，良久良久，洞内有宁静的溪水潺潺声。岁月一晃过去了那么多年，那个终于排队买回《旋风腿法》的欣喜若狂的温柔少女，那个看出《旋风腿法》并无任何出奇，却也装作很欣喜的少年，那些在《旋风腿法》上狂草关于跆拳道各种奇思妙想的岁月，那些曾经雄心勃勃的誓言……

纵使能够将那些最初的小人绘刻在洞壁上。

时光终究无法再回去了……

*** ***

还有三天！

还有三天百草就要回来了！

训练中心，晓莹闷头擦着垫子，她一肚子气，干脆不抬头看了，爱怎样就怎样吧，反正百草还有三天就回来了！

*** ***

清晨。

一出门，百草就被震惊了。

"很吃惊吗?"

那个英挺少年仿佛是千山万水而来，身上还染着露珠的湿气，见到她吃惊的模样，他大笑起来，笑容灿烂得如同正在升起的太阳。

"让我想想，我们多久没见了？"

少年弯下腰，含笑的眼睛凑向他。

"还记得我是谁吗？有没有一点点开始想我了，嗯？"

"廷皓前辈……"

下意识地向后一躲，百草望着那张近在咫尺的俊朗面容，脑中忽然飞闪过廷皓前辈那些开玩笑的话，脸颊不由自主地红起来。

"什么廷皓前辈，我是你的男朋友。"

廷皓摇摇头，用一副你很没有良心的样子望着她，叹息一声，"难道你又忘了吗，我们正在交往啊。"

"请、请你不要这样说。"

百草的脸涨得更红了，她又向后退了一步。

"怎么了？昨天回国没有见到你，知道你还在韩国，就立刻飞过来见你。你用这种态度对我，我可是会伤心的啊。"廷皓眯起眼睛，他打量着她，似笑非笑地说，"让我猜一猜，该不会这么短的时间，你就移情别恋了吧。"

"我……"

百草张口欲言，却又被廷皓打断了。

"别说！我不想听。"他笑了笑，"一直坐飞机，太累了，有什么地方可以让我先休息一下吗？"

"百草，你还在这里，快迟到了。"

恩秀的声音响起，她将手中托着的一个茶盘交给百草，叮嘱说："这是父亲喜欢喝的茶，你一并带进去吧。"

"是。"

接过茶盘，百草犹豫地看向廷皓。

"你去吧，我在这里等你。"廷皓笑得似乎漫不经心，对她摆摆手，望着她离开。

"你们刚才的对话我都听见了。"

第一个见到廷皓的其实是恩秀，见廷皓来到昌海道馆，负责接待的弟子直接引他到了恩秀练功的地方。

"你喜欢百草?"晨曦中，恩秀微微一笑，似真非真地说，"我还以为你喜欢的是我。"

"哈哈，我也一直以为我喜欢的是你，"廷皓不好意思地摸摸自己的鼻子，"可是有阵子，忽然觉得……"

"好了好了，别说了，再说下去我真的要伤感了。"没有让他再说下去，恩秀领着他走向休息的房间，"说起来，喜欢百草的男孩子蛮多的，你不一定能够胜出呢。"

"是吗?"

廷皓笑着接了这么一句，然后什么都没有再说。

亲自检查了洗漱用品和热水，等廷皓安置得差不多了，临离开之际，恩秀回头对那个明朗如阳光的少年说："廷皓，假如百草没有选择你，你可以继续喜欢我，我不介意的。"

*** ***

山洞中。

用一方黑帕蒙住自己的双眼，百草站在空地中央，握紧双拳，凝心静听从四面八方传来的每一分声息的变化。眼睛无法视物，身体的其他感觉器官变得更加敏锐，潺潺的溪水声流淌得比昨日更加宁静些，有一只蟋蟀在岩石的右方，风中混合着一点茶香，月光洒在她脖颈的肌肤上，有一点点微凉。

风声骤起！

"喝——"

心随声动，百草厉喝一声，腾身跃起，向右方重踢而去。

破空之声又从左后方传来！

"喝——"

身形将一落地，百草大喝，向左后方疾踢回击！

云岳宗师说——

不要单纯依靠眼睛判断对方的起势，眼睛会被假象蒙蔽，若速度太快，眼睛会失去判断，反而会成为进攻的拖累。

让你的身体也去感知。

让一切变成你身体最直接的反应。

"喝——"

眼睛无法视物的黑暗中，百草唤醒身体的每个细胞，去捕捉周围环境的每一分变化。

＊＊＊　　＊＊＊

"我的大酱呢？你一定忘了对不对？"

一直等到月光洒下院墙，廷皓才终于等回了百草。他笑吟吟地靠坐在窗边，看着她面色潮红，汗水还没有落尽。

"我买了！"

赶忙去翻上次要回国前收拾好的背包，百草拿出大大的一盒韩国大酱，紧张地说："你看，我买了。"

廷皓看了看那盒大酱。

"我想要的不是这种。走，我们出去再买。"

"可是，我买的时候专门问过了，市场里的大妈说，这种大酱是最正宗、最好吃的。"百草怔怔地说。

"你问过了？"

"是的。因为你没说要买哪一种，所以……"所以她怕买得不好，在市场里转了好久，问了很多人，才决定买这一种的。

廷皓凝视她半晌。

"傻瓜，难道非要我说得那么明白吗？"廷皓回过神来，没好气地笑了笑，"我只是想找个借口，同你一起出去而已。"

"走吧，现在韩国的夜市正是最热闹的时候，你还没有好好逛过吧。"说着，廷皓去拉百草的手，百草却像被烫到一样，刷的一下将手缩回背后。

"廷皓前辈……"

涨红了脸，虽然很多话不知道如何开口，但是百草觉得不能再这样下去了，她结结巴巴地说："对不起，请你不要再开我的玩笑了……我、我没有在与你交往……"

"我从来没有跟你开过玩笑，"想要握住她的手被晾在空中，廷皓慢慢地蜷起手指，"我说我们先交往一段时间，是认真的。"

"廷皓前辈！"

百草大惊。

"怎么，吓着你了？"坐回她的身前，廷皓揉揉眉心，"真糟糕，原来你一直以为我在开玩笑啊。"

"廷皓前辈……"

百草依然在震惊中，她完全无法反应。

"臭丫头！你怎么可以，以为我是在开玩笑，"廷皓眼中有些无奈，"我怎么会拿这种事情开玩笑呢？"

看着他的神情，百草彻底慌乱起来。

她脑中一片嗡嗡。

"对、对不起……我不知道……对不起……"

"闭嘴,'对不起'是不可以乱说的。"廷皓恶狠狠地说,"你知道我听到这三个字,会多尴尬多难受吗?"

窗外月明星稀。

看到她被吓呆的面容,廷皓闭了闭眼睛,再睁开眼睛时,他的心情似乎变得平静了,问她说:

"你恋爱了,是吗?"

"…………"

百草窘红了脸,那湖畔榕树下的拥抱,在摩天轮里的那个吻,那是……那是恋爱吗?

"果然是这样,"廷皓苦笑,"只有开始恋爱了,你才会觉得这样不妥。否则你笨得像个榆木疙瘩一样,根本不会知道交往是怎么回事。"

"…………"

百草听得愣愣的。

"如果我陪你一起来韩国,也许这一切都没有发生的机会,"手指托起她的下巴,廷皓看着她,"你没有错,是我大意了。明明察觉出你可能会喜欢上别的男孩子,我却没有看紧你,是我的错。"

"廷皓前辈……"

"好吧,告诉我,他是谁?"

"…………"

百草又怔住。

"是若白那小子?"

"不是!"

百草立刻猛烈摇头。

"好了,再摇你的头就要摇下来了,"一手固定住她的头,廷皓眼底的意味更深了些,"那么,是初原?"

"…………"

"是初原吗？"

"⋯⋯⋯⋯"

"哈哈，总不会是闽胜浩那家伙吧。"

"不是不是！"

百草急得又想摇头，脑袋却被廷皓固定在他的双掌中，动弹不得。

"走吧，我们去逛夜市去，"过了几秒钟，廷皓站起身，也一把将她拉起来，不容分说将她拉向门口，"得赶快了，否则一会儿店铺就关门了，我知道有一家的冰激凌非常好吃。"

"廷皓前辈！"

百草心急不安，她觉得自己好像并没有说清楚。

"第一，不要再叫我前辈，"手掌温热有力，明亮的月光下，廷皓已将她带到庭院中，"第二，你刚才说的，我听懂了，往后我不会再说和你正在交往之类的话。"

"⋯⋯⋯⋯"

百草松了口气，心中的负罪感已经困了她很久，她觉得都是自己一直浑浑噩噩，才害得廷皓前辈误会了。

"第三，我没有放弃。"

推开院门，月光洒满前面的山路，野花在夜风中摇曳。廷皓用力一拉她，将她跟跄地拉到自己身前，他审视她说：

"除非有一天，你能很肯定地告诉我，跟你正在交往的人是谁。否则，在你的感情尚未完全确定之前，我没有放弃的理由。"

CHAPTER8

"这次的世锦赛，还是不去参加吗?"

傍晚的彩霞映红天空，两个人影站在庭院门外的平台上，这里是山顶，可以眺望到整座山的景色。

扶住平台的栏杆，廷皓摇摇头，说:

"很久没有训练了。"

恩秀侧首望着他，又问:

"还有可能再回到赛场吗?"

"有时候觉得，我已经离跆拳道越来越远，"廷皓凝望远处的暮霭，"甚至连比赛的感觉都忘记得差不多了。"

"只要你想回来，"恩秀说，"离得再远也能回来。"

廷皓笑了笑，换了个话题:

"胜浩进步很快。"

"昨天上午，你同他实战了?"

"嗯。"

"谁胜了?"恩秀很好奇，"是你还是他?"

廷皓没有回答她，只是说:"胜浩进步很快，如果不出意外，这届世锦赛的冠军应该会属于他。"

"还是你胜了对不对?"恩秀笑，"昨天中午我见到胜浩了，他的脸比平时都黑，黑得像铁塔一样。"

廷皓笑看她一眼。

"胜浩最不喜欢有人说他脸黑。"

"哈哈，可是他的脸就是黑啊，哪怕在山洞外守候我父亲闭关一个月，不见阳光，也是很黑。"恩秀笑起来，想了想，又说，"训练营的时候，胜浩曾经输给过一个也是岸阳队的队员。"

"哦?"

"名字叫若白。"

"若白?"廷皓双眉微挑，"他战胜了胜浩?"

"是的。你认识他?"

"嗯，我认识。"

"他也是很有潜力的一个选手，如果他也参加世锦赛，会给胜浩制造不少的阻碍，"恩秀微蹙眉心，"不过，似乎他的身体……"见到的几次，那个若白的面容都有些苍白，作为一个习练跆拳道的弟子，这种苍白并不寻常。

"若白的身体怎么了?"廷皓追问。

"也没什么。"

摇摇头，恩秀又想起民载提起过，岸阳队里有人感冒发烧了，好像就是若白。

静了片刻，恩秀想起这两天见到的情形。

"百草拒绝你了对不对，"她眼中打趣地问，"是不是感觉很受打击呢?"

望着山腰处的暮霭，廷皓微微出神。

"也许吧。"

过了一会儿，他回答说。

"也许?"

恩秀不解。

"从来没有经受过失败和挫折的滋味，偶尔尝一尝，也别有滋味。"

摸摸鼻子，廷皓笑得似乎漫不经心。

恩秀打量他，说：

"真不明白，你究竟是认真的，还是只是心血来潮。"

"哈哈，看不懂就对了，"廷皓笑，"在比赛中，被对手看穿意图，是最危险的一件事情。"

"这又不是比赛，"恩秀摇头，"你太骄傲了，廷皓。"

***　***

最后一天的训练结束了。

长长的三排蜡烛完全熄灭，月亮升起在山洞的顶端，月光皎洁，云岳宗师宁静地望着正跪拜在岩石前的百草。

"法无常法，大道无形，希望有一日，你可以忘却所有的腿法和技巧，能够身随心动，自由自在。"云岳宗师缓缓说。

"是。"

百草应道。

"你心中本有热情，不必刻意压制它。固然跆拳道讲究冷静智慧，然而热情，才是一切事物的本源。"

百草一怔，答道：

"是。"

"回去吧。"

"是。"

深深行了一个礼，再抬起头，百草看到云岳宗师已合上眼。宁静的月光中，云岳宗师的身影淡淡的，仿佛与月色融为一体，毫无存在感。

云岳宗师说，热情是一切的本源。

可是，为什么从云岳宗师的身上，她却感觉不到一丝一毫的热情。

只是淡凉如水，仿佛什么都无法入心，又仿佛，对任何事物都不再感兴趣。

这一个月。

她接触到的云岳宗师同想象中的很不一样。

最初，她以为云岳宗师已是世外高人，所以才淡泊了人间万事，然而，有一天，她忽然惊觉——

那不是淡泊。

而是心如枯木。

就如，已觉再无生趣，所以自我远遁。无喜无悲，只因再也无爱，不仅已没有了对人世间的爱，连对曾经痴迷的跆拳道，也没有了爱。

百草怔怔地望着月光下的云岳宗师。

她很崇敬云岳宗师在跆拳道上的造诣。可是，背弃了故土，背弃了亲人和爱人，云岳宗师是否直到现在，仍不后悔当年的选择呢？

虽然已是世界跆拳道第一人。

但是云岳宗师从未再参加任何比赛。

没有了比赛的跆拳道，就像最热烈的灵魂被抽走了。这样的跆拳道，云岳宗师一个人孤独地习练，到了现在，还会如当年那样挚爱吗？

"你爱跆拳道吗？"

依旧闭着眼睛，云岳宗师忽然静静地说，如同察觉到了她心中所想。

"爱。"百草回答。

"你可以为它付出多少？"

"……"百草怔怔地想了想，"我喜欢跆拳道，再累和再苦我都不怕，不出去玩也可以，但是……但是它对我而言，并不是最重要的……"

跟金敏珠一战之后，她开始渐渐明白，比起跆拳道，她更爱她的师父、爱晓萤、爱若白、爱初原、爱亦枫、爱她的队友……

"云岳宗师，"半晌，见云岳宗师再没有说话，百草心中忐忑地说，"我可以问您一个问题吗？"

"请讲。"

"为什么，您从不参加比赛呢？"

"…………"

云岳宗师静默不语。

时间一分一秒过去，云岳宗师始终没有回答她，百草放弃了，她又行了一个礼，静静退出了山洞。

月光洒照下来。

夏夜有一点点凉。

绘刻在洞壁的那些小人，仿佛在月光下静静地动，那是他的年少时期，云岳宗师默默地想。似乎在很久很久之前，少年的他心中有着火焰一般的热情，他喜欢写狂草，他在水边移栽了一棵榕树，和她一起，在雨后的树下捉知了。

而那时，他最爱的是跆拳道。

忘记了除了跆拳道，其实生命中还有很多也会让他感到快乐的事情。于是，他选择了跆拳道，选择了留在昌海道馆，然后毫不留恋地，是的，毫不留恋地，将其他的一切都放弃了。

是什么时候开始呢？

他的心底忽然有了一个洞。

在练功的间隙，在夜深人静，他在水边移栽下几乎同样的榕树，心底的洞却越来越无法填满。当跆拳道成为唯一，他从中得到的快乐却越来越少。有一天，他才终于发现，其实最幸福的时刻，是赢得了胜利，

194

她和伙伴们冲上紧紧将他拥抱住的那一刻。

而他甚至不愿再参加比赛。

因为他只想代表自己的国家，只想胜利后升起的是自己国家的国旗。

他以为跆拳道是他的唯一，可是，将跆拳道之外的全部剥离之后，他才发现，是他错了。

他错了……

云岳宗师紧紧合着眼睛。

在孤独了一年又一年之后，他发现自己错了，他弄错了自己的一生，却再也无法回头。没有人还记得当年的他，就连年少时那本写满了他的字迹的《旋风腿法》，也早已被扔弃，流落进了旧书店。

岁月宁静。

而他的一生就已这样过去，死寂得如同吹不进风的山洞……

*** ***

天一亮，晓莹就爬起来了！

这严重违背了她常年坚持睡懒觉，没条件睡懒觉也要创造条件睡懒觉的人生准则！

哈哈哈，今天百草就要回来了！

一扫多日来乌云罩顶的沮丧，晓莹兴冲冲换上一身很喜庆吉祥的粉红色雪纺裙，背上白色的长带斜挎包，包包上挂着百草送她的那只白色小熊。她甚至还斟酌了半天，要不要偷剪一簇花圃里盛开的月季，要去机场迎接百草，捧着花比较有气氛吧。

哎，还是算了。

月季花看起来有点廉价。

毕竟她要热烈迎接的是即将诞生的跆拳道王者少女戚百草哎，怎么可以用不上档次的花，在这历史性的一刻留下败笔呢！

阿茵和萍萍已经等在路口了，三人激动万分地坐上机场大巴，一路奔向机场。云岳宗师哎，好厉害好厉害，收百草为徒呢，好棒好棒，百草要脱胎换骨、威震天下了，好期待好期待！

机场内人头攒动。

心绪仍在激动中的晓萤、阿茵和萍萍发现，百草的航班还要二十多分钟才到，呼，她们还有时间检查一下装备。最后检查完毕，一抬头，看到不远处的一个人影，晓萤愣了愣，阿茵和萍萍也一抬头，也愣住了。

"咦，是初原师兄呢。"

有点不敢相信自己的眼睛，阿茵愣愣地说。萍萍却已经兴奋地挥手了，大喊着：

"初原师兄！初原师兄！这里！这里！"

在乘客们的侧首注视中，初原看到了她们，他穿着一件淡蓝色的衬衣，深蓝色的牛仔裤，他身材修长，面容俊美，温润清澈，眼神温和地向她们走来。

"好帅！好帅！好帅！"

阿茵疯狂地在晓萤耳边赞美，等初原走近了，立刻又变得一本正经，同晓萤和萍萍一起，郑重地向他行礼说：

"初原师兄好。"

初原颔首回礼。

"初原师兄，你来机场是接人吗？"萍萍恭敬地问，她从小最崇拜初原师兄了，就是为了初原师兄才拜入松柏道馆的。

"是的。"

"呵呵，"萍萍开心地笑，"我们也是来接人的呢！"

"我们是来接百草的。"阿茵赶忙补充。

"我也是。"初原微笑。

"……"萍萍脑子没转过来，"也是什么？"

"我也是来接百草的。"初原望向出关的通路，眼底有柔和的笑意，晃住了阿茵和萍萍的眼睛。

"呵呵，初原师兄……也是来接百草的啊……"萍萍呆了呆，回神又想了想。

也对哦，出国留学前初原师兄跟百草的关系还是蛮好的，回国后，虽然百草跟若白师兄恋爱了，但是两人关系还是蛮好的，初原师兄好像还帮百草补习过功课呢。

所以初原师兄特意来接百草的机，也没什么。

对吧。

晃晃脑袋，萍萍还是觉得有点古怪，尤其是，初原师兄凝望着出关门口的眼神，为什么……

"早知道初原师兄也来接百草，不如就一起出发了呢。"萍萍害羞地说。既然想不明白，就不想了，难得有跟初原师兄如此近距离接触的机会呢。

"喂，你怎么了？"

阿茵捅捅突然变得异常沉默的晓萤，自从刚才见到初原师兄，晓萤就好像被人一闷棍从云霄打落泥地一样，一句话也不说，有些呆呆的。

"CZ8209 次航班已经着陆……"

机场大厅响起广播员甜美的声音，萍萍大喜，在阿茵的提醒下，晓萤决定先不想那么多，打起精神来！

"一人两个，排好顺序。"

检查好阿茵和萍萍手中白地儿粉红字的可爱欢迎牌，晓萤也高高举起自己的，命令自己说，要相信百草，要相信初原师兄，不可以胡思乱想、胡乱猜测！

"还有多的吗？"

初原的声音从身旁响起，仰头看到他温和俊雅的面容，晓萤又呆了一呆，才反应过来，弯下腰在大包里翻了翻。

"只有这个了。"

晓萤拿起一块心形的纸板，有些犹豫，初原已经将它接了过去。那是一块白地儿的牌子，上面用粉红色画了大大的一颗心，他看了看，微微一笑，把它举在胸前。

晓萤的心忽然又乱了。

"百草出来了！"

萍萍激动地一声欢呼，阿茵精神大振，晓萤顿时两眼放光望向出关通道，一秒钟前那些乱七八糟的想法，居然顷刻间就奇迹般地烟消云散了！

随着人流走在出关的通道中。

比起韩国机场来，一下飞机，百草就明显感觉到国内机场的乘客要多了很多。虽然要拥挤一些，然而四周那熟悉的语言，熟悉的穿着举止，一切都是熟悉而亲切。

这是她第一次离开国家。

足足一个多月的时间。

再踏上祖国的土地，她心底竟有种热热涌上的暖流。

"我帮你拿包。"

看着她明显有些激动的面容，廷皓的手伸向她的双肩，准备将她的背包取下来。百草向旁边闪了下，慌忙说：

"不用，一点也不沉。"

"你这样会伤害到我，"廷皓摇头，"明白吗？"

"…………"

随着人流走出出关通道，百草一呆，愣愣看向他，还没来得及问为什么，突然听到了热烈的呐喊声——

"欢迎——百草——"

"凯旋——回国——"

"欢迎——百草——"

"凯旋——回国——"

被拦住的接机通道口，如同欢迎明星一般，三个女孩子笑容灿烂如花，手中有节奏地摇摆着六块牌子，白地儿粉红字，用可爱的花体写着——

"欢、迎、百、草、回、国"！

在热烈的欢迎声中，最左方赫然是初原，他的目光穿过人群，含笑望着她，他手中也有一个牌子，大大的一颗粉红色的心，就举在他的胸口。

仿佛石化般，百草呆住了。

她的脸"腾"地红了。

看到晓萤她们兴奋地朝百草扑过去，有些乘客拿出相机对准拍照，误以为这是什么明星和粉丝。

"百草！百草！"

抱住百草，晓萤她们激动地在她身上摸来摸去，兴奋地喊："天哪，你终于回来了！"

"我们好想你啊！"

"快让我看看，有什么变化没有！"

想到自己做的那个梦，晓萤一把拉开阿茵和萍萍，火眼金睛地打量起来面前这个一个月没见的百草。左看看，右看看，擦擦眼睛再看看，晓萤悲愤地指着她，说：

"你怎么看起来跟以前没什么变化呢?!"

"怎么了？百草怎么了？"萍萍被晓萤悲痛的表情吓到了，立刻也很紧张地研究百草。

百草一头雾水，没有听懂。

"呜呜呜，你看起来就还是一个普通人嘛。"晓萤伤感了，呜咽道。

"不然呢?"阿茵诧异。

"我做了一个梦，在梦里，你一记旋风踢，春满大地，鲜花盛开，再一记旋风踢，星光皓皓，七彩云霞，"晓萤沉痛地仰天流泪，"究竟是梦欺骗了我，还是你伤害了我，为什么，为什么你还是那个呆呆的百草呢？呜呜呜……"

"切！"

阿茵一脚把晓萤踢开。

萍萍偷偷拉住百草，目光怯怯地望向她旁边，低声说："百草师姐，你是跟廷皓前辈一起回来的啊。"

见晓萤并没有真的被踢到，百草略松了口气，听到萍萍的问话，她下意识地看向初原，脑中一乱，忽然不知道该怎么说。

"是啊。"

廷皓替她回答，他笑容爽朗，露出皓齿，萍萍瞬间就看痴了。阿茵张大嘴巴，看看廷皓，又看看百草，不敢置信地说：

"难道你们在交往?"

啊,她想起来了!

"廷皓前辈,几天前你来我们道馆找百草,晓萤不在,就是我跟你说的,百草在韩国还没回来,要多待一个月。"阿茵的嘴巴吃惊得张得更大,"难道,然后你就直接去了韩国,去见百草吗?"

"有这样的事?"

晓萤震惊地钻出脑袋,瞪大眼睛望着廷皓,想了想,抢下阿茵的话头说:

"说到这个,我也一直想问!廷皓前辈,你是不是在追求百草?你不但送了百草手机,在韩国的时候还送了花给百草!"

"没有!"

百草涨红了脸,立刻回答。

"你们觉得呢?"

看了看不安的百草,廷皓笑得高深莫测,一抬眼,他看到初原已经静静接过百草的背包。他垂下目光,又笑了笑,在晓萤她们惊诧的目光中,说:

"我是有事去首尔,正好跟百草同一天回国。"

"真的吗?"晓萤有点不信,"可是你送百草的薰衣草,花语是'等待的爱',怎么可能不是在追求百草呢?"

"薰衣草还有一个意思,'等待奇迹的发生',"廷皓笑看一眼百草,"我相信百草能拿下那场最优胜营员的最终战。"

"…………"

晓萤瞠目结舌。

"初原,你来了,"廷皓拍向初原的肩膀,不着痕迹地挤到了初原和百草中间,笑着说,"你是来接我的吗?"

初原也拍了下他的后背,含笑说:

"很久没有看到你了。"

晓萤、阿茵互视一眼，萍萍什么都不懂地立刻说：

"初原师兄是来接百草的……"

"哦?"

廷皓似笑非笑。

看到他这个神情，晓萤顿时又疑心大起，看看百草，看看初原，再看看廷皓，心中咯噔一声。

"哥——"

一个轻柔的声音伴着略快的脚步声传来，百草一怔，那声音如此熟悉，却又好像很长时间没有听到了，她望过去——

不远处快步走来的那个女孩，穿一身白色的吊带雪纺裙，正午阳光从机场穿顶洒落，她身姿轻盈，亭亭玉立，笑容美丽，恬静温柔。

正是婷宜。

"哥，我来晚了，路上塞车很严重。"

婷宜走到廷皓身边，先是撒娇地跟他解释了原因，然后她转过头，目光掠过萍萍、阿茵和晓萤，落在百草身上。

她看着百草，微笑说：

"你回来了。"

"是。"百草行礼。

"韩国之行玩得还开心吗?"

"……挺好的。"

"百草不是去玩的，"晓萤出声说，"百草拿下了训练营的最优胜营员，云岳宗师还收百草为徒了，指导了百草整整一个月。"

"是吗?"婷宜微诧说，"最优胜营员的活动还在举办? 我以为早就取消了呢。百草，你最终赛是同谁进行的?"

"是金敏珠。"

"啊，是敏珠啊，"婷宜微笑，"她的功力有进步吗？可惜，你难得去一次训练营，却没能遇到实力很强的对手。"

"你！"

晓萤气得脸都歪了。

"好可爱的心！"不再理会百草和晓萤她们，看到初原手中的粉红色的心，婷宜开心地走过去，她伸手摸了摸，笑盈盈地说，"初原哥哥，谢谢你，我很喜欢这种可爱的小东西！"

百草一怔。

她也看向初原手中的那颗心。

"那是给百草的！"晓萤志得意满，只差扠腰狂笑了，"婷宜，你弄错了，那是初原师兄要给百草的，不是要给你的！"

"是吗？"婷宜看着初原。

望着百草默默低下的脑袋，初原静声说：

"是的，我来接百草。"

"这样啊。"

婷宜抿了抿嘴唇，然而又似乎并不在意。她看了百草一眼，从初原手中将那颗粉红色的心抽走，塞给百草，含笑说："果然还是小孩子，什么都要抢。既然喜欢就拿着吧，别折坏了。"

"走吧。"

说完，婷宜挽住初原的胳膊，又挽住廷皓。

"我们回去。"

"喂——"

眼看着两大帅哥都要被婷宜拉走，晓萤怒了，凭什么嘛，凭什么明明刚才百草还是绯闻女主角，婷宜一来就硬是要将风头全部抢走！

"廷皓，明天我请你吃饭，"初原把婷宜的手从自己胳膊上移开，对廷皓说，"你和婷宜先回去吧，我送百草她们回道馆。"

廷皓笑了笑，不置可否。

"啊，对，是我考虑不周，"婷宜歉疚地说，停下脚步，问晓萤，"你们怎么来的？"

"机场大巴。"

"哥，这是我的车钥匙，"婷宜拿出来钥匙，说，"或者你送百草她们回去吧，我有些事要跟初原哥哥说。"

廷皓看了眼百草，问：

"可以吗？"

"……好的。"

百草微怔地抬起头，她想要从初原手中将自己的背包拿回来，初原却微微一笑，把那只背包从左手换到右手，对婷宜说：

"婷宜，改天吧。"

"我们先走了。"

揽住百草的肩膀，初原拎起手中的背包，对着廷皓和婷宜微一点头，带着她向机场门口走去。晓萤、阿茵和萍萍欢呼一声，跟在两人身后开心极了。

"别傻了。"

远处，机场的自动门打开又合上，合上又打开。婷宜抿紧嘴唇站在原地，廷皓叹息一声，硬是将她拉走了。

直到坐上初原的车，晓萤还陶醉地在那一刻婷宜的表情里，哈哈哈，果然百草一回来，就不一样了啊，哈哈哈——

可是——

看到车内前排的那两人。

百草正襟危坐，手中抱着那颗粉红色的心，初原开着车，他眼底含笑，不时侧首看向百草，百草也会不时脸颊微红地看向初原。

晓萤皱眉。

忽然又有点开心不起来了。

*** ***

全胜道馆。

下午时分，夏日的风吹过，梅树的叶片随风轻响。树下的小方桌上，摆着一碟梅子、一碟瓜子，茶香袅袅自紫砂杯中升腾，百草将从韩国买回的高丽参拿给师父。

"各种服用的方子我都写在这里，"百草同时递上一张纸，上面密密麻麻地记录下对不同的身体状况，最适当的高丽参服用方法，"希望对师父的身体能有用。"

"好，好。"

接过高丽参和方子，曲向南缓缓点头。

"谢谢你，百草。"光雅为紫砂壶续上热水，"爸爸确实需要好好补一补了，前几天我陪爸爸去医院，医生也这么说。"

"去医院？为什么呢？"

百草顿时紧张起来。

"没什么，"清茶的热气缕缕升腾，光雅低垂的睫毛被熏得乌黑湿亮，"只是看爸爸一直咳嗽，我又从来没有陪爸爸检查过身体，所以前几天索性去做了全身体检。"

放下紫砂壶，光雅坐在小方桌的另一边，看着明显紧张的百草，抿嘴一笑，说："不用担心，医生说爸爸并没有什么大问题，好好调养就好，你的高丽参来得正好呢。"

百草怔怔望着面前这静静坐在一起的父女。

曾经的尖锐收敛了很多，在师父面前，光雅变得像所有普通的小女儿一样，眼中有笑，有依恋有撒娇。师父的身影不再那么苍老孤独，眼底的沉默孤寂也变得缓和。连庭院中梅树叶片的轻响，都快乐许多。

这是她一直盼望的画面。

她知道师父有多渴望光雅能接受他这个父亲。

她也始终很努力在帮助师父实现。

然而，此刻看到这幅其乐融融的父女图，她竟怔怔的，仿佛心底有某块地方在慢慢地失落。

慌乱地移开目光，百草不晓得自己是怎么了，一股潮湿却猝不及防地冲向她的眼底。

"百草？"

发现了她的不对劲，光雅半倾过身子，担忧地看她：

"你怎么了？是坐飞机太累了吗？"

"没事，我没事，"百草急忙摇头，控制自己硬是逼退那种奇怪的情绪，不好意思地说，"现在已经好了。"

"你也要注意自己的身体，"曲向南凝视她，"训练再重要，身体也是第一位的。"

"是。"

"暑假过后，你就要高三了。大学一定要上，知道吗？"

"……是。"

"你和光雅上大学的学费已经全都准备好了，不用担心这些。"

"师父……"

百草吃惊地抬头。

"是真的，"光雅挽住她的胳膊，笑着说，"爸爸把存折都给我看

了，一共两个存折，一个是你的名字，一个是我的名字，都是从咱们很
小就开始存了。"

"……………"

睫毛一颤，刚才克制住的泪意忽然蜂拥而上，百草慌忙扭过头，泪
水却已扑簌簌滚落。

"你这孩子……"曲向南缓声叹息。

"谢谢师父，"手忙脚乱擦去脸上狼狈的泪水，百草羞涩得抬不起
头，"不过，这次训练营我赢得了一笔奖金，支付大学的学费应该不成
问题。"

"我也是，爸爸。"光雅同样说，"我打算就考本城的大学，这两年
我打工的餐厅说，会一直让我在那里兼职，所以我的学费，我可以自己
负担的。"

"爸爸，这些钱你先留着，"光雅的脸红了红，"或者有一天，我和
百草出嫁的时候，给我们当嫁妆吧。"

下午的夏风里。

围坐在小方桌旁，光雅负责倒茶，三人静静地说着话，时间如此宁
静地过去，又吃了晚饭，一晃夜色已深。

"这是我亲手腌的梅子。"

临走前，光雅捧出一个小瓷坛，她含笑看了看庭院中的梅树，对百
草说："你不会相信吧，上个月这棵梅树居然结出了果子，红红的，圆
圆的。刚摘下来的时候很酸，我把它腌了腌，现在很甜了。"

百草也看向那株梅树。

"现在是你在照顾它吗？"

"嗯，我和爸爸一起照顾它。"

接过那坛梅子，百草正要说谢谢，在满天洒落的星光中，光雅忽然

伸臂抱住了她。脑袋依偎在百草的肩头，光雅睫毛颤动，然后又更紧地抱了抱她，说：

"谢谢你，百草。"

***　***

夏日盛阳下，洁白的建筑熠熠生光，走上高高的一层层台阶，百草仰头望向有一个多月没有来过的训练中心。就像从一场梦，又回到了现实，有种既熟悉又陌生的感觉。

"昨天我等了你一天，实在等得无聊了，才跟阿茵出去看电影，"用手遮住头顶的艳阳，晓萤边走边埋怨地说，"结果我看完电影都回来了，你居然还没有回来，你干吗去了啊？"

"我去了师父那里。"

"去那么久？"晓萤一脸不信，"然后呢，又去了哪里？"

"……回来的路上遇到了初原师兄。"

"……"晓萤扁扁嘴，"都说了些什么？"

"没什么，"百草的脸有点红，"后来，我去了若白师兄的宿舍，但是等了很久，都没有等到若白师兄。回去才发现已经那么晚，你已经睡下了，对不起，晓萤，我不知道你也在等我。"

"你等在外面？"

"嗯。"

以前每逢暑假，若白师兄都会出去打工。她以为那个时间若白师兄会回来的，可是，她等啊等啊，总以为下一分钟若白师兄就会出现，却一直没有等到。

"呃，在韩国这一个月，你从来没跟若白师兄联系过吗？"晓萤挠挠头，神情有些古怪。

"没有。"

208

云岳宗师命她专心练功,将所有与外界联系的通信工具全部收起。

"这样啊……"推开训练中心的玻璃门,晓萤吞吞吐吐地说,"其实,百草,你不在的这一个月,发生了很多事情……"

"…………"

看出晓萤有话想说,百草专注地去听,然而推门而进,训练中心大厅里那华丽的阵仗却让两人都愕然了。

足足有十多个记者,握着话筒,拿着照相机,扛着摄像机,热闹地簇拥在大厅里。他们大部分围堵在训练厅的门口,在百草和晓萤的前方,有一位女记者正面对镜头,仪态优雅地手持话筒进行解说——

"今天,婷宜正在为某洗发水厂商拍摄一个新的广告,她刚刚战胜了日本跆拳道冠军美少女清水麻美,成为媒体关注的焦点。稍后,我们将专访婷宜……"

"走啦。"

晓萤皱眉,一把扯走还怔怔听着的百草。

进入储物间,梅玲和申波正在放衣物,见她二人进来,申波同百草打了招呼,先出去了。梅玲冲过来拥抱了百草之后,兴奋地说:

"你们看见了吗?"

"你是说外面那些记者?"晓萤打开储物柜,闷声说,"又不是瞎子,当然看见了。"

"我是说训练厅里正在拍的广告啦,我刚才挤到门口去看了一眼呢,"梅玲激动得两颊绯红,"哇,这次有个男明星同婷宜一起拍广告,长得好帅的,我看到的那个镜头,是婷宜转身一甩头发,发丝从男明星的手中丝丝滑过,哇,好浪漫!"

"你就花痴吧。"晓萤冷冷地说。

"拜托,你说话好奇怪哦,"梅玲有点不开心了,"你最近都快变成怪人了。"

"我哪里怪！虽然我没看见你说的那个男明星，但是能有多帅，有我们初原师兄帅吗？"

"那倒没有……"

"有若白师兄帅吗？"

"好像也没有……"

"就是啊，那你花痴什么。"晓萤翻个白眼，"有个男明星一起拍广告有什么了不起的，别说初原师兄了，就算是若白师兄，如果肯进娱乐圈，那些所谓很帅的男明星，全都靠边站去吧！"

梅玲听傻了。

"还有，别用一副很羡慕的口气提到婷宜，"晓萤"啪"地又将柜门关上，"我还以为她败给了百草，又闭关那么久，重新出来会不一样呢。结果，你也看到了，她变本加厉，居然参加那什么，'世界跆拳道美少女大决战'！"

"你跟我说，那算什么？"晓萤瞪着梅玲，"那也算比赛吗？那是演出！那是娱乐作秀！那是亵渎跆拳道！"

"也不能这么说啦，你帽子扣得太大了……"梅玲有点为难，辩解说，"虽然不能说多正规的比赛，好吧，我承认有一点点娱乐的性质，可是，至少也普及了跆拳道不是吗？"

说着说着，梅玲又高兴起来。

"而且，婷宜那么漂亮，比赛的时候那么威风，收视率非常非常高呢！连新闻里都说了，因为婷宜，因为这个跆拳道美少女的节目，近期开始学习跆拳道的人数增加了好几倍呢！"

"哼，哗众取宠。"晓萤很不屑，"她根本就是为了自己出风头。那种比赛，一看就假得很，什么清水麻美，什么日本冠军，听都没听说过，我怎么从来不知道日本还有这么个人物！"

"你没有听说过吗？"

空气中有好闻的香味，仿佛进来一道明亮的星光，瞬间使得储物间变得梦幻起来。

"上个月，日本进行了全国跆拳道锦标赛，新秀清水麻美是一匹黑马，打败了蝉联三届冠军的老将木本清沙，获得冠军。"婷宜走到储物柜前，淡淡地说，"木本清沙你总该听说过，清水麻美打败她的比分是5：2。"

晓萤僵住。

正坐在长凳上换鞋的百草怔了怔，木本清沙是一员老将，将近三十岁了，在近三年的世界大赛中虽然从未拿到过冠军，但始终都能打入半决赛。

见气氛有些诡异，梅玲急忙打圆场，一连声地说：

"婷宜，广告拍完了吗？好快哦！啊，化妆师给你画的妆好漂亮！这是用了什么粉底，皮肤看起来晶莹剔透的，一点痕迹也没有呢，好自然，美呆了！腮红也很好，咦，这腮红是水质的吗，怎么好像吸进皮肤里去了一样。"

"好像是美国的一个牌子，训练完我再问一下化妆师。"

婷宜笑了笑，她从柜子里拿出一罐卸妆乳，挖出一团在脸上按摩，很快就把妆容卸干净了。

"晓萤，"静默了一会儿，婷宜转过身，望向同百草坐在一起换鞋的晓萤，略吸了口气，说，"我不知道，为什么你会这样说我。

"我记得以前，每次我去到松柏道馆，你总是追在我身后，很开心地喊我'婷宜姐姐'。是从什么时候开始，你变得这么讨厌我了呢？"婷宜的声音里有微微的不稳，"是，我拍了很多广告，我荒废了一些训练时间，甚至上一次的队内比赛，我败给了百草。"

梅玲不安地看看婷宜，又看看晓萤。

百草怔怔转过头，看见晓萤的手指僵在鞋带上。

"闭关出来，我并不想参加这个跆拳道美少女大赛，最开始那个电视台邀请我，我直接就拒绝了。"婷宜对晓莹说，"可是后来的发展你从电视上也看到了，清水麻美是有备而来的，她一连打败了很多国家的选手，中青队派出四名队员同她比赛，也全部输掉了。

"然后呢？我应该保持清高，继续拒绝参加吗？应该看着清水麻美一路胜下去，在中国完全找不到对手吗？"婷宜闭了闭眼睛，"对不起，我做不到，哪怕这只是一个娱乐节目，哪怕我被别人说哗众取宠，说爱出风头爱作秀，我也必须去打败她。"

"婷宜……"

梅玲眼中含泪。

"至于今天拍的广告，那是两年前我就签下的合约，我必须去履行它。"婷宜平定了情绪，"我能做到的，只是努力不干扰到大家的正常训练，所以今天清晨五点就开始拍摄，到刚才已经拍摄完毕。

"晓莹，我知道你喜欢百草，百草是你的好朋友，"婷宜苦笑，望着闷头不语的晓莹，"可是，你能试着不用那样的眼光来看我吗?"

CHAPTER9

婷宜离开了。

储物间里死寂一片。

"晓萤，其实刚才婷宜那些话也是我一直想对你说的，"梅玲犹豫半天，终于正色说，"我们都知道，你希望百草能战胜婷宜，希望百草能代替婷宜参加世锦赛。百草是你的好朋友，你有这种想法并不奇怪。

"只是，婷宜也是我们的队友啊。"梅玲咬了咬嘴唇，"以前，我不想弄僵队里的气氛，所以你说了一些伤害婷宜的话，我都没怎么吭声。可是，从今以后，我不会再这样了。

"晓萤，你好好想一想。"

合上储物柜的柜门，梅玲又对百草轻轻说了声：

"对不起，百草。"

"晓萤……"

看着晓萤闷着头保持着穿鞋的动作，一动也不动，百草怔怔地喊了声。她不知道自己该说什么，她知道晓萤都是因为她，听到婷宜和梅玲那样说，她心里仿佛被堵住了一样，密密的透不过气。

"没事。"

晓萤弯腰捡起放在地上的鞋，装进储物柜里，若无其事似的抱出道服，关上柜门，说：

"走吧，还要打扫卫生呢。"

"嗯，好！"

见她恢复正常，百草也急忙合上柜子。她换好道服，拿起抹布就赶去训练厅，才刚刚结束广告拍摄，训练厅里应该会比较脏乱。

*** ***

亦枫换好道服走进训练厅，望着整洁到闪光的整个房间，惊奇地吹了声口哨："百草，你回来了果然就不一样啊。晓萤，好好学着点，别整天偷懒！前段日子的垫子，脏得简直一踩一脚泥。"

"切，你还能再夸张一点不能！"

晓萤不屑说，恶毒地将一块抹布故作无意地扔到亦枫脚前。亦枫打着哈欠，伸展一个懒腰，轻轻松松迈了过去，气得晓萤直翻白眼。

"我没迟到吧！"

墙壁上的时钟指针将将转到上午九点整，光雅一边系着道服上的黑带，一边慌张地冲进训练厅："公交车居然半路坏掉了，修了半天，早知道直接换下一班车了。"

"没……"

百草话还没说完，玻璃门推开，沈柠走了进来。

阳光透过明亮的落地窗。

沈柠穿一袭旗袍，绿白相间的碎格子，清新雅致，她的肌肤白皙，眉眼间比以前更有韵致，发髻上斜插一根翠玉的簪子，如同从古画中走出的仕女美人。

"百草。"

目光落在队伍中的百草身上，沈柠轻轻一笑，说：

"据说这次跆拳道暑期训练营，你表现得很不错，场场皆胜，拿到了最优胜营员的荣誉，还得到一笔丰厚的奖金，是吗？"

"……是的。"

百草的脸微红。

"很好。"

沈柠对她点头而笑。

可是，当沈柠的目光在扫了一圈在场每个队员，又落回百草身上时，唇角的笑容却消失了。

"但是，我必须提醒你，百草。"沈柠微挑眉毛，说，"无论你在韩国战胜过谁，无论是谁指导了你多久的跆拳道，在岸阳，在这里，你仍旧只不过是一个普通的队员。"

"……是。"

"听懂了吗？"

"是。"

"大声点！"

"是！"

百草用足全身的力气回答。

"嗯。"沈柠微微点头，对全体队员说，"好，现在，开始训练！"

"喝——"

"喝——"

"喝——"

在全体队员整齐的腿法练习中，晓莹投过来几个担心的眼神，百草有些心神不属，并不是因为刚才沈柠那些话，而是，直到现在她还没有见到若白师兄！

"喝——"

跟随队友们一个回身后踢！转身之际，百草不安地看向训练厅的大门，那玻璃门依旧静静地关着，纹丝不动。

"喝——"

满场双飞踢！

玻璃门仿佛被封死了一般，没有人进来。

"好，接下来，两人一组进行对练。"沈柠看着面前已经开始出汗的队员们，"大家要掌握好节奏，该出腿的时候直接就踢出去，不要在那里磨磨蹭蹭。你一停顿，对手就有了防备的时间，就会由主动陷入被动，明白了吗？"

"是！"

队员们齐声回答，各自分组站好。

百草转身。

她怔怔地站在自己常站的位置上，对面却没有了与她同组的若白，只剩下她独自一人。

"报告教练！"晓萤举手。

"说。"

"若白师兄没有来……"晓萤支吾着说，"百草只有一个人，没办法对练。"

"嗯，"沈柠脸上看不出什么神情，"百草，你可以假想对面有队友，自己一个人练吗？"

"可以。"

百草立刻回答。

"好……"

"教练！"晓萤慌忙再次举手，把沈柠还没说完的话都打断了，"我可以退出训练，这样就可以匀出一个人给百草了！"

沈柠微微一笑。

"上次婷宜归队时，我记得若白说，如果因为婷宜而打破已形成默契的分组，对百草不公平。怎么，现在要为了百草再重新分组一次吗？"

晓萤窘住了。

"我可以的！"百草涨红了脸，大声说，"我一个人就可以。而且，若白师兄应该是因为什么事情才没有赶上今天的训练，他从来不会这样的，教练您不要生气……"

训练厅内，听到百草的话，队员们的神色都有些古怪。婷宜看了看百草，林凤和梅玲互视一眼，光雅欲言又止，申波推推黑框眼镜，亦枫皱起眉心。

百草察觉到了异常。

她心中有些慌乱，不安地看向大家，是她说错了什么话吗？

"唔，很好，"沈柠似笑非笑，收回目光，说，"继续训练，听我的口令——"

"前踢！"

"喝——"

"横踢！"

"喝——"

"下劈！"

"喝——"

宽敞明亮的练功厅内，除了百草之外，队员们分成两人一组，一人拿脚靶，另一人随着沈柠一声声的口令，整齐划一地呐喊着，一遍遍做着动作。

训练终于结束了。

因为没有搭档，百草比别的队员多做了一倍的进攻，浑身是汗地站在队伍里，她顾不得擦，只心急地想弄清楚究竟是怎么了，为什么一提到若白师兄，大家的神情会那么奇怪。

等到沈柠教练进行完训后总结。

百草正要立刻去问晓萤——

沈柠的身影一顿，又转身回来。她若有所思，望着队员们，笑了笑说："既然百草在韩国表现得很好，得到了一笔奖金，婷宜战胜清水麻美，也得到一笔奖金，不如今晚大家一起聚一聚，好好开心一下？"

"好耶！"

梅玲欢呼，寇震他们兴奋地附和。

"去哪里？"

申波也很感兴趣。

"我来安排吧。"

婷宜含笑说。

"嗯，"沈柠对婷宜笑了笑，对大家挥手说，"那就晚上见了，具体时间地点，婷宜你就负责通知大家吧。"

"是。"

婷宜应道。

等沈柠的身影消失在训练厅门外，避开高兴地讨论晚上聚餐的队友们，婷宜将百草拉到一个角落，说：

"今晚的花费你不用担心，我一个人来承担。"

"不用。"百草连忙摇头，有点不好意思地说，"我可以的，我……我拿到的奖金还蛮多的……"

"那好。"

婷宜点点头，没多说什么。

"请等一下，"百草喊住婷宜，面对着她，不安地说，"训练前你的那些话……请不要误会晓萤。"

"哦？误会？"婷宜漠然一笑，"她对我的敌意，难道是假的吗？"

"晓萤只是，有时说话比较冲动，"百草的脸微微涨红，"她并没有恶意，她也没有真的想针对你，她都是因为我才会这样，应该是我向你道歉。请不要因为我，影响到你和晓萤的关系。"

说着，她对婷宜弯下腰。

"对不起。"

婷宜的目光渐渐变冷，她冷冷地打量着正在自己面前深躬道歉的百草，说："一句对不起，你说得太轻松了。你知道因为你，我究竟失去了多少东西吗？"

百草愣住。

婷宜头也不回地离开，玻璃门重重关上。

*** ***

"什么？"

抹布僵在垫子上，从刚才婷宜的言语中醒转，百草不敢置信地看向晓萤，她完全蒙了，这不可能，怎么会有这种事情发生？

"是真的……"

晓萤挠挠头，心里也觉得很难受。

"昨天我没敢跟你说，你刚从韩国回来……"

"你是说，若白师兄跟沈柠教练吵架了？"打断她，百草惊愕地重复她刚才听到的，"然后若白师兄再也没来训练过？"

"是的。"晓萤脸色尴尬，"当时很多人都听到了，就在沈柠教练的办公室里，若白师兄很生气，声音蛮大的。"

"…………"

220

百草呆住。

"……为什么吵?"

半响,百草从震惊中勉强回过神。

"呃,"晓莹又挠挠头,看了看百草,支吾着说,"好像……好像是因为你……"

"我?"

"当时,我也听到了……若白师兄和沈柠教练的争执声里,提到了很多次'百草'、'婷宜',"晓莹嗓子发干,她咽了下,说,"其实,也怨不得若白师兄生气啦,我当时知道了,也很生气的。"

"究竟是为了什么?"

"呃……就还是世锦赛啦……"晓莹不敢看她,沮丧地说,"婷宜已经被内定参加世锦赛,不用再进行选拔。"

"…………"

"太不公平了!"说着说着,晓莹的火气上来了,"凭什么啊,大家打比赛,谁赢了谁上,都没有什么话说!为什么直接就定了?名气就比什么都重要吗?"

百草呆呆的。

她的心脏一点点沉下去。在韩国这段时间,她以为自己离梦想越来越近,突然才发现,却是越来越远。

"所以若白师兄很生气,"晓莹干笑,"看若白师兄平时冷冷淡淡的样子,没想到发起火来那么凶,居然敢那样跟沈柠教练说话。"

"…………"

"然后,若白师兄就再也没来过了。"晓莹叹气。

"是沈柠教练不许若白师兄再来了吗?"百草急问。

"那倒没有,"晓莹努力想了想,"那天沈柠教练从办公室出来,脸色非常非常难看,但是没听到她说开除若白师兄这样的话。我觉得……是若白师兄在抗议吧,以行动表示他的愤怒和反对。"

"…………"

呆了半晌，百草霍然起身。

"百草！"

晓萤一惊，下意识想去拉住百草的道服，百草的身影却已如疾风般消失在训练厅的门口！

那一天剩下的时间，百草找遍了若白所有可能出现的地方。

松柏道馆的宿舍里没有若白。

弟子们说，已经好几天没有看到若白了，最近的训练都是馆主亲自在带。

顶着艳阳，她跑到若白所在的大学。

暑假中，校园里静悄悄的，她在学校宿舍管理处查了很久。值班的老师说，若白没有住校，在学校没有铺位。其间来了两个男生，听到她在找若白，对她说，他们是若白的同学，他们也在找若白。如果找到若白，请她记得一定提醒他，全国英语专业技能大赛还有三天就开始了，不要再错过赛前培训。

她又跑遍所有若白经常打工的地方。

小胖大排档的阿英说，若白已经好多天没有来过了。翻译社的经理抱给她足有一尺多高的文件，说这些都是老客户指明要若白翻译的，他们也等了若白很久了。经理让她告诉若白，往后一定要买个手机，省得怎么也找不到他。

茫然地抱着那摞厚厚的文件走在街上，百草终于又想起一个地方——

小星星双语幼儿园！

那是若白只有在暑假才会去打工的地方，虽然钱没有很多，但是若白很喜欢幼儿园的小朋友，每隔一天就会抽时间去一次。

她浑身是汗地飞跑到那里，已经是幼儿园放学时间。

园长一边挥手向每个小朋友说再见，一边回答她说，若白有一段日子没有来过了。园长抱出一个大纸箱交给她，里面装满了各种绘着涂鸦的卡片、手工做的纸靴、塑料珠做的风铃等等。园长微笑说，这些都是小朋友们为若白做的，小朋友们都很想念能把英语小故事讲得生动有趣的若白哥哥，希望若白能够早日回来。

太阳渐渐落山。

将厚厚的翻译文件放进大纸箱里，百草呆呆地抱着它，在街上走了一圈又一圈，她总是希望能够在下一秒钟就能找到若白的身影，然而每当她慌忙扭过头，却发现都不是。

当傍晚的霞光映红天际。

她又回到了松柏道馆。

站在若白的宿舍前，她呆呆地等着。一个个弟子从她面前走过，对她鞠躬行礼，她机械地回礼，脑中白茫茫一片。

"还没找到?"

天色渐黑的时候，亦枫回来了。抱起她放在地上的那个大纸箱，亦枫打开房门，让她进来。宿舍里朴素干净，百草以前从来没进来过，却可以一眼认出窗边那张床就是属于若白的。

床单异常洁净。

薄被叠得整整齐齐。

床边的书桌上，一本字帖，一瓶墨水，一只笔筒，笔筒里插着几支毛笔，用来练字的报纸叠好在桌子右侧，能看到上面书写有漂亮的行楷，纸面几乎写满了，还没舍得扔。

"不用担心，过阵子若白就会回来的。"看百草望着若白的床铺和书桌发呆，亦枫咳嗽一声，安慰她说。

"你知道若白在哪里，对不对?"

百草身体一震，她被提醒了，猛地转过头盯住他，眼中亮出光芒。

"我也不知道。"

亦枫苦笑，若白就像突然人间蒸发了一样。要不是他素来知道若白的性格，而且在失踪前，若白特别熬夜做完了所有翻译文件的工作，他也会像她一样的担心。

"你知道的！"百草死死盯着他。

"我真的不知道。"

"上次，你说你不知道，但那次你其实骗了我，"咬了咬嘴唇，百草乞求说，"亦枫师兄，请你告诉我好吗？我真的很想知道若白师兄在哪里……"

"我说了，我真的不知道，"亦枫很无奈，"若白什么也没有说，就那么突然不见了。如果找到他，我要揍他一顿，这家伙，就算要玩失踪，至少也要告诉我一声。"

紧紧地盯住他。

百草的心越来越沉，好吧，她相信亦枫也不知道。可是，如果亦枫都不知道若白的行踪，若白会不会是……

惊惧攫住她全身。

面色顿时苍白，她一声不吭，转身脚步僵硬地向门口冲去！

"你要干什么？"亦枫一把抓住她。

"我去找若白师兄！"

"明天再说吧，明天我跟你一起去找，"看看墙上的时钟，亦枫说，"你赶快去换衣服，已经七点半了，不要迟到。"

"迟到？"

百草不知道他在说什么。

"婷宜已经通知了聚餐地点，是凡蒂亚酒店，时间是晚上八点，"亦枫看着她，"你去洗个澡，换身衣服，现在你满身都是汗味，这样子去酒店会很没有礼貌。一会儿我到你们宿舍门口等你，时间来不及了，叫上晓萤，咱们一起打车走。"

"…………"

224

百草呆呆地看着他，仿佛听到了不可思议的话。

"快去啊。"

"我要去找若白师兄！"百草眼中有怒意，"找不到若白师兄，我怎么可能有心情去聚餐！"

"因为那是沈柠教练让大家去的，"亦枫的语气也变得严厉了，"所以你必须去，而且不能迟到！"

"我不去。"

"你再说一遍？"亦枫瞪她。

"我要去找若白师兄，找不到若白师兄，我不去！"胸口剧烈地起伏，百草硬声说，"如果不是沈柠教练，若白师兄不会突然不见，而且……而且反正沈柠教练不喜欢我，我去不去都无所谓。"

"这次聚餐的主角是你和婷宜，你不去，沈柠教练会怎么想！"瞪着她，见她还是一脸执拗，亦枫正要继续骂，忽然神色一变，竟又懒洋洋地笑了笑，说，"好啊，那你就别去。"

亦枫挑眉说：

"反正若白已经因为你得罪了沈柠教练，你再因为若白让沈柠教练下不来台，干脆你就跟若白一样，离开训练中心好了。等若白回来，发现你也被开除了，他一定十分、十分、开心。"

"…………"

百草死死咬住嘴唇。

"若白为你付出了那么多时间和心血算得了什么，"坐到自己的床铺上，亦枫打个哈欠，"啊，不对，若白一定会很开心。你这么讲义气，他跟沈柠教练闹翻，你也立刻闹翻，反正是共进退了，根本不用考虑将来从沈柠教练那里帮若白挽回的事情了。"

"砰——"

渐起的夜色中，房门摇晃着。望着百草消失在小路上的僵硬背影，亦枫仰身躺倒在床上，叹了口气。

　　　　　　　　***　　***

　　凡蒂亚酒店。

　　"哇。"
　　还在出租车里，晓萤就被震撼了。
　　夜幕中那座酒店越来越近，辉煌华丽，灯火通明，早就知道凡蒂亚是城内最高档的酒店，但是一直觉得那种地方跟自己是没什么关系的，没想到今晚居然会在这里聚餐。
　　"晚上好。"
　　出租车停在凡蒂亚的旋转玻璃门前，俊美有礼的侍者殷勤地为三人拉开车门。
　　"晚、晚上好。"
　　被这么帅的侍者服务，晓萤从出租车上下来，忽然有点结巴。要不要给小费呢，她脑中挣扎出这个问题。还有，咦，在如此奢华的酒店面前，为什么慌张的只有她一个人，亦枫和百草却表现得这么淡定？
　　赶忙扭头去看。
　　亦枫居然在伸懒腰，一副很想睡觉的样子，晓萤瞪他一眼。亏他今晚换了件黑色衬衣和蓝色休闲裤，她还想夸他难得帅了一把，果然江山易改本性难移，哼。
　　再看百草。
　　百草穿了那条棉质的白色连衣裙，就是去韩国之前，她陪百草一起去买的那条。唔，眼光果然不错，晓萤有点自恋地赞美自己。
　　在水晶般的旋转玻璃门中，穿着这条棉质白裙，百草短发清爽，眼睛乌黑，清新得就像一阵迎面吹来的风，亭亭而立，颇有邻家少女初长成的感觉，让她忍不住想一看再看。
　　可惜。

百草的表情不太对劲，心神不属的样子，好像完全没有注意到酒店的奢华辉煌。

"你们来了!"

等候在大堂的梅玲扑过来，她穿一条金色的小礼服裙，在灯光下璀璨闪光，头发在头顶扎成花苞的样子，别一只蝴蝶结，可爱又漂亮。

"哇，百草今天好漂亮，"梅玲惊喜地打量百草，"我还是第一次见你穿裙子，很好看啊，你往后要多穿!"

"是我帮她挑的!"见百草怔怔如梦游一般，晓莹立刻接过话题，得意地说，"你快看，我打扮得也不错吧!"

"嗯，粉红色蛋糕裙蛮可爱的，你头上的粉色宽条发带配得也挺好看，"梅玲一边带她们走，一边评价说，"只是，蛋糕裙好像是去年流行的，会不会有点……"

"切，你懂什么，"晓莹得意扬扬，"去年流行的，今年买起来才会便宜嘛，反正只要好看就行。"

"哈哈，也对哦。"梅玲笑着说。

然后亦枫和百草就直接被这两人给忽略了。

一路被梅玲带着往酒店深处走，晓莹的嘴巴越张越大。大厅宽阔无比，华丽璀璨的巨大吊灯，繁复织锦的窗帘，天鹅绒的座椅，闪耀出银光的餐具，每一位侍者都俊朗得可以去当明星，这简直是只会在电影里出现的画面。

"哇。"

晓莹被深深震撼到了。

随着梅玲穿过大厅，走过金碧辉煌的走廊，地上铺着柔软美丽的地毯，走廊两侧每隔几步就挂着一幅精美的油画，晓莹喃喃说：

"这里非常非常非常贵吧……"

"我也只来过一次，还是在大厅里用餐，是家里一位长辈请客，好

像是很贵很贵的。"梅玲也很感慨，"不过咱们今晚不是在大厅，而
是——"

走廊尽头，是两扇厚重华丽的门，两位帅气俊朗的侍者优雅地守候
在门口。见他们一行四人走过来，两位侍者同时轻柔地将门拉开，说：
"请。"

望着面前霍然展现的景象，晓萤目瞪口呆。
百草也呆住了。
亦枫揉了揉眼睛。

"——在这个宴会厅。"梅玲摇头说，"我以前只是听说，在凡蒂亚
酒店有一个可以媲美世界顶级酒店的宴会厅，但是从来只接待各国来访
的首脑高层和超级贵客。"

百草怔怔地看着。
这个宴会厅，有将近大厅一半的面积。地上铺满了绣着黑白花纹的
美丽地毯，华美的水晶吊灯高高垂下，将室内照得亮如白昼，却是温暖
的光芒。
一张白色大理石的旋转圆桌。
如梦如幻的紫色天鹅绒靠背坐椅，圆桌中心有一只冰雕的天鹅，晶
莹优雅，仰着高傲的脖颈，在光线下熠熠闪光，周围堆满了鲜花。每个
座位前，餐具已经摆好，银质的刀叉，水晶高脚酒杯，洁白的餐巾，薄
如蝉翼的骨瓷盘碟。
宴会厅的另一边，精心摆放了几组沙发和茶几。
申波、林凤、寇震他们已经都到了，正坐在那里兴高采烈地谈笑。
沙发全部是紫色的天鹅绒，围在一起，有单人的、双人的、多人的，样
式不尽相同，但每一只都造型优美，典雅复古。在华丽的窗幔下，有落

地的玻璃窗，美丽的夜景一览无余。

"……你带了多少钱来？"

胳膊被一只颤抖的手握住，百草怔怔转头，见晓萤面色惨白，凑过来在她耳边畏惧地说：

"……我觉得，今晚这场聚餐，要花很多钱吧……天哪，就算是只承担一半的费用，也会是天文数字吧……"

"亦枫，百草，晓萤，你们来了。"从紫色的天鹅绒沙发中，婷宜含笑站起身，"再等一下，晚餐就要开始了。"

虽然晓萤脑子里还是一片混乱，不知道这顿饭究竟要花多少钱，可是也不愿意张口就问结账的事情，丢了百草的面子。见林凤坐在沙发里向她们挥手，晓萤拉着百草，同梅玲一起过去，努力让自己先好好享受一下算了。

侍者们彬彬有礼地送上香槟。

又过了几分钟，沈柠教练被侍者引领进来，大家全都起身迎接，开始入座。沈柠教练坐在主位，百草和林凤、晓萤坐在一起，晓萤同梅玲窃窃私语。百草偶尔抬眼，看到婷宜虽然陪坐在沈柠教练身边，言笑晏晏，却有些心神不属，目光总是望向宴会厅门口。

而且，婷宜身旁的另一个位置是空着的。

百草怔怔地望了一圈，除了若白师兄，队里所有的人都到齐了。突然，她心中一动，所以，那个座位是为若白师兄而留的吗？是……是婷宜安排在这个场合让若白师兄出现，缓和沈柠教练和若白师兄的气氛吗？

心跳骤然加速！

她也死死地盯住那扇门——

也许——

也许就在下一刻——

仿佛默声的电影，两扇厚重的门缓缓打开，婷宜神色一喜，从座位中站起身来。辉煌的灯光下，侍者们殷勤的引领中，一个修长秀雅的少年走进来，如春风般温和，他浑身有着淡淡的光芒。

百草怔怔地望着他。
心中忽然有点空落落的，不，那不是若白师兄。

晓莹也后知后觉地扭头看去，看到来人，惊喜地喊："初原师兄，你来了！"她刚准备扑过去，却发现婷宜已然迎到门口，温柔地挽住了初原的手臂，晓莹讪讪地扁了扁嘴，只得又坐回去。
"还以为你会赶不及呢。"
婷宜笑意盈盈，挽着初原走向宴席，向那个留着的位置走去。当初原经过身边时，百草低下头。
在韩国发生的那些，回国后竟觉得是如此的不真实，就似一场梦境，那在夜空绽放的烟花，透明如琉璃的摩天轮。

侍者们端上一道道精致的菜肴，百草默默地吃着饭，却几乎尝不出味道。
她原本想着，如果今晚聚会时沈柠教练情绪好，她就去请求沈柠教练，让若白师兄可以重新回来。而现在，整整一餐饭，沈柠教练都在同婷宜和初原说话谈笑，气氛异常的融洽欢快，没有旁人插嘴的机会。

丰盛的晚餐结束后。
晓莹、梅玲她们打开了宴会厅西区的卡拉 OK，抢夺着话筒开始唱歌，气氛越来越热烈，林凤、寇震、光雅也加入了唱歌的行列。侍者们彬彬有礼地送来各种酒水饮料，为大家助兴。从侍者递来的托盘中，百草拿了一杯绿莹莹的饮料，她小心翼翼喝了一口，清冷的薄荷味，凉凉的，还有一股酒的香气，还蛮好喝的。

她再次望向宴会厅另一边的沈柠教练。

紫色的天鹅绒沙发里，沈柠教练今晚穿的也是一袭深紫色丝绸旗袍，皮肤白皙，妩媚迷人，仍旧是同婷宜、初原坐在一起，谈笑晏晏。

百草怔怔地又取了一杯那种绿色的饮料。

不知不觉，她喝了一杯又一杯。

脑袋开始有点发沉，闷闷的，有点透不过气，看到宴会厅的东侧有一扇门，她举着手中的饮料，离开欢闹的队友们，晕晕地走过去。

清凉的夜风吹来。

漫天繁星。

那是一个阳台，绿色的爬藤植物，开满了密密麻麻不知名的美丽花朵，在夜色中芳香沁人。百草深吸了一口气，涨痛的脑袋感觉好些了，她扶着围栏站着，又喝了一口饮料，心里却更加堵得难受。

"你在这里。"

不知过了多久，有人来到她身边。她脑袋晕得已经看不清楚那人是谁，眯起眼睛，她吃力地去看。

"你喝醉了?"

那人闻了闻她身上的气味，似乎皱眉，将她手中的饮料拿走，然后想要将她扶坐进阳台的藤椅。

"……若白师兄?"

那皱眉的神情，熟悉得让她陡然一惊，她跌撞地扑上去，抓紧那人的胳膊，瞪大眼睛，直直地瞪着那人，有些口齿不清地说：

"若白师兄……我一直在找你……你去了哪里……为什么我找不到……"

"我不是若白，我是初原。"那人回答她。

"⋯⋯⋯⋯⋯"

百草呆呆地瞪着他，仿佛听不懂，半晌，她用力地去晃头，动作大得让他赶忙去扶住她的脑袋。

"你喝醉了，"紧紧扶牢她，初原担心说，"你不该喝太多，这种鸡尾酒的酒精含量是很高的。"

"初原师兄⋯⋯"

朦朦胧胧的影像中，她终于明白了，身前的是初原，不是若白。怔忡一下，她呆呆地问：

"⋯⋯可是，你为什么会在这里⋯⋯你不是应该⋯⋯跟婷宜在一起吗？"

"百草。"

"⋯⋯你⋯⋯你去跟婷宜在一起吧⋯⋯"她挣扎地想要推开他，"⋯⋯我要去找若白师兄⋯⋯"

"百草！"初原急忙抱住她，"你怎么了？"

"⋯⋯是我弄错了⋯⋯我以为⋯⋯我以为⋯⋯可是，你总是和婷宜在一起⋯⋯你们两个总是在一起⋯⋯"挣扎不开，她呆呆地望着面前的人，视线依旧模糊，她的脑子也一片混沌。"⋯⋯你看⋯⋯那天，我不该去游乐园，若白师兄还在生气，我怎么可以去游乐园呢⋯⋯我应该留下来，请求若白师兄的原谅⋯⋯否则，他不会让我找不到他⋯⋯他一定是还在生气⋯⋯"

"我没有和婷宜在一起！"初原皱眉说，"原本我今天值夜班，婷宜打电话来，说你今晚聚餐，要我赶来。我向主任医师请假，又请同学替我代班，所以来得晚了。"

"⋯⋯你同婷宜坐在一起⋯⋯"

"可是，只有那一个位置。如果我要求跟晓莹换座位，我担心会让场面变得尴尬。"

"⋯⋯⋯⋯⋯"

被他抱在怀中，呼吸里满是他的气息，百草呆呆的，努力去思考他的话。

星光璀璨。

夜风习习。

初原闭上眼睛，抱紧怀中这个呆呆的她。

"对不起。"

他吻了一下她的发顶，轻声说：

"我知道了。是我做错了，以后不会再这样。"

被他的气息包围着，百草无法思考，酒劲一阵阵往上涌，她的眼皮变得很重，完全无法睁开。然而心里惦记着的一件事，让她在他怀里继续挣扎着说：

"……我还要去找若白师兄……"

"若白？好，我陪你去找他。"

"现在、现在就去……"

"好，"初原将她横抱起来，"你喝醉了，我先送你回道馆，然后我就去找若白。"

听到他的话，她放下心来，意识渐渐混沌，就在她以为自己在他的臂弯中已经睡去的时候——

"砰"的一声！

阳台的门轰然被打开！

音乐声、欢笑声、吵闹声如炸弹般喧嚣而起，林凤、晓萤、寇震、光雅、申波，一张张兴奋到红光满面的笑脸，婷宜被大家推到最前面，梅玲高兴地大声喊：

"初原前辈，来同婷宜情歌对唱！"

然后——

一切仿佛被定格了般，星光下，众人瞠目结舌地看到初原将百草像公主般抱在怀中的画面。

寂静……

僵住……

石化……

CHAPTER10

从昏昏沉沉中一觉醒来，已经天光大亮，百草一看时间，上午八点半了，她吓了一跳，匆忙下床，穿衣洗脸。从未这么晚起床过，她脑中还是有些浑浑的，觉得好像发生了什么很混乱的事情，却想不起来，就像在梦里一样，又像是真的。她想问问晓萤，发现晓萤已经先走了。

匆匆关上屋门，她正准备赶去训练中心，一抬头，忽然看到前方的那排白杨树下，初原等候在那里。

阳光耀眼。

树叶轻摇。

"如果你还不出来，我就要敲门去喊你了。"初原走到她面前，问，"头还疼吗？"

"……不疼。"

"下次不要再喝酒了，"初原递给她一杯豆浆和一个蛋糕，"食堂的早餐已经结束了，你吃这些吧。"

百草脸红红地接过来，解释说：

"我以为那是饮料。"

"嗯，那往后你就知道了，尝起来有酒精的饮料，都不要喝太多，"揉揉她的脑袋，初原笑着说，"走，我送你去训练中心。"

"我可以自己去！"

"你快迟到了，车就停在那里。"初原指了指。

盛夏的阳光如火如荼,大地如同燃烧了一般。车开得很稳,冷气轻柔地吹着,与外面仿佛不同的世界,豆浆还是温热的,蛋糕也很香,百草坐在副驾驶的位置,埋头专心地吃。

"昨晚,我没能找到若白,"见她正在用吸管喝豆浆,初原开车小心地绕过路面的一处坑洼,"今天我会继续去找。"

"…………"

百草怔住,她松开吸管,看向他。

"你找了整个晚上?"

"昨晚我去找的那些地方,好像你白天的时候都已经去过了。我从若白的一个同学那里,拿到了他们班的通讯名录,但是也没有人知道他去了哪里,"将车转了一个弯,初原目视前方,思忖着说,"若白是谨慎的人,应该不会出什么事。不过,有些地方我也会再去询问一下,不管有没有消息都会及时通知你。你安心训练,不用太担心。"

百草怔怔地看着他眼圈处的疲累,他难道是找了若白一整夜,都没有睡觉吗……

初原扭过头,对她笑了笑,说:

"放心,嗯?"

"嗯。"

她应了一声,局促地低下头,忽然想起昨天晚上对他说的那些话,她慌乱地将豆浆和蛋糕吃完,不敢再去看他。

"到了。"

前面就是训练中心的白色场馆,初原将车停好,伸手过去帮她解开安全带,说:

"我陪你进去。"

"啊?"

百草茫然。

初原下了车，帮她打开车门，说："昨晚她们都看到了，我担心，她们会问你太多。"

"………"

百草继续茫然，她睁大眼睛，呆呆地望着初原，突然，她脑中一轰，记忆中混乱零碎的片段飞闪呼啸而过！她喝醉了，她在初原怀中，喧闹声乍然响起，队员们一张张惊呆的面孔，婷宜在最前面……

那不是梦！

那是真的……

"没关系，"初原揉揉她的头发，"我会同她们说清楚。"

"不！"

她心中乱成一团，下意识地拒绝说。虽然她也不知道该怎么办，但是，如果昨晚刚刚出现那样的场面，今天她就同初原一起出现，婷宜一定会很尴尬。婷宜对初原的感情，队里每个人都是明白的，她以前也一直以为婷宜是初原的女朋友。

"我自己就可以。"

吸了口气，百草让自己看起来镇静些，她对初原勉强挤出一个笑容，说："大家对我都很好，不会怎么样的。"

"你确定吗？"

"嗯！"

"……好吧，"初原凝视她，"如果有什么不开心，记得给我打电话。"

"好。"

走上训练馆高高的台阶，推开玻璃大门时，百草的手还是紧张得僵硬了下。她扭过头，远处，烈日下，初原依旧站在车旁望向她。咬了咬嘴唇，她推开玻璃门走进去，馆内的冷气令她陡然打了个寒战。

馆内静悄悄的。

仿佛除了她之外，再没有别人。

　　走到储物室门口，从外面也是听不到一点声音，百草打开门，顿时怔住——

　　小小的房间，里面竟已满是人。

　　林凤、梅玲、晓萤、光雅……有的站着，有的坐着，每个人的神情都有些不对，好像在她进来之前，她们刚刚争执过，空气中还弥漫着某种火药的气息。

　　看到她进来，所有人都神色一变。站在储物柜前的婷宜，也缓缓转过身来。

　　"百草……"梅玲皱了皱眉，沉不住气。

　　"百草，你是喝醉了，对不对?"急着打断梅玲，晓萤抢着问，她似乎也一夜没有睡好，眼睛下有大大的黑眼圈。

　　"…………"

　　百草愣住。

　　"喝醉了，对不对?"晓萤又急又慌，加重语气又问一遍。

　　"……对，我昨晚喝醉了。"

　　"呼，我就说嘛，百草一定是喝醉了，然后初原师兄见百草喝醉了，站都站不稳，马上要摔倒了，所以才把百草抱起来，谁知道正好被咱们撞见了，发生了误会。"晓萤如释重负地说，干笑两声，"呵呵，没什么啦，只不过误会一场，跟百草没有关系啦，就算是我喝醉了昏睡，初原师兄也不会眼睁睁看着我跌倒啊，扶一下或者抱起来都很正常的啦。"

　　"是吗?"

　　梅玲怀疑地说，盯着百草看。

　　"没错，我也觉得是这样。"光雅附和着点头，然后说，"百草，你快换衣服吧。"

　　"……嗯。"

百草走过去，她能感觉到梅玲的目光仍旧紧紧盯在她的身上。走到储物柜前，她耳边传来婷宜淡淡的声音：

"你是故意的，对吗？"

"…………"

百草一怔，看向婷宜。

婷宜的唇角有淡淡的不屑，眼神却带着几分犀利，她回视着百草，缓声说："昨晚，你是故意喝醉，故意接近初原哥哥，故意让初原哥哥不得不去抱起你，对吗？"

"什么？"

梅玲大惊，看着百草的目光顿时变了。

"婷宜，你不要乱说，百草不是那样的人！"抢过来站在百草身旁，晓莹立刻说。

"哦？"

婷宜笑了笑，神色不动地说：

"那她是什么样的人？晓莹，从一开始，我就不喜欢百草，你想不想知道是为什么？"

"……"晓莹看看婷宜，又看看百草，尴尬地说，"为……为什么？"

"因为，她太有野心，也太会装了。"

婷宜淡淡地打量百草，说：

"那时候，她刚进松柏道馆，表现得沉默乖巧。但是就因为若白没有选择她，而是选择了秀琴出赛道馆挑战赛，她就当众发怒，质疑若白，攻击秀琴。在她心里，根本没有团体的优胜感，只有她自己能不能参赛。"

百草咬住嘴唇。

"那是因为……"晓莹想解释。

"然后，她暗恋上了初原哥哥，"婷宜打断晓萤，"她每天找各种借口，去初原哥哥那里，甚至，她不惜在训练的时候，故意把自己身上弄出许多淤伤，让善良的初原哥哥每天都帮她上药。"

晓萤的脑海中闪过三年前的很多回忆，她傻傻地看着百草，张了张嘴，目光呆滞起来。

"我没有，我没故意弄伤自己，我没有故意去找各种借口。"寒气自体内涌出，百草的身体微微发抖。

婷宜讥讽地继续说：

"她还利用若白，为了让若白心甘情愿更多地陪她训练，她不惜利用若白的感情，跟若白交往……"

"我没有！"

百草真的急了！

什么样的诽谤她都可以忍受，但是，若白不行！

"你没有？"婷宜盯着她，逼近一步，"那天晚上，我在夜市看到的，难道不是你和若白？"

"是我和若白师兄，但我们没有……"

"我不明白的是，"婷宜冷声说，"戚百草，既然你暗恋初原哥哥，又跟若白在交往，为什么还要去挑逗我的哥哥？"

挑逗?!

廷皓前辈?!

如同闪电在屋里炸开！

梅玲、晓萤不敢置信地瞪着百草，连林凤和光雅也惊呆了。

"我没有！"

百草握紧双拳。

"那天，明明是我亲眼看见，你故意将我哥哥撞倒在地上，趴到他的身上，吻了他，难道是我看错了吗？"

"你……"

百草浑身都在颤抖，从没有哪一刻，她如此恨自己口笨舌拙。

"我不是故意的，我是不小心……"

"呵呵，又不是故意的，"婷宜不屑地笑，"这么多不是故意的，这么多不小心，所以你昨晚喝醉也不是故意的，你设计让初原哥哥抱你，也不是故意的，对不对？你解释得可真好！"

"…………"

百草呆呆地站着，颤抖转为更深的寒冷。

"好，就算我相信你，我相信你全都不是故意的。"婷宜深吸了口气，顿了顿，说，"我只问你一句话，希望你能老老实实地回答我！"

婷宜的声音含冰：

"你——究竟有没有在暗恋初原哥哥？"

满屋死寂。

一点点呼吸都没有，晓莹紧张万分，梅玲、林凤、光雅如木雕般傻傻看着面前的婷宜和百草。

"如果这个问题很难回答，那么我问你一个简单的，"挑了挑眉毛，婷宜看着百草说，"我可不可拜托你——从今往后，收起你那些无耻的手段，不要再去纠缠初原哥哥！"

"婷宜，"林凤出声说，"大家都是队友。"

"队友？呵，我可不敢称呼一个时刻想要抢我男朋友的人，做我的

242

队友。"婷宜淡淡一笑，目视百草，"怎么，做不到吗？以后还是要继续纠缠初原哥哥吗？"

那样的目光……

如同在一场冰冷的梦中，百草能看到婷宜那双厌恶不屑的眼睛，能看到晓萤的惊愕失措，梅玲的震惊怀疑，林凤的担心，光雅的紧张。她浑身寒冷，只有握紧双拳，才能克制住身体的颤抖。

"……我喜欢初原师兄。"
脑中混乱的轰声中，她的声音从喉咙里挤出来。是的，她喜欢初原师兄。无论是三年前，小木屋里初原为她揉开淤伤时，有些呛鼻的药油香气，还是与贤武道馆的挑战赛前，初原帮她梳起头发，绑上的那个草莓发圈……
初原在美国时，她站在文具店的柜台前，用辛苦积攒下的零花钱买下那支钢笔……
初原回国了，她在练功厅见到他的第一眼……
打开储物柜，看到那枚她喜欢了很久，却一直不舍得买的，红晶晶的草莓发夹……

"对不起，我不能答应你，"百草抬起头看向婷宜，她咬了咬嘴唇，眼睛亮得惊人，"我喜欢初原师兄。"

晓萤顿时面色雪白。

婷宜目光一变，她死死地盯着百草，半晌，忽然又是一笑，笑容冷似碎冰，说："很好，你终于不再装模作样了。只是，在你正式向我宣战的这一刻，我必须要告诉你的是——"

光芒流转。

一枚璀璨的钻石戒指闪耀在婷宜的手指间。

"——我是初原哥哥的未婚妻，而你，戚百草，你是卑劣的第三者。"

*** ***

训练时的气氛诡异到了极点，沈柠教练不得不两次中止练习，喝令大家不要像梦游似的。没有若白，百草依旧独自一人训练，中间休息时，晓萤没有同往常一样坐过来跟她说话，女孩子们的异常沉默，寇震他们也察觉到了。

"今天你这么安静，让人真不习惯。"

亦枫伸个懒腰，看一眼孤独地坐在角落的百草，再看看身边这个破天荒一声不吭的晓萤，问：

"跟百草吵架了？"

"闭嘴啦！不说话没人当你是哑巴。"晓萤没好气地说。

训练一结束，晓萤像风一样离开了训练厅，还是一句话也没跟百草说。百草心中沉沉的，她沉默地独自打扫卫生，林凤走的时候拍了拍她的肩膀。光雅犹豫了一下，蹲下来，拿起一块平时是晓萤用的抹布，帮她一起擦垫子。

"虽然婷宜说的那些，我都不了解，可是，我和你一起生活了那么多年，我知道你是怎样的人。你看，我也曾经误会过你，不喜欢过你。但是，总有一天，知道你的人会明白你的。"

光雅担忧地说：

"百草，你不要太难过。"

抹布用力擦着垫子，半晌，百草低着头回答：

"嗯。"

终于打扫完训练厅，光雅也离开了，看着四周空荡荡再无人影，百草呆呆地站了一会儿，直到手机的音乐将她惊醒。

白月光
心里某个地方
那么亮
却那么冰凉

这是廷皓前辈送给她的手机，百草怔怔地想，应该还给廷皓前辈的，为什么她在机场的时候竟忘记了呢？是了，因为那时初原来接她，他在胸前举着心形的粉红色牌子，站在那么显眼的地方。

你是我不能言说的伤
想遗忘
又忍不住回想

音乐持续地响着，她从放在窗边的背包里翻出手机，上面跳跃闪烁的却不是那张廷皓前辈灿烂的笑脸，而是两个字——
"初原"。

"训练结束了吗？"手机那端传来温和的声音。
"……嗯。"
"我现在在医院，今天要在病房值半天班，晚上才能回去。"
"嗯。"
"还有，我已经在所有的医院和警局都查过，没有若白出事的记录。"初原对她说，"我会继续找若白，今天天太热，你不要再出来跑了。"

听到若白没有出事，她的心略松了些。

"谢谢你，初原师兄。"

手机那端停顿了下，初原又问：

"你那边，还好吗？"

"⋯⋯⋯⋯⋯"

脑海中闪现出那颗光芒刺眼的钻石，她的睫毛颤了下，不知该如何回答。

没有等到她的声音，初原说：

"等晚上回去，我去找你，好吗？"

"⋯⋯好。"

回到储物间，婷宜居然也在，她已经洗完澡换好衣服，乌黑长发，白色水墨莲花的细肩带长裙，清纯美丽。

百草愣了下。

她握了握手中的手机，走过去，将它递向婷宜，说："这是廷皓前辈借给我用的，请你帮我还给他。"

婷宜瞟了一眼那手机，没有去接。

"你为什么不自己去还？"

百草沉默，她把手机放在婷宜储物柜的隔板上，行了个礼，说："麻烦你了。"

婷宜皱眉，她拿起包，将那只手机扔进里面，转身就走。

"请等一下。"

百草喊住她。

婷宜不耐烦地回身，见百草手中拿出一个厚厚的信封，望着她说："昨晚的聚餐，我应该承担一半的费用。对不起，我当时喝醉了，没有及时给你。"

"哈，"婷宜失笑，"你打算给我钱?"

"是的。"

"你知道昨晚一共是多少钱吗?"

"不知道。"

"好，既然你这么客气，我也不推辞了。"

婷宜盯着她，冷冷说出一个数字。百草呆了几秒钟，她低下头，从信封里数出一沓，又数出一沓，再数出一沓钞票，厚厚的信封顿时瘪了下来。

"这是我的部分，"百草双手将钱还给她，"我用掉的手机话费，也放进去了。"

婷宜面无表情地接过来。

她转身离开，看都不再看百草一眼。

*** ***

松柏道馆。

午饭时间晓萤不见踪影，吃完午饭，一贯要睡个长长午觉的晓萤还是像失踪了一样。百草心中不安，范叔范婶却毫不在意，说晓萤肯定是看电影逛街去了，让百草别担心。

坐在床铺上。

窗外艳阳似火，百草怔怔地望着晓萤的床，她看到了晓萤当时变得苍白的面容，她一直在等晓萤像以前一样来盘问她。可是晓萤一句话也不跟她说，也不面对她，她连解释的机会也没有。

又等了很久。

百草再也坐不下去。

那么，就继续去找若白师兄吧。百草关上门，决定再多去几个地方找找。

*** ***

"初原，有人找。"

医院值班室，初原正在打电话，姚大夫走进来，说："你女朋友越来越漂亮了啊，快去吧，我替你值班！"

听到话筒里的回复，初原放下电话。他顺着姚大夫的视线望出去，婷宜正站在值班室外的走廊上。

"姚大夫，她不是我的女朋友。"

站起身，初原先对他解释了一句，才向外走。

"啊?"姚大夫看着他的背影，摇头自言自语，"年轻人，女孩子都矜持，她肯定是喜欢你，否则不会常常来找你的。"

*** ***

街道上几乎没有行人，烈日要将地面烤化了一样，踩上去都是软的。用手背遮住刺目的阳光，百草努力分辨着每一个出现的路人，呼吸的空气是滚烫的，汗水浸湿了她的后背。

每一家店，她都进去找。

而每一次，她的希望都落空。

站在酷热的太阳下，百草眼前一阵阵发花，若白究竟去了哪里，为什么她怎么也找不到。

*** ***

医院。

走廊尽头。

阴凉的角落，吹来南北通透的风，暑日的热气消散了一些。手扶栏杆，婷宜望着楼下的花园，淡雅水墨的吊带裙摆迎风飘起，她静默半晌，说：

"初原哥哥，你伤害了我。"

"婷宜……"

初原眉心微蹙，他看向她，很多话最终只化成一句。

"对不起。"

"初原哥哥，你忘记这枚戒指了吗？"钻石在婷宜的手指上闪动光芒，"妈妈去世的时候，你在她的病床前答应过我，长大以后，会娶我做你的新娘。"

"那时候我只有八岁。"初原说。

"那时候我也只有五岁，可是我记得，我一直都记得，"婷宜苦笑说，"我还答应妈妈，结婚的时候，会戴上这枚戒指。所以，我一直珍藏着它，等待我和你结婚的那天，你亲手为我戴上。"

阳光闪耀。

钻石折射出璀璨的光芒。

虽然那是很多很多年以前，初原依旧记得那一天，素来疼爱他的方阿姨面色苍白地躺在病床上。病房外，母亲含泪告诉他，方阿姨要去很远很远的地方，再也不能回来，要让方阿姨走得安心。

…………

"……长大了，就娶小婷做你的新娘，好不好？"病床上，方阿姨温柔地握着他的手。

"什么是新娘？"

"新娘就是……你会好好照顾小婷，永远照顾小婷……陪伴她……不要让她哭……不要让她孤独……"

"就像现在这样吗？"小时候的他听不太懂。每次方阿姨出国比赛，小婷就会被送到松柏道馆，她是很乖的孩子，整天跟在他身后，看他练功，一点也不闹。

"嗯，就像现在这样。"

"好，我会娶小婷当我的新娘，"小小的他点头说，"我会照顾她，不让她哭，不让她孤独。"

躺在雪白的枕头上，方阿姨虚弱地从手上褪下一枚戒指。

"……小婷，这是妈妈送你的结婚礼物……记得，你是妈妈的女儿，你会是坚强的女孩子……不要哭，要幸福……"

…………

楼下的花园中。

木质的长凳上空荡荡的。

初原涩声说：

"对不起，如果我当时知道新娘意味着什么……"

"这句话你也对我说过，"婷宜淡淡说，"是我十二岁那年吧，你对我说，不应该因为童年的戏言，就定下未来的人生。你说，很多男孩子我都可以去喜欢，让我忘记那时的约定。"

风吹动阳台上攀爬的青藤。

"你还记得，那时候我是怎么回答你的吗？"婷宜侧首看向他，"我

说，我喜欢你，就是因为妈妈知道我喜欢你，才请你答应，将来娶我做
新娘。我喜欢你，我要嫁给你，我要做你的新娘。你既然答应了，就一
定要娶我！"

初原默不出声。

凝视着他，婷宜淡淡一笑：

"喜欢你的女孩子很多，从上初中开始，你收到过无数的情书，甚
至有女孩子公开追求你，向你示爱。可是，你从来都没有接受过。你容
许我跟随在你的身旁，我知道，虽然你对我并没有那种喜欢，但你还是
准备信守承诺的。

"我相信你会娶我……"

握紧栏杆，婷宜深吸口气，说：

"我们一直相处得很好，你并不讨厌我，不是吗？可是，三年前，
百草来到松柏道馆，她沉默呆板得像块木头，你居然会喜欢上她！

"她有什么好！

"她长得并不漂亮，也不机灵，不讨人喜欢，沉默寡言，跆拳道上
也完全不是我的对手，她一丁点也比不上我，"婷宜的胸口剧烈起伏，
"而三年前，你居然会因为她，又一次提起，让我忘记那个约定！"

初原默默望着楼下的花园。

长凳的凳脚处，有茵绿的小草钻出泥土，一丛丛活泼泼的草尖，隔
着这么远的距离，仿佛也能闻到清秀的气息。

"那时她才十四岁，你怎么可能会真的喜欢上一个十四岁的女孩
子，"婷宜深呼吸，尽力克制自己的情绪，"我央求你，离开她一段时
间，好好想清楚，也再给我一个机会。"

紧紧抓住初原的手臂，婷宜涩声说：

"三年里，只要一有时间，我就飞去美国陪你。我希望你能忘记她，
能够清醒过来，初原哥哥，最适合你的人是我，最爱你的人是我，不是

她，不是戚百草！"

有风吹过。

阳台上攀爬的青藤沙沙作响。

"婷宜，你答应过我。"初原静声说，"如果三年之后，我发现自己还是喜欢她，是真的喜欢她，你就可以放弃童年的那个约定。"

婷宜面色惨白。

"对不起，"初原静默片刻，"婷宜，我喜欢她。"

"…………"

婷宜浑身僵硬，她死死地抓紧他的手臂。

风一阵阵地吹过。

"初原，你的电话！"

医院走廊里传来姚大夫的喊声。

"抱歉。"

将婷宜的手从自己的胳膊上拿开，初原对她点了下头，转身欲走。

"我反悔了！"

婷宜咬了咬牙，她挺直脖颈，美丽的水墨裙裾被风吹得烈烈飞扬。望着他的背影，她哑声说：

"初原哥哥，既然当初你亲口答应会娶我做新娘，都可以不算，那么，我当然也可以反悔！我不要取消约定，我要你娶我，我要马上举行订婚仪式！"

*** ***

夜色渐起。

一条条街道，一家家店铺，那些她和若白曾经走过的地方，百草找了一遍又一遍。夜市大排档，一串串灯泡亮起，每个摊位前生意兴隆，空气潮湿闷热，汗水将衣服浸湿，她步伐急促，眼睛焦急地搜寻每一个身影。

没有。

还是没有。

哪里都没有……

夜色渐浓。

百草沉默地回到松柏道馆。

打开房门，屋内一片漆黑，她没有开灯，在水盆前洗了把脸。窗外有淡淡的月光，有风吹进来，空气却仍是湿热，她默默地站着发呆，忽然，她感到有点不对，连忙扭头去看——

床铺上。

晓莹如石雕般坐着。

"晓莹！"

百草赶忙去打开灯。

光线乍起，屋内大亮。晓莹眯起眼睛，用手背去遮，身体摇晃了一下，百草闻到一股酒气扑面而来。

"你喝酒了？"

百草着急地问，见晓莹不适应光亮，赶忙去把大灯关掉，换成柔和的台灯。拧了块毛巾，百草扶住醉醺醺的晓莹，弯下腰小心翼翼地帮她擦脸，紧张地说：

"去哪里喝酒了？为什么要去喝酒呢？是不是被谁强灌的？有没有哪里不舒服？"

"走开！"

晓萤用力地一把推开她，面色潮红，双目没有焦距地瞪向她：

"我……我就是喝酒了，怎么样！我喜欢喝！我愿意喝！凭什么你可以喝醉，我就不能喝醉！你喝醉了就让初原师兄去抱你，哈哈，凭什么我就不可以喝醉！我也要喝醉，我也要去找初原师兄！"

"晓萤！"

不让自己去在意晓萤的那些话，百草上前又去扶住她，试图扶她躺下。醉酒的滋味并不好受，她昨晚头疼得要裂开了一样。

"你口渴吗？我去给你倒杯水。"

"我叫你走开！"

晓萤凶恶地将她的手臂挥开，愤怒地冲她喊道：

"戚百草！我告诉你！我要跟你绝交！我再也不认你是我的朋友了！你滚开！你离我远一点！"

"晓萤……"

被她推得险些跌倒，百草面色苍白地看着晓萤。

"戚百草！婷宜说的都是真的，对不对！"晓萤踉跄地站起来，身体摇晃着逼近她，瞪着她，大喊着说，"你一直都在装！其实你是坏人！对不对！哈哈，小时候，除了初原师兄，我最崇拜的就是婷宜姐姐，可是，为了你，我开始讨厌婷宜！

"我喜欢你，百草！我为你做了那么多！因为你是我的好朋友！为了你，我什么都可以去做！可是……可是……你骗了我！"

"晓萤……"

耳膜轰鸣，百草的身体一阵阵寒冷。

"你有那么多坏心眼！你利用若白师兄！引诱廷皓前辈！没关系！你是我的好朋友！就算你有什么缺点，我挺你！我还是会挺你！可是，你为什么还要去招惹初原师兄！"

抓住她的肩膀用力摇晃，晓萤忽然大声地哭了起来，她哭得声嘶力竭，泪水在脸上铺天盖地。

"你难道不知道吗！我喜欢初原师兄！我从小……从小就喜欢初原师兄！"哭得整个人都在发抖，晓萤愤怒地摇晃她的肩膀，"你为什么要去招惹初原师兄！你有了若白师兄还不够吗？我恨你！百草！我讨厌你！我当初就不该带你来松柏道馆！"

"…………"

心脏如同被什么狠狠扎透，被她用力摇晃着，百草面色苍白，浑身寒冷得想要瑟缩。她并不是第一次被人讨厌，从小到大，讨厌她的人很多，可是，为什么，她会痛得……痛得……

"你脸上是什么？"

醉醺醺地瞪大眼睛，晓萤摇晃着凑到她脸上，伸手去摸，吃力地看了看，突然哈哈大笑：

"你哭了！戚百草，你不是木头人吗！你居然会哭！你凭什么哭！哈哈，说，你凭什么哭！哭的应该是我，不是吗?！我最好的朋友，抢了我最喜欢的男孩子！哭的应该是我才对啊！"

*** ***

医院。

宁静的走廊。

巡房结束，很多病人都已睡去，初原走回医生值班室。口袋里有一个信封，厚厚地鼓着，他的手指碰到了它，皱起眉心。

············

"你的钱。"

露台上，婷宜递给他一个信封，里面厚厚一沓，全是簇新的钞票。他不解地问：

"这是？"

"百草把昨晚聚餐的钱给了我，"婷宜似乎已经平静下来，"你替她给我的那部分，我当然要还给你。"

"你······"他默叹一声，"你明知她的经济情况，怎么可以收下她的钱？"

"为什么不可以？"

婷宜微微一笑。

"是以我和她的名义举办的聚会，她承担一半的费用是理所当然。"

"你选择那么贵的酒店，远远超出一般人的承受能力，对她并不公平。"他皱眉。

"公平？"

婷宜又是一笑。

"这世上哪有什么公平。我喜欢了你这么多年，她莫名其妙就要将你夺走，公平吗？你是我的男朋友，却执意要替她付钱，对我而言，公平吗？呵呵，她卑贱得像根杂草，却痴心妄想要来跟我竞争，我也要让她看看，究竟什么是公平！"

"婷宜······"

"你放心，我会维护她的自尊心，我不会让她知道，你曾经已经替她付掉了聚会的费用。"婷宜的目光冷冷的，笑容却异常温柔，"所有那些你为她做过的事情，我都不会告诉她。"

256

他默默地看着她。

"初原哥哥，如果想要留在你身边，必须变得不择手段……"婷宜挺直脖颈，眼睛幽黑地说，"我会的。我会将她铲除。我并不怕你会厌恶我，因为，是你逼我变成这个样子的。"

…………

手机突然震动起来。

走廊中，初原闭了闭眼睛，稳定一下心绪，接通手机，耳边传来急促的声音："初原吗，你让我查的那几个病人的名字，我刚刚查到了！今天上午，我们院新收诊了……"

*** ***

淡淡的月光从窗户洒进。

晓萤大哭着滑坐到了地上，挥舞着胳膊，百草已经有些听不清楚她哭喊的内容。百草吃力地将晓萤扶到床上，略使力气使她躺下来，重新拧了一块毛巾，小心翼翼地为她擦拭脸上的泪水和汗水。

"放开我！"

躺在枕头上，晓萤挣扎着，醉醺醺地胡乱推揉着百草。忽然，她面色一变，猛地趴到床边——

"哗——"

晓萤翻江倒海地呕吐起来。

屋内充斥着秽物的酸臭，百草紧张地拍抚着晓萤的后背，直到她全部吐完，扶她躺回枕头。拿来温水给她漱口，再次帮她擦净脸上的泪水和汗渍，百草打扫干净地面，让空气重新变得清新起来。

回到晓莹床边时。

她怔住了。

晓莹并没有睡过去，而是正呆呆地望着天花板。听到她的脚步声，晓莹呆呆地在枕头上扭转过头，看着她。

"百草……"

喃喃地说着，晓莹面色苍白地望着她。

"……你喝醉了，好好睡一觉吧。"低声说，百草把薄被拉过来，轻轻搭在晓莹身上。

"我刚才……是不是……"头疼欲裂，但是恐惧让晓莹睁大眼睛，"……是不是说了很多很糟糕的话……"

呆了呆。

百草摇头："没有。"

"你别骗我，哎哟，"扶住剧痛的脑袋，晓莹痛苦地闭上眼睛，"我都想起来了，我刚才说了很过分的话……对不起……百草，那些话不是我真正想说的……你都忘了好不好……"

"……好。"

睫毛紧紧地闭着，晓莹面色苍白地躺着，她沉默了很久，泪水忽然静静地又流淌了下来。

"百草，你又骗我……

"我知道，你忘不掉我说的那些话……因为我说的那些话，真的很过分……百草……你刚才哭了，对不对……

"我从来没见你哭过……

"你好像无论在什么情况下……都不会哭……

"可是……我刚才把你骂哭了……"

枕头上,晓萤颤抖地吸一口气,用手背遮住已经哭肿的眼睛,勉强笑了笑,说:"……很丢人……我一直很讨厌那种,为了一个男孩子,好朋友会反目成仇恶言相向……可是,我居然会对你说出那么恶毒的话……"

"晓萤。"

看着泪流不止的晓萤,百草浑身都僵住了一般,她轻轻伸出手,想要去碰触晓萤,然而,有些不敢,手指又蜷缩回来。

"对不起……我不知道……"

晓萤说得没错,百草呆呆地想,心中钝痛。她不配做晓萤的好朋友,晓萤喜欢初原,她居然会毫无察觉。

是她伤害了晓萤。

晓萤说,从来没有见她哭过。她又何尝见晓萤哭过呢?是她,让晓萤哭得这么难过……

"没有,不是你的错。"放下遮住眼睛的手,晓萤吸吸鼻子,不好意思地说,"你看,你是个木头人,对这些事情,一直都慢很多拍。我又从来没跟你说过,你怎么会知道我喜欢初原师兄呢?"

百草看着她。

"我呀,"晓萤笑一笑,望着天花板说,"我其实跟初薇还蛮像的,她是为了廷皓前辈才喜欢跆拳道,我是因为初原师兄。

"初原师兄那么好,对谁都很有耐心,他还给我买过冰激凌吃呢。小时候,我闯了祸,妈妈满道馆里追着打我,我只要逃到初原师兄身后,初原师兄就会护着我。有时候,我偷偷跟在初原师兄和婷宜姐姐后面,婷宜姐姐不喜欢我跟着,初原师兄也会带我一起玩。

"后来,初原师兄越长越帅,不,不是帅,是挺拔、俊雅、眉目如画，就像神话里的仙人少年，有珠玉的光芒，比我最痴迷的漫画书里的美少年还要美型。

"我喜欢初原师兄……"

晓萤苦涩地笑。

"可是，我不敢跟他说。因为我知道他不会喜欢我，他喜欢像婷宜那样的女孩子，美丽、温柔、大方、优秀，他怎么可能会喜欢像野丫头一样，整天疯疯癫癫，又懒又不漂亮的我……"

百草默默地听着。

"所以，我对你生气，真的是毫无道理。"晓萤苦笑，缓缓闭上眼睛，"初原师兄喜欢你，我应该感到高兴才对……他能跟你在一起……能跟你在一起……我也是很开心的……"

喃喃自语着，疲倦使晓萤的声音变得含糊不清：

"是我错了……我为什么会以为……初原师兄一定会喜欢婷宜呢……"

如果……

如果她曾经鼓起勇气……

如果……

月光静谧。

晓萤沉沉地睡着了，脸上还残余着泪痕，她翻向一边，睡得像个孩子。为她盖好被，百草呆呆地坐在床边，她脑中一片空白，无法思考，一连串的事情，身体仿佛被千钧的重力压着，透不过气。

良久良久。

窗外的那排白杨树下，月光胧出一个淡淡的影子，百草呆呆地望着，那影子一直站在那里，她望着望着，渐渐睁大眼睛——

她霍然起身！

冲过去打开门，她向那个影子冲去——

"百草，初原的电话！"范妍的声音从隔壁屋喊出来，"说是什么，找到若白了……"

不！

她不用再去接电话！

月光中，百草向白杨树飞奔而去！她看到了，她已经看到了！树影下，那淡淡站立的人影，风声在耳边呼啸，浑身的血液都冲上耳膜，她飞奔过去，用尽全身的力量抱住那个人影！

CHAPTER11

月光淡淡。

夜风吹响白杨树的树叶。

冲过去，紧紧抱住面前的这个人，她终于找到了他！熟悉的气息在她的呼吸间，心脏剧烈地撞击着，四周有鸣叫的蝉声，如同在千百遍的梦境中，她竟又有些惶恐。

"．．．．．．．．．．"

如触电般，她慌张地松开双臂，抬起头，怔怔地看向他。

是的。

是若白师兄。

夜色的树影下，若白长身而立。他低头望着她，眼中的神情有些看不清楚。他清瘦很多，面容依然是淡然的，眉宇间却有一种疲倦，仿佛几天几夜都没有休息过了。

百草心中大惊，急问：

"若白师兄……"

"我没事。"

他淡淡打断她。

百草怔了怔，心里有千言万语想问，忽然又不知道该说什么。是的，只要若白师兄没有出事，没有失踪，他现在回来了，就好了。想起刚才范婶的喊声，她释然说：

"是初原师兄找到你，你才回来的，对吗？"

若白皱眉，问：

"初原找我？什么事？"

"……不是因为初原师兄找到，你才出现的？"她呆住。

"不是。"

回答完毕，若白又深深望了她一眼，说：

"我走了。"

他转身就走，却不是宿舍的方向。

"若白师兄！"

月光下，百草大急，冲上去抓住他的手臂，连声问：

"你去哪里？你既然回来了，为什么还要走？是有什么事情吗？你告诉我！"

"我回来是因为——"

背对着她，若白淡淡地说：

"我答应过你，不再让你找不到我，因为我而担心。很抱歉，我还是晚回来了两天。"

依旧紧紧抓住他的手臂，百草想了起来。那是上次，她也是忽然好多天找不到若白……

…………

"为什么不告诉我？"

紧紧咬住嘴唇，她吸一口气，压下声音中的哽咽。

"所有你想让我做到的事情，我从来都是拼尽全力去做，不管多难，一定会去做到。可是，你知道吗？并不是因为你是我的师兄，我就必须要听你所有的命令……

"可是，我很难过……"

泪意汹涌着想冲出她的眼眶。

"你需要帮助的时候，却什么也不跟我说。若白师兄，是你觉得我根本帮不上忙，还是你觉得有些事根本没有必要告诉不相干的人?"

夏日的阳光里，若白的背影挺拔清秀，走到露台的台阶上，他的脚步停了停，声音自风中传过来：

"知道了，下次再有类似的事情，会告诉你。"

…………

"这次是因为什么?"

百草担心地问。

"是我自己的事，"若白默默看向她的手指，月光下，她的手指洁白，却将他抓得很紧，"你安心训练，别想太多。"

"……是不是因为沈柠教练，"她咬了咬嘴唇，"我听说你跟她吵架了，为了我的事情，跟她吵架了，是吗?"

"…………"

"她让你离开训练中心吗?"

"没有。"

"如果她让你离开，那么，我也不要去了，"吸了口气，百草早已下定决心，"即使回到松柏道馆，我也可以继续训练……"

"你胡说什么!"

若白转身，他面色冷凝地盯着她。

"我的事情，跟你，跟沈教练都毫无关系，我不想再听到你说类似的话。无论是为了谁，为了什么事情，你都不可以放弃跆拳道!"

"…………"

"听到没有!"若白厉声。

"……是!"

"回去吧,明天还要训练,早点睡觉。"半晌,若白将声音放缓,目光停留在她的面容上几秒钟,"过几天,如果有时间,我会再来看你。"

百草低头,沉默不语。

若白微微皱眉,看了眼她头发上那枚在夜色中依然红晶晶的草莓发夹,转身离去。

夜风轻吹。

白杨树在月光下沙沙地响。

一前一后两个身影。

若白停下脚步,后面的脚步声也停下,若白继续往前走,后面的脚步声也随之响起。

"你干什么?"

并不回头,若白冷声说。

身后一片沉默。

"不许再跟着我!"

依旧沉默。

眉心皱起,若白沿着小路继续向前走,身后的脚步却固执地仍旧跟着他。

*** ***

第二天,百草一进练功厅,所有人都看出来她一夜未眠。眼睛卜有大大的黑眼圈,唇片也有些干涩起泡,她像往常一样在角落里压腿热身,梅玲看看她,又看看同样显得苍白静默的婷宜,最终选择了什么都不说。

"你昨晚去哪儿了?"

走到百草身前,晓莹神色有些不自在地问:

"一整晚都没有回来。如果不是初原师兄来找你,我连你失踪了都不知道。"昨晚她喝醉酒,睡得昏天黑地,是妈妈把她晃醒,说初原师兄来找百草,可是百草不知去了哪里。

练功厅里比平时安静很多。

所以即使晓莹的声音并不大,"初原"两个字还是传进了在场每个女孩子的耳朵。林凤皱了皱眉,梅玲担心地去看婷宜,婷宜神情未变,继续手握扶杆,下腰压腿。

"我……"

百草犹豫了下。

昨晚,她最后终于知道,若白之所以失踪,是他爸爸的病又复发了。还是细菌感染,比上一次来势还凶,乏力、发烧、头痛,接连几天高烧不退,意识也有点昏迷。若白赶回他父母所在的城市,日夜守在医院,但是上次奏效的抗菌药,这次却几乎不起作用。

当地医生束手无策。

在医生的建议下,若白联系了救护车,连夜将他父亲转院到岸阳,昨天上午正式收诊入院。在检查了脑积液,做了颅脑核磁共振和腰穿之后,确诊若白父亲已经感染了脑膜炎,医生立刻使用了一些新研发出的抗菌素药物,若白父亲的病情稳定下来,感染在减退。

但是昨晚半夜。

她陪在医院,希望若白可以稍微休息一下时。

若白父亲的病情竟然又开始反复,高烧到超过了四十度,他陷入昏迷，感染加剧。医生们紧急采用了各种手段，才勉强在清晨五点钟左右，使若白父亲的病情有所缓和。

"稍晚一点，我再向你解释，好吗？"

看到周围的队友们都在有意无意听着她和晓萤的对话，百草恳求地说，她了解若白师兄的性格，他肯定不希望自己的事情被太多人知道。

"好。不过，"晓萤有些脸红，有些不安，也有些不敢看她，"你不会是因为我昨天乱发脾气……所以气得离家出走吧……"

百草呆住。

"不是！"

她立刻用力摇头。

"那就好，"晓萤大大地松了口气，又说，"初原师兄也在找你，好像有急事的样子，你要不要也跟他联系一下？"

"……昨晚，我已经见到他了。"

跟在若白师兄身后，回到医院没有一个多小时，初原就赶到了病房。整整一个晚上，初原跟她一样，守在若白父亲的病房里。

"……"晓萤张大嘴巴，然后尴尬地开始笑，"哦，呵呵，这样啊，呵呵，"挠挠头，她努力笑得很爽朗，"那就好，呵呵呵呵，那我就放心了……"

看着她，百草的嘴唇动了动。

训练厅的玻璃门被推开，沈柠走进来，训练开始了。

百草还是没有搭档，独自一人练习腿法，一整堂训练课下来，汗水让她仿佛从水里被捞出来的一样。

进行完训练后的总结，沈柠正准备宣布解散——

"教练，我有一件事想要向大家宣布，"队伍中，婷宜温婉地说，在得到沈柠点头首肯后，她静静一笑，"下周日，我和初原要举行订婚仪式，欢迎大家到时都去参加。"

*** ***

"下周日就要订婚了吗?"

储物柜前，梅玲还是有点不敢相信，昨天还风云变幻，今天就宣布要订婚了。她有些担心地看着婷宜，说:

"要不要再考虑一下，初原前辈和……"

"就是因为她，我们才决定提前订婚，"打开柜门，婷宜笑了笑，"昨大我做得也不对。她会喜欢初原哥哥，会去做那些事情，都是可以理解的，同为队友，我对她说了那些话，有些过分了。"

"婷宜……"

梅玲感动了。

"只要我们订婚了，她就不会再胡思乱想，做些傻事，"婷宜将道鞋放进去，"这样会对她比较好。"

"也是啊，"梅玲叹息，"否则，大家每天一起训练，气氛总是怪怪的，很不舒服……"

"喀!"

长凳上的林凤咳嗽一声。

梅玲后知后觉地回头看去，见百草已经洗完澡回来，不知听到了多少她刚才和婷宜的对话。

"百草……"

梅玲尴尬极了。

以往训练结束后，百草还要打扫卫生，比大家晚很多，今天居然这么早。

"梅玲，订婚仪式上可能还需要你帮忙呢。"婷宜微笑，仿佛屋里根本没有再多出一个人。

"啊，好啊，没问题，"梅玲连忙说，"需要我做什么？"

打开柜子，百草沉默地收拾自己的东西。她将打扫卫生的工作拜托给了光雅和晓萤，她必须马上赶回医院，不知道若白父亲现在的情况怎么样了。

"我走了！"
林凤向大家挥挥手，先离开了。
这边，婷宜和梅玲也收拾好了。梅玲犹豫着要不要跟百草说句话再走，婷宜已经边向她交代订婚仪式上需要做的事情，边向门口走去。梅玲为难地又看百草一眼，只得赶快追上婷宜。

盛夏艳阳。
高高的台阶下。
一辆银灰色的汽车在阳光下静静地停在那里，一个挺秀俊雅的身影从车内出来，那人温文尔雅，眉目如画，如同古书中的仙人少年，宁静地望向她们的方向。

"是初原前辈！"
走下训练馆前一层层的台阶，梅玲欣喜地对婷宜说：
"初原前辈是来接你的吧。啊，你们一定是要去吃饭，然后吃饭的时候讨论如何举行订婚仪式，会办得很浪漫对不对？哈哈，我到时候会带上 DV，把你们的订婚仪式全部录下来，将来等我订婚的时候，就可以好好参考一下了！"
婷宜笑了笑。
梅玲兴高采烈地说着，两人已经走到了初原的汽车前。
初原对她们微笑地点头致意，然后竟没有再说什么，目光望向她们的身后。

梅玲觉得有点奇怪。这么热的天，为什么初原前辈不马上请婷宜上车呢？咦，是不是她在这里电灯泡了，初原前辈不好意思说？于是她急忙说：

"呵呵，你们快走吧，我不打扰你们了……"

正说着，有脚步声从她们身后传来。

梅玲回头一看——

又是百草。

糟糕了，梅玲心中着急，这不是仇人相见分外眼红吗？怎么会这么巧！

"我来接你。"

打开车门，初原望着百草被阳光晒红的面庞，说：

"快上车吧。"

梅玲瞪大眼睛。

她看看明显有点不知所措的百草，又看看太阳伞下婷宜微微僵住的神情，她彻底混乱了，这究竟是怎么回事？

"……我坐公交车过去。"

低下头，百草咬了咬嘴唇，抬步打算从他身旁绕过去。初原一把握住她的手腕，对婷宜和梅玲抱歉地说了声：

"我们先走了。"

说着，他不顾百草的惊愕和挣扎，将百草塞进车内，关上车门。烈日下，银灰色的汽车消失在梅玲的视线外。

"这……这……"

梅玲目瞪口呆，她忽然有点不敢去看婷宜了。这是怎么回事，难道说，初原前辈真的移情别恋了？初原前辈喜欢上了百草?!

"别担心，初原哥哥会向她解释清楚的。"粉蓝色的太阳伞下，婷宜淡淡一笑，"初原哥哥会尽量温和，不让她太痛苦。"

"哦，这样啊!"

梅玲恍然大悟，刚才她都快吓死了。

远远的，望见烈阳下的婷宜和梅玲都走了，晓萤才又推开训练馆的玻璃门走出去。在她身旁，亦枫掩住嘴打个哈欠，说：

"古古怪怪的，为什么刚才要拉住我？看到百草要躲，看到初原要躲，看到婷宜还要躲。你闯了什么祸？告诉我，看我能不能帮你。"

晓萤瞪他一眼。

然后她黑着脸，一声不吭地闷头走。

*** ***

车内的空气清新凉爽。

前面的道路被烈阳照射得微微反光，初原将车开得很平稳，右手拿出一个盒饭递给她，说："先吃点东西。否则一会儿到了医院，一忙起来，我怕你会没有吃饭的时间。"

"若白爸爸的情况怎么样了？"百草急忙问。

初原沉吟片刻，说："不是很好。今天清晨新换上的新抗菌素，效果仍然不很稳定，感染还在蔓延。"知道若白父亲的病情后，他向主任医师请了假，可以二十四小时陪在若白父亲的病房。

"那怎么办？"百草慌了。

"已经去申请一种美国刚研发出来的抗菌药，大约晚上会到。"初原握一下她的手，安慰说，"别担心，办法总会有的。"

百草紧紧咬住嘴唇。过了一会儿，她又不安地问：

"若白师兄呢？他还好吗？"

"嗯，若白很镇定。"初原看看她，"你也不要慌，你要给若白信心，而且，不要让若白再为你的事分神。"

"是，"百草用力点头，"我知道。"

所以她照常来训练，她知道在若白师兄的心中，她的训练也是十分重要的一件事情。

道路边的树木自车窗外飞晃而去。

"吃饭吧，"初原又叮嘱一句，"别让它凉了。"

百草低头打开盒饭，里面有虾、有牛肉、有香菇、有青菜、有苹果、有草莓，还有一小份鸡汤。她怔了怔，抬头问：

"你吃了吗？"

"吃过了。"

"吃的是什么？"

"别问了，快吃吧，"将车开得极平稳，初原接着说，"若白也吃过了，跟你的一样。"

"……哦。"

百草埋头开始吃。

她吃得很快，有点噎住，咳了起来。初原一手握住方向盘，一手轻拍她的背，等她终于缓过气来，拿出一瓶水给她，温声说：

"不用太急，还有一会儿才能到。"

吃完盒饭，将它收拾进垃圾袋，百草开始望着前方的道路发呆。烈阳似火，就算在车内，她也能感受到外面一阵阵的热浪。心中乱乱的，转过头，她望向正专心开车的初原，努力考虑着措辞，说：

"初原师兄，你刚才不该那样。"

"嗯?"

初原看向她。

"你把我接走,没有跟婷宜解释,婷宜会误会的。"她垂下视线,双手握在一起,"……还有,我那天不该喝醉酒,对不起。"

"怎么了?"初原担心地问。

"…………"

百草沉默。

"是婷宜说了什么吗?"初原想了想,眉心微微皱起,"说'对不起'的应该是我,我没有把事情处理好。我当时以为……对不起,是我使你的处境很尴尬。"

"……婷宜说,"百草犹豫了片刻,"她是你的未婚妻,你们下周日就要订婚了。"

初原的眉心皱得更紧。

双手握紧方向盘,转过一个弯道,他哑声说:"知道了,我会处理好的。你专心训练和照顾若白。"

百草怔怔地看着他。

她不明白,他会怎么处理好。婷宜是他的未婚妻,他没有否认,婷宜那么喜欢他,婷宜是不可能放手的。

"初原师兄……"

她怔怔地说,只说了一句,声音仿佛卡在喉咙里。

"嗯?"

初原在听。

"…………"

她怔怔地说不出话,脑海中飞闪过晓萤满脸的泪痕和婷宜苍白的面容,喉咙仿佛被硬硬地涩住。

"睡一会儿吧,"伸出右手揉揉她的头发,初原微笑说,"昨天一晚都没有睡，今天又训练了一上午，累坏了吧。"

身体僵住。

百草下意识地闪躲开他的手掌。

初原略怔，他凝望向她，手指缓缓从她的发顶收回，重新握在方向盘上。他的眼神黯了黯，声音依旧温和地说：

"别想太多了，睡吧，到了医院我会喊你。"

*** ***

医院里。

若白父亲的病情非常不乐观。清晨换上的新药已经基本没有什么作用了，高烧持续不退，意识模糊，医生们会诊后，示意若白到医生办公室来。

"目前尝试过的这些抗菌素，效果都不理想，病人感染加剧，已经发展成重度脑膜炎，"主治医师庞大夫表情凝重地对若白说，"情况很危险。"

若白母亲惊骇，身体晃了晃。

百草急忙扶住她。

"医生，您的建议是什么？"若白力持镇定，沉声问。

"我们会继续尝试更好的抗生素，"庞大夫犹豫一下，"病人现在的情况，为了避免脑膜炎恶化过快，我建议病人进入重症监护室进行治疗。只是，重症监护室的费用很高，再加上药物，每天的治疗费用可能会高达上万，甚至几万元，你们能够承受吗？"

若白母亲颤抖地说：

"一天就要上万？"

"是的，"庞大夫叹息一声，"我们理解，这样的费用对普通家庭而言，很难承受。只是病人感染的速度太快，而感染的细菌查不出来，我们必须尽量多地去尝试。在 ICU 病房，可以为病人争取更多的时间。"

"好，请您安排吧，"若白凝声说，"麻烦您了。"

"若白，"若白母亲失措地看着自己的儿子，"可是、可是我们没有……"

"我去想办法，"若白扶着母亲坐到椅子上，"妈，你休息一下，百草，替我照顾我妈。"

"若白师兄！"

百草焦急地喊出声，若白却已大步离开医生值班室。

守着心力交瘁到有些支撑不住的若白母亲，百草不敢离开，她着急地一遍遍望向门口，终于过了一会儿，初原进来了。他告诉庞大夫，他已经联系好他实习所在的医院科室，紧急空出了病房，随时可以安排转院。

"来不及了。"

庞大夫遗憾地摇头，虽然初原实习的医院无论医疗设备还是医疗水平都要更高一些，但是病人现在感染太严重，不适合转院了。

"是，这种情况应该马上进入 ICU 病房，"初原同意庞大夫的看法，"请你安排一下，马上就转进去吧。"

庞大夫为难地看看面色憔悴的若白母亲。

"费用方面，我可以先承担，"初原立刻就明白了，"请您……"

"我有钱！"

百草听到了，她急忙说：

"我有钱！让我来付！初原师兄，你帮我照顾若白的妈妈，我去交钱！庞大夫，请你开单子吧！"

"百草，"初原皱眉，"这些用不着你，让我……"

"我现在就有钱！"百草打断他，手忙脚乱地从随身的背包里翻出一张银行卡，"你看，我有钱，全都在这里！初原师兄，刚才我没能喊住若白师兄，麻烦你把他找回来好吗？求求你了，他应该还没走远！要赶快把他找回来，否则他不知道会到哪里去了！"

*** ***

若白赶回来的时候，父亲已经转进了 ICU 病房。透过玻璃窗，能看到父亲依旧苍白地昏迷着，呼吸机一起一伏，心电监视器发出规律的"嘀、嘀"声，百草和母亲静静地守候在那里。母亲的头无力地靠在百草肩膀上，百草沉默着，将他的母亲紧紧地扶着。

仿佛感觉到他的目光。

百草朝他的方向抬头望过来。

拍了下若白的肩膀，初原走过去，替换下百草。百草僵僵地站起来，她忽然有点害怕，默默走到若白身前。

空气如同凝固了。

仿佛过了良久良久，若白涩声说：

"给我缴费单。"

从口袋里摸出那张单据，百草的手心有些出汗，她不敢看他，低头看着地面。

缴费单上。

那一串长长的数字。

若白闭了闭眼睛。

那甚至不是一个整数，而是精确到个位数的五万八千六百二十七元。于是他明白了，此时面前的她，身上哪怕连一块钱都没有了。

"⋯⋯⋯⋯"

久久的，若白沉默着，他的手指握着那张缴费单，嘴唇抿得极紧，

278

面色越来越白。

"我……若白师兄……"

百草手足无措，她知道若白师兄可能会生气，可是看到他这个样子，她还是害怕极了。

"我以为，昌海道馆给你的这笔奖金，可以支付你上大学全部的费用，"寂静的病房外，若白声音僵硬地说，"如果用得节省一点，你还可以用它去多参加些有积分的比赛。"

"没有影响，现在也还是可以啊！"百草慌忙说，"我能够勤工俭学读完高中，就可以勤工俭学读完大学！我不需要这些钱，我一直都生活得很好，这些钱，对我没用！"她很后悔，如果早知道若白父亲的病，她会阻止婷宜去那么昂贵的酒店，那样，她刚才就会有更多的钱。

眼底深深地凝视她。

若白闭目，然后，他拿着那张单子，转身向走廊尽头走去。百草心中有不祥的感觉，她战战兢兢地跟着他，见他出了走廊，向左一转，竟是直直走向医院的缴费处。

"你去干什么？"

百草大惊，追上去拉住他。

"把钱退给你。"

若白面色冷凝地说，抓掉她拉住自己的手。

"不可以！"百草急了，她死死地重新抓住他，涩声喊，"你爸爸生病需要用钱，就让我先把这笔钱交上！"

"我可以自己去筹钱，"若白肃声说，"这些事情不用你来担心！"

"那要我去担心什么？！去担心怎么训练？怎么参加世锦赛？若白师兄，在你的心里，我只是一个习练跆拳道的机器吗？"泪水充满眼底，百草深呼吸，声音颤抖地说，"若白师兄，是吗，在你心里，我只是用来练习跆拳道的……"

若白僵住。

"若白师兄，你为我做了那么多。你攒下钱，让我去考黑带，为了让我安心考试，替我去打工，为了陪练我，耽误你自己那么多练功的时间，"她的心痛得像要裂开了一般，"现在，你爸爸病了，需要钱，我只是先把钱交上，都不可以吗？"

"百草……"

"是，我知道，你会筹到钱，"眼中的泪水越来越多，白草胡乱地用手背擦去它，颤声说，"可是，那需要时间啊，为什么不把时间省下来，在病房里多陪着你爸爸呢？难道，你宁可去借别人的钱，也不要用我的吗？"

若白厉声说：

"你的钱是用来上大学的！"

"我会去考大学！我向你发誓，若白师兄！你相信我，我会去考大学！我发誓一定会考上最好的大学！"百草用足全身的力量回答他。

"我不需要那么多钱，"含着泪水，百草摇头，"每个月，只靠打工我都可以攒下一些钱，我以前生活得很好，以后也会生活得很好。我学习也很好，我甚至可以去考取奖学金，你不也是这样去读大学的吗？"

她紧紧抓住若白的手臂。

"若白师兄，我求你，就收下它吧……"

*** ***

亦枫和晓萤知道的时候，若白父亲的病情已经好转了。进入 ICU 病房后的第三天，换的最新抗菌素终于发挥了作用，感染在逐渐缓解，脑膜炎治愈的速度很快，若白父亲也从昏迷中醒转过来。

第五天，若白父亲转回了普通病房。

"你这臭小子!"

病房外,亦枫恶狠狠地掐住若白的脖子,怒不可遏地说:

"出了这么大的事情都不告诉我!这已经很过分了!居然百草知道了,我都还不知道!就知道百草会担心,难道我就不会担心!前几天,我找你找得都失眠了!"

旁边,晓萤听得"扑哧"一笑。亦枫师兄也会失眠?她一直以为他是睡神转世呢。

亦枫瞪她一眼。

庞大夫过来巡房了,若白跟他一同进去,亦枫和晓萤也尾随而去,病房顿时变得满满登登。

晓萤看到了百草。

百草正在收拾若白父母吃完饭后的餐具,若白母亲拍拍她的手,让她歇着,百草摇头不肯,三两下就把刚才吃饭的地方收拾得干干净净了。

如果是以前,她肯定就会开始逗百草。

笑她真是一个孝顺的儿媳妇,将来一定会跟若白妈妈关系处得超级好,一丁点婆媳问题都没有。

而现在……

晓萤有些失神地站在那里。

她忘不掉自己曾经对百草说过什么,她知道对于百草来讲,那些话会造成什么样的伤害。她很恼恨自己,明明知道百草是怎样的人,绝不可能是像婷宜说的那样,可是,那晚她竟然会说出那么多残忍的话。

"后天上午就可以出院了。"

庞大夫笑着宣布说,病房里顿时一片欢声!

半个小时之后,若白父亲睡着了,若白母亲也趴在床边午睡。亦枫、晓萤退出病房外，百草过了一会儿也出来了，她拿给亦枫一杯水，也拿给晓萤一杯。

"晓萤。"

长椅上，百草看着她。

"你有什么不开心的事情吗?"

"啊，没有啊，"晓萤赶忙揉揉自己的脸，"其实我很开心呢！前几天，你每晚都不回来睡，我吓坏了，还以为你生我气了。呵呵，现在我知道了，是因为若白爸爸生病，不是你不理我了。"

"不会。"

百草摇头。

"呃?"

晓萤一愣。

"哪怕你不喜欢我、讨厌我，晓萤，我还是想做你的好朋友。"百草低下头，"做错的事情，我会去改，请你相信我。"

"百草……"

晓萤慌了，她不是那个意思！

走廊上响起脚步声，晓萤回头一看，是初原来了。她又一回头，见百草默声地向初原行了个礼，就拿起她刚才喝完水的杯子，去水房了。

"初原师兄好。"

晓萤尴尬地站起来。

初原温和地对她回礼之后，目光望向百草消失在走廊上的背影。请假结束，重新每天去医院实习之后，他见到百草的机会越来越少，偶尔同处一个空间，百草也几乎都是沉默不语。

就好像——

她是在躲避他。

CHAPTER12

训练中心。

梅玲担心地看着不远处的婷宜，低声对林凤说："我怎么觉得不太对劲呢？"

"我也这么觉得。"林凤叹息一声。

"今天是周二，按说再有五天，婷宜和初原前辈就要订婚。可是，"梅玲皱眉，"婷宜却好像一天比一天苍白消瘦。"

"嗯。"

"你说，会不会是因为筹办订婚仪式，累到了？"

望了眼婷宜，林凤摇头说：

"不像。"

即使是累到了，也应该能浑身透出喜悦的气息，而此刻，婷宜静默地站在玻璃窗前，仿佛有种孤独正在将她吞噬。

一缕缕阳光投射进来。

心底如同有个黑洞，婷宜无法感受到任何夏日的温暖。昨晚，她等在初原的住院部楼下，她告诉初原，要和他商量订婚仪式的宾客名单和现场布置的鲜花。

她告诉初原。

她会一直在楼下等，直到他出现。

她相信他会出现，从小他就是细致温和的，他不会真的让她等太久。可是，她等来的只是哥哥。哥哥让她回去，说，太勉强会受伤。

太勉强会受伤……

她没有告诉哥哥，其实她早已伤得变成了钢筋铁骨。她不可以屈服，否则那些随着岁月一道道累加起来的伤痕，该如何去消除。

训练厅的玻璃门再次被推开。

百草和晓莹走进来。

"百草也不对劲，她最近更沉默了，练功也好像有点心神不属，"梅玲苦恼，"最奇怪就是晓莹，百草的不对劲还可以理解，为什么晓莹也变得古古怪怪，好像有心事一样。"

"我看你也不对劲了，"林凤横她一眼，"整天花心思在这些上面，没见你训练这么用心过。"

"你以为我想吗？以前多好，现在气氛这么压抑，"梅玲沮丧，"我都好久没有跟百草说过话了。"

"后来我想了想，实在想象不出来百草去'挑逗'廷皓前辈的样子。"梅玲寒了一下，"可是难道是婷宜撒谎？不，婷宜不像是会撒谎的人……"

"帮我压腿。"

林凤喊道，终于止住了梅玲无尽的烦恼。

*** ***

车站。

蓝色的列车渐渐加速，向远方开去。

直到再也看不到列车的影子，百草才缓缓收回视线，她在心中祈祷，希望若白的爸爸妈妈可以永远健康，从此无病无忧。抬起头，她看向身旁的若白，发现他这段日子瘦了很多，幸好因为父亲的身体痊愈，他的精神还是很好的。

"百草。"

两人并肩走向出站口，若白的声音静静响起。

"嗯?"

百草应道。

"……谢谢你。"

听到若白这么说，百草的脸红了一下。她忽然有点不知所措，又有点紧张，飞快地看了看他，她不安地说："那……那我可不可以……请求你一件事情?"

若白站定脚步。

他凝视她。

手忙脚乱从背包里翻出一个纸盒，她递向他，心虚地咬了咬嘴唇，说："住院费还剩下了一点，我昨天去买了一部手机，想……想送给你用……"

若白怔住。

"很便宜的!"百草急忙说，"我以前一直以为手机很贵，结果去柜台问了问，这种最简单的手机，能打电话和发短信，只要二百多块钱就可以了!"

见若白并没有接过去，百草垂下头，低声说:

"这次之后，我觉得有手机是很重要的，否则，万一有了事情，该怎么联系呢? 而且，他们正好在做活动，买一送一!"

说着，她兴奋起来，眼睛亮亮的，将背包放在地上，她又掏出一个纸盒，将它们全都打开了——

一只是白色的手机。

一只是黑色的。

"二百多块钱，一共两只！"百草高兴地把那两只手机都举起来，"很划算对不对？"

"你喜欢哪个颜色？"看了看他，她小心翼翼地建议说，"你的名字叫若白，不如你就选白色的，而且我觉得白色的更好看些。"

若白默默地从她手中拿走黑色的那只，问：

"手机卡有了吗？"

"有了，已经放进去了！"

见他终于肯收下，百草开心极了，顾不得在意他选的并不是她觉得更适合他的白色。按下她的手机号码，若白听到音乐响起，是一个男声的吟唱——

…………

思念是一种很玄的东西①

如影随形

无声又无息　出没在心底

…………

"是专柜小姐帮忙设定的铃声，"百草兴奋地说，"她说这首歌很动人，很好听，两只手机都是这首歌。"

…………

我愿意为你

————————————

① 这里用的是陈晓东版本的《我愿意》，词作者姚谦，曲作者黄国伦。

我愿意为你

我愿意为你 忘记我姓名

就算多一秒 停留在你怀里

失去世界也不可惜

…………

安静的站台上，歌声低沉婉转，听着听着，百草的脸突然窘得通红。她在专柜只听了前几句，觉得很好听，可是没想到后面的歌词……

"我换一首！"

尴尬地想要换掉这个铃声，可是她慌乱中完全不知道该怎么操作。

"走吧，道馆的晚课训练快开始了。"

将两个手机纸盒收好，若白帮她拿起背包，向出站口走去。又弄了几下，还是搞不定换铃声的事情。渐起的晚霞中，百草只得放弃，脸红着追向若白的背影。

*** ***

夜晚。

贤武道馆。

"对不起。"

窗外一轮圆月，浅黄色的榻榻米上，初原神情凝重，向婷宜的外公和父亲深深鞠不起。在他身前，万老馆主的面色很难看，方石基的脸沉着，廷皓也眉心紧皱。

犹如灵魂在梦游，婷宜的背脊僵硬，面容苍白得惊人。

"你敢再说一遍！"

苍老的手拍向方案，重重一声沉响，万老馆主勃然大怒，满头白发怒得要竖起来一般。阿婷从小就喜欢这小子，心心念念就是要嫁给他做新娘，眼看着就要订婚了，这小子居然敢说，他要解除婚约！

"初原，你要考虑清楚。"看着这个自己一直很欣赏的晚辈，方石基也是神色不豫，"虽然婚约是你们小时候定下来的，可是，那也是你亲口答应了方姨。这么多年来，阿婷对你的心意，你应该很清楚。她心里只有你，她从来没有做过对不起你的事情，那么多优秀的男孩子喜欢她，她连考虑都没有考虑过。"

"年轻人都会冲动，"方石基沉声说，"这次我们可以原谅你，订婚会如期进行，但是会伤害到你们彼此这种话，还是不要再说出口。"

"浑蛋！"

万老馆主怒骂一声。

屋内死寂一片。

初原缓缓直起身体，望着面前的这三个男人，他的眼睛黯下来，凝声说：

"很抱歉，我不想再耽误婷宜。"

"啪！"

大怒之下，万老馆主抓起一只茶杯，砸向初原！

一道鲜血从初原的额角进出，他的嘴唇微微发白，却依旧长身而坐，身体动也没动。心中痛得像崩开了口子，婷宜猛地握紧手指，她的手指不住地颤抖，声音却凛然地说：

"我不怕！

"我愿意就这样被耽误下去，我可以等，我会一直等到你回心转意，哪怕要等你一辈子，我也没有关系！"

初原默然看向她。

"所以，不能等的是你，"婷宜惨然一笑，"如果再等下去，她就会没有耐心，就会喜欢上别人，对不对？初原哥哥，你宁可喜欢那样的女孩子，也不选择我吗？"

"混账！"万老馆主气得须眉皆颤，"臭小子！原来你是见异思迁，还假惺惺来说这些混账话！薄情寡义！亏得我一直觉得你是个好孩子！你对得起阿婷，对得起你已经过世的方姨吗?!"

鲜血还在从额角慢慢地沁出，初原的面容越来越雪白，他眼底一片宁静，缓缓说：
"以前，我以为只是时间问题。婷宜是个好女孩，终有一天，我会喜欢上她，爱上她，给她幸福，陪伴她一生。
"我原本以为感情可以培养。
"直到我遇到另一个人……
"我喜欢上了那个女孩子，她并不知道我的心意，我却难以忘记她。我离开了三年，以为时间和距离可以让我冷静。但是，我无法做到，三年里，只要夜深人静，我就会想起……"

婷宜的身体如纸片般颤抖，她死死地握紧手指。

"三年后，再次见到那个女孩子，我终于明白，感情可以培养，爱情却不可以。"初原的声音静得同窗外的月光，"我可以像爱护妹妹一样照顾婷宜，却终究无法，给她最想要的东西。
"让婷宜继续留在我的身边，只会一次又一次使她受到伤害。与其一生疼痛，不如让婷宜和我，都有重新开始的机会。
"对不起……"

看着初原面对着外公和父亲再次深躬下去的身影，廷皓眉心紧蹙，他长长叹了口气。

果然是这样……

心中有沉沉的苦涩。

是的，就算他下手再快，那双像小鹿一样明亮的眼睛里，始终也没有过他的影子。就连那只她曾经用过的手机，也是婷宜交还给他的。

"你为什么现在才说，耽误阿婷这么多年……"摇摇头，万老馆主突然看起来老了很多。

耽误了阿婷这么多年……

到底应该归罪于初原这小子，还是应该归罪于身为外公的他。

其实，万老馆主如何会看不出来，从小到大，初原对阿婷只有兄妹之情。但是阿婷一心痴恋着初原，初原又是个优秀的孩子，他便装作不知情，也帮着阿婷，时不时便喊初原来贤武道馆。

指责初原的这些话，万老馆主知道自己是强词夺理。初原曾经至少三次，向他提出过解除婚约的事情。为了八岁时的一句戏言，让一个孩子付出一生的代价，是无论如何说不过去的。

只是为了他的阿婷，从小就没有了母亲的阿婷……

"走吧，"万老馆主沉痛地闭上眼睛，一挥手，"以后别再来贤武道馆，别再让我看到你。婷宜和你的婚约，从现在开始，取消了。"

"外公！"

身体剧颤，婷宜大喊失声，她扑过来，面容惨白到毫无血色。

"让他走！"

手掌如钢铁般紧拉住婷宜，万老馆主瞪着自己这个不争气的外孙女，怒喝道：

"他的话已经说得这么清楚，你往后不许再去纠缠他！失去你，是他的损失！阿婷，你有骨气一点！这世上，好男人多的是，别把你妈妈和贤武道馆的脸都丢尽了！"

望着初原离开的背影，婷宜绝望地瘫坐在榻榻米上，嘴唇微微地颤抖着，月光冷得将她的血液寒成刺骨的冰水。

*** ***

训练中心的气压越来越低。

梅玲、光雅、林凤连聊天都变得小心谨慎，深恐一不留神误入雷区。周日过去了，婷宜曾经宣布的订婚仪式无影无踪，队员们谁都不敢提，装作这件事从没发生过。

而就连光雅都能察觉到——

婷宜看着百草的眼神越来越阴沉。

"我不在的这段时间，"训练厅，若白重新归队了，百草慢跑完三圈热身，他看着她问，"你跟婷宜之间出了什么事？"

百草怔了怔，她飞快地看一眼婷宜，垂下目光，心中缓缓划过一抹涩痛。她以为前阵子把全部心思放在若白父亲的事情上，就可以忘掉这些不知该怎么办的问题。

她低着头，哑声回答：

"……我做错了一些事。"

若白凝视她的发顶。

"你自己可以解决吗？"

她沉默几秒，点头说：

"可以。"

沈柠对若白的归队并没有多说什么，仿佛他从来没有消失过。分组对练时，百草终于不用再独自一个人，她觉得浑身充满了力气，紧握双拳，旋身腾起，高喝一声——

"喝——"

喊声清亮高越。

右脚重重击在脚靶上！

"啪——"

那重踢声似灌满了万钧之力，把脚靶踢得裂开一般，将训练厅内的其他动静压得声息全无！

队员们全都惊呆着望过来。

沈柠神色一动，转头看向百草。

若白后退两步，才勉强站稳身体，他缓缓放低手中的脚靶，用一种惊异的眼神看了百草两秒钟。

"再来一次。"

站回去，他凝声说，拿住脚靶的双手增加了一些力量。

"喝——"

"喝——"

"喝——"

那节训练课到后来，申波、林凤和光雅索性围过来了，目不转睛观察百草神奇的变化。难道是因为跟随云岳宗师习练了一个月的缘故吗，百草竟如同脱胎换骨了一样！

她腾空的高度更高。

出腿的力量更大。

然而——

这些并不是最令人吃惊的。

"是我眼花了吗？"晓萤也凑过来，目瞪口呆地说，"为什么我居然好像看到，百草的身上……"

雪白的身影高高腾跃在空中。

气流被搅动。

那一瞬，阳光从落地玻璃窗照射进来！

"有光芒。"

光雅呆呆地说，揉一揉眼睛。

"是金色的光芒。"

申波肃然说，刚才他也不相信，仔细又研究了几遍百草的动作，他终于认定自己并非是眼睛出现了错觉。

"为什么会这样？"

晓萤张大嘴。

"其实，以前廷皓前辈在比赛的时候，身上也有这样的光芒。"林凤回忆说。廷皓前辈的光芒是耀眼刺目的，如烈阳一般，让人无法盯着将他看清楚。此刻的百草，光芒是一种透明的金色，时闪时烁。

"是气场的缘故。"申波沉思说，"我一直觉得，当力量、速度达到一定程度，身体会自发地产生一种自信，虽然可能自己还无法意识到，身体却已经意识到了。"

"…………"

蒙蒙的，晓萤没听懂。

不过，是真的，百草好像完全不一样了。前阵子百草自己单练还没觉得，可今天，百草仿佛在绽放出一种——

神的光芒……

"不错，有进步。"

等百草练完，喘息着站稳身体，沈柠点点头，对她说：

"腿部力量和腾空都进步不小，看来，云岳宗师的一套训练方法，对你很奏效。"

"…………"

百草怔了怔，不知该怎样接话。

"今天训练就到这里。"

略说了几句话，沈柠宣布今天的训练结束。梅玲不安地看了看婷宜，虽然她刚才没有围过去看百草的腿法，但队友们兴奋的议论和沈柠教练的评价，她也听到了一些。

梅玲看向婷宜时。

婷宜正默默看向百草，她的眼神有些深，唇色有些白。

"婷宜，不如我们今天去逛街吧，"淋浴的时候，梅玲尽力用快乐的声音对隔壁说，"前天我去新星光，看到秋装已经开始上了，很多款式都很漂亮，颜色也很可爱。看来今年还是流行糖果色呢，让人一看心情就很明亮！"

隔壁只有哗哗的水声。

"我也看到一些蛮适合你的衣服，你穿上一定好看。"梅玲继续高兴地说，"还有啊，化妆品柜台也来了很多新货，有一种能自动感应的腮红，就是《麻辣女生》里介绍过的那种，能根据每个人体温不同，自动变幻腮红的深浅，好像很有趣呢，我们也去试试好不好？"

一片静寂。

"呵呵，"温热的莲蓬水流下，梅玲又换了个话题，"后天你又要去参加那个跆拳道美少女的节目了，听说这次又是日本的选手，是叫加藤银百合。

"据说是因为上次清水麻美败给了你，那个节目影响又很大，日本也有在播，所以他们又专门派出这个加藤银百合过来。以前从没有听说过这个人呢……"

婷宜依旧一声不响。

如果不是隔壁还有水声和一些动静传来，梅玲简直会以为婷宜什么时候已经走了。

"你战胜她肯定没有问题，"梅玲乐呵呵地说，"只是我看了她的照片，她还蛮漂亮的，所以你到时候要美美的哦，在美貌上也要完胜！"

淋浴洗了好久。

中间好像林风进来了，光雅进来了，甚至好像晓萤和百草都进来了。婷宜从来没有洗这么长时间过，梅玲踌躇着，她早就洗完了，但是不敢走。她怕自己如果离开，婷宜会有被背叛的感觉。

她可以理解婷宜。

订婚仪式没有如期举行，跆拳道上，百草的上升势头又那么猛……

等婷宜终于洗完走出来，梅玲同她一起回到储物间，发现里面已站满了人。林风正准备走，光雅、晓萤和百草还在收拾东西，见婷宜进来，她们的表情或多或少都有点尴尬。

飞快地收拾好。

婷宜沉着脸先离开了。

无措地看了看剩下的队友，梅玲一咬牙，赶忙追出去。

"走吧，"林风站起来，看百草和光雅也已经收拾好了，"晓萤，就等你了，快点。"

"哦，"晓萤砰地关上储物柜的门，"我也好了！"

一出来，晓萤就瞪大眼睛，看到亦枫正等在走廊上同若白说话。她跳着跑过去，嘿嘿笑着说：

"亦枫，我还以为你和若白师兄已经走了呢，是不是在等我和百草啊。难得你这么有同门之谊，没有训练一结束，就跑回道馆睡觉。"

亦枫赏她一个爆栗。

"叫师兄，整天没大没小的！"

晓萤哀哀地叫，正准备反击，光雅忽然轻"啊"一声，震惊地停下脚步，她立刻跟着看过去——

训练馆的玻璃门折射出盛夏的阳光。

清雅挺秀的身影。

如同谪仙般的少年，又英挺，又似没有沾染半分人间尘埃。最令人难以转目的，是他身上温和宽容的气质，如同海洋一般，可以让人沉溺。

晓萤呆住。

初原前辈怎么来了！

惊愕住，光雅一转头，看到林凤的脸上显出担忧的神情，素来机灵的晓萤居然也呆在那儿了。她没敢看百草，心中一紧，又扭头看回去，发现先一步离开的婷宜和梅玲，恰好跟初原前辈走了个迎面！

阳光照耀在训练馆内的门口处。

仿佛电影的慢镜头。

一步一步。

朝着玻璃大门走去，婷宜挺直背脊。

一步一步。

初原迎面走来。

两人越走越近。

越走越近。

脑海中回想起那晚露台上初原抱起百草的画面、婷宜对百草的怒斥、突然宣布又悄然消失的订婚仪式，光雅、林凤、晓萤屏住呼吸，空气仿佛凝结了一般。

气氛如此异样，若白和亦枫也凝目望去。

光洁的大理石地面上，两人的倒影交叠在一起，初原向婷宜微微颔首，婷宜面色苍白，倨傲地仰起下巴，竟没有看他。

两人错身而过。

当梅玲慌乱地扭头去看——

初原已经走过婷宜。

朝着百草的方向走去。

"我来接你回道馆，"唇角有温和的笑容，初原望向沉默僵硬的百草，去接她手中的背包，"今天上午训练得辛苦吗？"

四周鸦雀无声。

光雅大气不敢出，她紧张地抓住林凤的手臂。她看不懂这是什么状况，为什么初原前辈不是来找婷宜，居然是来接百草？

"…………"

脑中一片空白，百草呆滞地看着初原，她下意识将背包握得很紧，没有让他拿走。若白走过来，他先看了一眼百草，然后对初原打招呼：

"初原。"

"别傻站着了，初原师兄来接你了，快走吧！"

晓萤回过神，她露出笑容，凑过去推一把百草。被晓萤推得往前扑一下，险些跌入初原怀中，百草被惊到，她无措地后退几步，说：

"不，我……"

初原的眼睛黯了黯，对她说：

"对不起。"

那天，她没有让他陪她一起进去，也就是从那天，她开始躲避他。他可以想象得出，她在训练馆会遭遇到什么，虽然她什么也不曾说，但是她隐藏在眼底的彷徨，他如何会看不懂。

是他的错。

如果在韩国时，他可以再等一段时间，可以先彻底处理好童年时的约定……只是，在那时，他的理智没有控制住自己，他在惶恐，已经晚了三年，他怕再错过，就真的将会永远失去……

"我应该早些过来，"他低声说，"有些事不应该由你去承担。"

训练馆里静得可怕。

光雅、林凤简直无法呼吸，晓萤呆呆地站着。虽然初原的声音很低，可是即使是傻子都能听出来，他的声音里对百草的感情。

阳光刺眼。

婷宜的手僵滞在玻璃大门的扶手上。

"我们走吧。"

梅玲小声说，她也听到了，她不敢去揣测婷宜的心情，她希望婷宜可以赶快离开这里。

婷宜僵硬地转身。

她直勾勾地望向初原和百草所在的方向。

"走吧……"

梅玲害怕地说，拉着她的胳膊，想要将她拉出去。婷宜面色一凛，她猛地挥手，梅玲猝不及防之下，竟被她硬生生甩了出去！

这边的动静使得光雅她们刚侧头去看，就见婷宜已大踏步地走过来，她的面色雪白如纸，嘴唇紧紧地抿着，她走得很快，光雅她们还没反应过来，婷宜已走到了百草面前！

一甩手，婷宜冷凛着面容，右手狠狠向百草的面颊扇去！

"啊！"

晓萤、光雅大惊失色，然而婷宜这一下毫无预警，眼看着她的手掌就要挥上百草的面颊，若白肃容上前，猛地将百草护到自己身后！

同时——

婷宜的手腕也被人紧扼在半空！

"婷宜！"

初原沉怒低喊。

手腕被握得很痛，婷宜只觉心口翻涌上一口血腥气，她唇色雪白地瞪向初原，从小到大，他从未用这样的口气喊过她的名字，更加没有这样弄痛过她的手腕。

而现在……

婷宜嘲弄地笑了笑，她扭头，看向同若白并肩站在一起的百草，声音低低地说：

"你就这么迫不及待吗？"

如同在一场荒诞的梦中，百草的身体也有点僵硬了，她回视婷宜，不懂地问："你说什么？"

"戚百草，你以为你赢了吗？"婷宜冷冷地笑，向百草逼近一步，"你以为，你已经从我这里抢走了初原哥哥，所以就这么迫不及待地，来宣布你的胜利吗？"

"你到底在说什么？"

百草紧紧皱眉。

"哈，"婷宜嗤笑一声，"看看你，都到了现在，还要装作一副无辜的模样。你的勇气去了哪里？！几天前，你还在这里厚颜无耻地对我说，你喜欢初原哥哥，你要去做第三者，要跟我去抢初原哥哥！怎么，当时的听众还都在这里，你就想不承认了吗？！"

若白霍然变色，肃声说：

"婷宜，这是你对百草说话的方式吗？请你尊重你自己的身份。"

"哈，"婷宜觉得更可笑了，"若白，你根本就不知道发生了什么，对不对？哈哈，你居然还维护她！你不在的这段时间，她在勾引初原哥哥，你知不知道，她已经背叛了你！"

若白身体一僵，他缓缓看向百草。

"是我。"

声音很静，初原说：

"跟百草没有关系，是我喜欢百草。她什么也没有做过，是我在三年前就开始喜欢她，直到一个月前，她才知道。"

空气静得如同随时会碎掉的玻璃。

"小时候，我和婷宜曾经有过婚约，"初原凝视着百草说，"前天，那个婚约已经正式取消。我很抱歉，因为这些，给你带来了困扰，请你原谅我。"

百草呆呆地看着他。

婷宜苍白着脸，闭了闭眼睛。

一切仿佛凝固了，晓莹、林凤、光雅全都动都不敢动，亦枫皱眉，若白僵住了一般。那一边，梅玲从地上爬起来，她的胳膊被撞破了皮，不敢喊痛，她急步走到婷宜身边。

"于是你开心了吗？戚百草，"婷宜颤抖着睁开眼睛，她淡淡一笑，"你费尽心思，终于可以打击到我了，你开心极了，对不对？凡是我拥有的，你都想要夺走，对不对？先是我的哥哥，然后是初原，最后呢，你是不是还想用什么手段，将世锦赛的名额也抢走?!"

"够了！我听不下去了！"

深吸一口气，晓莹忍无可忍了，她向前走了两步，挡在百草面前，对婷宜说：

"大家都是队友，很多话我不想说，可是，你也太过分了！百草她到底怎么了！她做错了什么！刚才初原师兄已经说得很清楚了，是他喜欢百草，不是百草去追求初原师兄，你耳朵聋吗？你听不见吗?!

"可是前几天，就在储物间，你都是怎么指责百草的！

"你说她利用若白师兄，跟若白师兄交往，说她勾引廷皓前辈，说她引诱初原师兄！好，现在初原师兄和若白师兄都在这里，初原师兄已经说过了，就让我们问问若白师兄——"

"从未有过。"
若白皱眉，淡淡地说。

"婷宜，这下你听清楚了没?"晓萤怒声说，一把又将百草拽出来，"同是队友，你怎么可以用那么难听的话去说百草? 她会去'勾引'人? 不，你当时好像说的是'挑逗'! 麻烦你睁开眼睛看看百草，她就像个呆头鹅，完全不开窍，她会有本事去'挑逗'人?! 你太看得起她了!"

如果不是气氛太僵，光雅险些被逗笑。是啊，跟百草一同生活那么多年，她实在无法想象，婷宜描绘的那个四处"勾引"男孩子的百草形象。

梅玲有些失神。

她看看百草，沉默寡言的百草，每天任劳任怨打扫卫生的百草，整天穿着旧道服的百草，怎么可能是那样的人。

"你是说，我是在冤枉她?"

唇角一弯，婷宜的眼睛冷得刺骨。

"没错，你就是在冤枉她!"晓萤一挺胸，"刚才你还说什么，百草在储物间说，'她喜欢初原哥哥，她要去做第三者，她要去跟你抢初原哥哥'。是，当时在场的人都在这里，我们全都记得很清楚，她只承认了她喜欢初原师兄! 而说她要抢初原师兄，说她是第三者，说她卑劣，那都是你骂她的!"

"百草……"

听到这些，初原的心脏仿佛被攥住一般。他心痛地看着她，他知道她受了委屈，但没想到，她承受了这样的话语。

"好，就如你说的，"婷宜淡淡一笑，"但她亲口承认了，她喜欢初原哥哥，而所有人都知道，包括她自己也知道，初原哥哥是我的。

"这就是你刚才说的'队友'吗?

"队友会明知那已经是我的男朋友，却毫不避嫌，仍旧去抢吗?"婷宜的眼神越来越冷，她盯住沉默的百草几秒钟，重新看向晓萤，"如果你的耳朵没聋，你也应该听到，初原哥哥刚才说了，我和他从小就是有婚约的。

"夺走我的未婚夫，还要假惺惺地扮作无辜，范晓萤，这就是你心目中，对于队友的定义吗?!"

百草心中一紧。

她呆呆地看着婷宜，是的，她可以并不在意婷宜其他的话，因为那些都是假的。可是，她无法过得了这一关。她是知道婷宜喜欢初原的。

明明知道婷宜喜欢初原……

那晚湖边的榕树下，那晚游乐场的摩天轮里……

"那你呢? 你的定义是什么?"晓萤毫不示弱，"你对男朋友，对未婚夫的定义是什么? 是小时候的婚约吗? 不管是因为什么定下的婚约，小时候的事情，也能当真吗? 哈哈，就因为长辈们定下的娃娃亲，你就把自己当做初原师兄的未婚妻了吗?"

"你——"

婷宜气得发抖!

"而且，一直是你一相情愿的吧，"晓萤想了想，回忆说，"初原师兄从来没有承认过你是他的女朋友，我从没见过初原师兄对你有任何亲密的动作，甚至都没有拉过你的手! 这也算你是初原师兄的女朋友?"

婷宜面色惨白。

"或者，你和初原师兄私底下有过属于恋人之间的亲密，是我们没看到的?"晓萤故作好奇地说，"初原师兄就在这里，你可以告诉我们，如果有，那我现在就向你道歉!"

"晓萤……"

拉了拉晓萤，百草不安地试图阻止她再说下去。

"咦，哈哈！"推开百草的手，晓萤仿佛恍然大悟地说，"我猜，说不定初原师兄很久以前，就想取消跟你的娃娃亲，对不对？是你缠着初原师兄，用那个什么婚约想要绑住初原师兄，所以初原师兄才会说，他三年前就喜欢百草了，但是直到最近，才告诉百草！啊，就是这样，对不对？！"

"晓萤，够了！"
林凤出声说。

"别说了……"
梅玲也害怕地偷偷说。

婷宜脸色惨白得仿佛随时会晕倒过去，她颤巍巍地看向初原，说："是你告诉她的，对吗？你把一切都告诉她了，让她们来取笑我，对吗？"

"婷宜……"
初原眉心皱起。

"你满意了吗？"婷宜苦涩地笑着，身体摇摇欲坠，"戚百草，你让晓萤这样当众羞辱我……你真厉害……"

"关百草什么事！是我说的！别把什么都算到百草头上！"看到婷宜备受打击的模样，晓萤本来不想再说了，但是听到这几句，她的火气立刻又蹿了上来，"而且也不是初原师兄说的，是我自己猜的！这很容易猜好不好……"

"对不起。"
打断晓萤的话，一直沉默的百草对婷宜说：
"是我做错了。"

不敢相信自己的耳朵，婷宜努力让自己冷静一下，问：

"你说什么？"

"是我做错了，我不应该喜欢初原师兄。"喉咙里涩涩的，有股又苦又腥的痛意从心底蔓延上来，不敢去看初原，百草呆呆望着自己的脚尖，"我往后……不会再这样了。"

"百草！"

晓莹尖叫。

光雅和梅玲目瞪口呆，林凤也愣住了。

夏日的阳光中，婷宜嘲弄地笑了笑，她看向正紧紧盯住百草的初原。而旁边，亦枫担忧地看了眼浑身冰冷的若白。

CHAPTER13

夜晚。

松柏道馆。

窗外虫鸣声声，夏天已将过去，夜风比以前凉了许多。毛笔僵硬地停滞在半空，久久没有落下，若白沉默着，直到一滴墨汁"噗"地滴落在旧报纸上。

…………

阳光明亮的训练馆内，初原凝视着百草，静声说：

"……是我喜欢百草。她什么也没有做过，是我在三年前就开始喜欢她，直到一个月前，她才知道。"

…………

晓莹一把拽过来百草，怒声说：

"……当时在场的人都在这里，我们全都记得很清楚，她只承认了她喜欢初原师兄！"

…………

百草呆呆望着自己的脚尖，声音中有难以掩饰的无措和痛意："是我做错了，我不应该喜欢初原师兄。"

…………

又一滴墨汁滴落。

夜风很凉。

若白的身形单薄得如同一张纸，他低低咳嗽起来，咳嗽声越来越重，他的面色愈来愈苍白，仿佛要将心肺也咳出来一般。

另一边的床铺上，亦枫默叹一声，手中的玄幻小说他翻来覆去看了一晚上，只看了三页。打个哈欠，他从床铺上翻身坐起，心情很轻松似的，翻出一瓶墨汁和一沓宣纸，懒洋洋地放到若白的书桌上。

"字写得那么好，别总用那种廉价的纸墨。这些给你，将来你成为著名书法大师，记得多写几幅给我，万一将来我落魄了，也能拿出去换钱。"一拳锤向若白的肩膀，亦枫哈哈地笑。

然而这一锤之下。

亦枫愣了愣。

从外表还不太看得出，但是接触到若白身体的感觉让他心惊，什么时候，若白瘦到了这种程度。

"若白！"亦枫面色一正，"你到底去医院看病了没有，你的咳嗽怎么一直不好？还有，你每天吃的那些药，都是什么？你是不是在瞒着我什么事情？"

"感冒，"压抑下依旧翻涌在胸口的咳意，若白淡淡说，"为了能快点好，我多吃了几种药。"

"真的吗？"

亦枫还是有些怀疑，研究了若白几秒钟，他叹一口气，说：

"若白，如果你喜欢百草……"

"我出去一下。"

打断他，若白将书桌上的纸墨收起来。

推开房门，夜空中繁星点点，冷风迎面吹过，走出去很远，若白才用手掩住嘴唇，微弯着腰，一阵阵地咳嗽。

走过庭院。

练功厅里黑暗无光。

那时他与她并肩坐了一整晚的长廊，此刻，他独自一人静默地坐在那里。

…………

百草呆呆望着自己的脚尖，声音中有难以掩饰的无措和痛意："是我做错了，我不应该喜欢初原师兄。"

…………

夜风静静地吹。

长廊的阴影里，若白痛楚地缓缓闭上眼睛。

*** ***

第二天，婷宜没有来训练中心。

第三天，婷宜还是没有来。

梅玲很担心，她给婷宜打电话，婷宜的手机是关机。打到婷宜家里，她家里的保姆说，婷宜没出什么事，只是整天把自己关在屋里，精神不是太好。

第三天的晚上，电视中，婷宜败给了日本的加藤银百合。

"唉。"

储物间，梅玲长长地叹息一声，望着婷宜的柜子，她站着发了半天呆，然后又是一声叹息。

"干什么？"

林凤看她一眼。

"婷宜输了,"梅玲愁眉不展,"她现在一定很难受。"

"谁没有输过,难道婷宜以前就没有输过?世界大赛里,进入半决赛以后,婷宜经常输。"

"那怎么能一样!婷宜她……她……刚刚经过这种事情,又输掉了比赛,还是在收视率这么高的节目中……"梅玲再叹一口气。

"刚刚经过什么事情?"

门一开,晓萤不悦地走进来,然后是百草。

"晓萤,别说了。"

用力拉了晓萤一下,百草不想因为这些事情,再造成大家之间的不愉快。

"……"梅玲尴尬住了,她望向百草,踌躇了一下,走过去,脸红红地说,"百草,对不起,我前段日子误会你了,对你的态度很不好。"

"没有啊,"百草急忙摇头,"你没有对我不好。"

"唉,"梅玲挠挠头,羞愧地说,"其实,我后来想一想,也觉得你不像婷宜说的那样。只是,我怕如果我照常跟你说话,婷宜会觉得没有人站在她那一边,她会觉得孤立无援……"

"你在说什么啊!"晓萤翻个白眼,"所以你就助纣为虐吗?婷宜就是这样被宠坏了,什么都是以她为中心,全世界都围着她转,她喜欢初原师兄,初原师兄就必须喜欢她,她讨厌百草,所有人必须一起讨厌百草,这是自我中心,这是公主病,你懂不懂!"

"别的不说,初原师兄来的那一天,婷宜是怎么对你的,"见梅玲还想辩解,晓萤提高声音,"你一直帮着她,跟着她,她一掌就把你挥到地上去了!你胳膊都流血了对不对,她看过你一眼,问过你一声吗?这就叫公主病!心里只有她自己,她自己是块宝,别人都是草!"

"唉……"

梅玲说不出话来了。

"我明白，你没做错。"百草回答梅玲说，"婷宜说了那些之后，光雅、晓萤还是照常同我说话，如果你也那样，婷宜会觉得伤心的。"

"百草……"

梅玲眼中含泪，她默默牵住百草的手。顿了顿，她吸口气，望着百草说："百草，我想说的是，你不用做出那样的承诺。"

"…………"

百草一愣。

"既然初原前辈喜欢你，你也喜欢初原前辈，"梅玲郑重说，"你们就交往吧。"

晓萤呆住了。

穿好鞋，林凤抬起头，也看了看百草，说：

"是的，你们交往吧。那天已经可以看得很清楚，初原前辈跟婷宜之间并没有什么，虽然婷宜喜欢初原前辈，但是初原前辈和你也有自由交往的权利。"

"百草，别想太多。"

走到百草面前，林凤笑了笑，说：

"刚才晓萤说的没错，同是队友，为什么只顾虑到婷宜的心情，而却要求你退让放弃，这不公平。婷宜一直是像公主一般的存在，但你也在努力地进步和提高，就算是丑小鸭，也可以有变成天鹅的一天。不能因为担心婷宜，就去伤害你，这不是身为队友的我们应该做的。"

"嗯！对！"

梅玲用力点头。

晓萤呆呆地看向沉默不语的百草。

虽然百草一句话也没有说，可是，她知道百草不会的。她太了解百

草了，在那天说出那句话之后，百草绝不会允许她自己再跟初原师兄有
任何发展了。

***　　***

漫天彩霞。

晓萤呆呆地坐在小路边的一块大石头上。

道馆里的小弟子们开始陆陆续续前往练功厅，经过她身边时，都会向
她恭敬地行礼，然后好奇地一步一回头地看她。彩霞映红天际，晓萤木然
地坐着，她有什么资格指责婷宜，她对百草做的，同婷宜有什么区别。

…………

"你难道不知道吗！我喜欢初原师兄！我从小……从小就喜欢初原
师兄！"那一夜，哭得整个人都在发抖，她愤怒地摇晃百草的肩膀，
"你为什么要去招惹初原师兄！你有了若白师兄还不够吗？我恨你！百
草！我讨厌你！我当初就不该带你进松柏道馆！"

…………

"你脸上的是什么！"

醉醺醺地瞪大眼睛，她摇晃着凑到百草脸上，伸手去摸，吃力地看
了看，突然哈哈大笑：

"你哭了！咸百草，你不是木头人吗！你居然会哭！你凭什么哭！
哈哈，说，你凭什么哭！哭的应该是我，不是吗?！我最好的朋友，抢
了我最喜欢的男孩子！哭的应该是我才对啊！"

…………

因为她喜欢初原师兄，所以她不允许百草也喜欢，她从没将自己的
暗恋告诉过百草，却愤怒地指责百草，说百草抢了初原师兄，还用那样

难听的字眼去骂她……

百草是她最好的朋友。

她却伤害了百草。

抱紧膝盖，晓萤呆呆地望着小路上陆续走过的人影，她比婷宜还坏，她说婷宜是自我中心，是公主病，她自己又何尝不是呢？

远远的。

忽然看到初原沿着小路走过来了，晓萤一惊，慌张地赶忙躲进旁边的大树后。现在不仅愧对百草，连看到初原师兄，她也会觉得心虚和不安，只想躲起来，如果有地洞，她也会想要钻进去！

过了一会儿。

没有一点动静。

偷偷摸摸地从树后探出脑袋，晓萤发现初原停下了脚步，他望着一个方向，静静地等在那里。

心中有点预感。

晓萤顺着那个方向望过去，果然是百草沉默地低着头正朝训练厅这边走过来。彩霞的霞光中，她意识到百草瘦了，虽然百草一贯不太说话，但是百草始终是挺拔有朝气的。

而现在……

望到投在小路鹅卵石上斜长的人影，百草抬头，看到霞光中竟然是初原，她的全身一下子僵住！仿佛条件反射般地，她转身就想要逃开，脑中轰声一片，什么都无法去想！

"百草。"

初原喊住她。

僵僵地转过身体，百草死死看着自己的脚尖，有杂草生长在鹅卵石的缝隙间，她行了个礼，声音涩住般说：

"初原师兄。"

柔和的霞光将初原的身影勾勒出淡淡的红晕的光边，望着她瞬时苍白的面容，和她在身侧微微握紧的双手，良久，他低声说：

"那么，你就忘了吧。"

百草一怔。

"如果因为我，让你变得困扰，让你变得不快乐，"初原眼睛微黯，声音温和，"那么，你就忘了吧。让所有的事情都回到去韩国之前，不用记得我说过'喜欢你'，不用感到有负担。"

"初原师兄……"

声音颤抖地，百草缓缓抬起头。

"不用对我感到抱歉，"走到她的面前，像兄长般揉了揉她的短发，初原低声说，"是我没有处理好，害你面对这样困难的局面。"他深知她，无论她是否跟婷宜关系亲厚，在婷宜那般痛苦地爆发之后，她心中那近乎固执的正义感，会使得她再无法接近他。

"…………"

百草慌乱地摇头。

"我喜欢那个像小草一样，充满生命活力，不屈不挠的百草，"手指不舍离开她的发间，初原凝视着她，"如果忘记那些，能够让你重新快乐起来，那你，就那样做吧。"

百草怔怔地望着他。

心中涌满了又涩又苦的液体，她不敢开口，她怕一开口，那些液体就会冲出她的眼底。

"只要有我一个人记得，就可以了。"初原笑了笑，眼神温柔得就像游乐场那晚，高高的摩天轮周围绽开的烟花，"要是哪一天，你觉得可以想起来了，就来找我，好吗？"

"我会等着你。"

手指离开她短短的发丝，初原静静地凝视她，手掌落在她的肩上，他想轻轻将她拥入怀中，哪怕只是短短的一秒。

"无论过多久，无论将来还会发生什么，我都会等你。你什么都可以忘记，但是，要记得，我还在等你，会一直等下去。"

傍晚的空中，晚霞愈烧愈烈。

百草早已离开。

练功厅外的庭院上，晚课开始了，时有时无的风，飘来若白指导弟子们的低喝声。

躲在大树后，晓萤呆呆地望着初原。

小路上，初原依旧站在原地。

他已经站了很久很久。

暮色渐浓。

晚霞散去，夜空升起一弯明月，风越来越凉，草尖染上夜露，初原静默地站在原地，唇角的笑容再无踪迹。他沉默地站在那里，渐渐地，夜露染上他的身体。

躲在大树后，晓萤呆呆地望着这个她从没见过的初原。

***　***

推开房门。

晓萤劈头第一句话：

"百草，我要你跟初原师兄交往！"

台灯下，百草正在预习下学期的功课，她惊愕地看向晓萤，完全听不懂她在说什么。

"为什么没有去训练呢？若白师兄问你了。"

勉强回过神，百草对她说。

"不要打岔！"

晓萤微怒地走过来。

"我在说，我要你跟初原师兄交往！"

风从窗户吹进来。

百草沉默半晌，说：

"不。"

"你说什么？"晓萤不敢相信自己的耳朵，她真的怒了，"你敢再说一遍?!"

"我说，不。"百草咬一下嘴唇，"我不会再去喜欢初原师兄。"

"你怎么可以这样!"晓萤气得浑身颤抖，"晚课前初原师兄对你说的那些话，我全都听到了！你难道真是木头人吗？你感觉不到初原师兄说那些话时，有多难过吗？你伤害到了初原师兄，你知不知道!"

百草面色一白。

心中仿佛被刀子狠狠划过，怔怔地看着晓萤，半晌，她僵硬地摇摇头："……不会的，初原师兄……"

"不会什么!"晓萤走过去，瞪着她，"你明明是喜欢初原师兄的不是吗？你自己都承认了，你有勇气在我们面前承认你喜欢初原师兄，为什么还要这么别扭！梅玲她们也说了，你可以继续喜欢初原师兄啊，没有人会指责你的！初原师兄喜欢你，你也喜欢初原师兄，那就交往啊!"

"不，那是错误的。"手指深深掐进自己的掌心，百草摇头，努力保持着面容的镇静，"我……我不会再去喜欢初原师兄，他适合更好的女孩子。"

"你是在说婷宜?"晓萤用力地翻个白眼，"拜托！婷宜都那么对你了，你还要为了她牺牲掉初原师兄?！是，婷宜喜欢初原师兄，她恨初原师兄喜欢你，难道你因为害怕伤害婷宜，而选择伤害初原师兄?！"

"百草，你究竟有多笨！"

晓萤气得抓住百草的肩膀，已经开始学咆哮教主那样用力地摇晃她，想要把她摇醒："到底是婷宜重要，还是初原师兄重要，我不相信你连这么简单的道理都不懂！"

被晓萤晃得一阵阵眩晕。

克制住心中的涩痛，百草吃力地望向晓萤，脑中却一遍遍闪过晓萤说的那些话，她伤害了初原师兄。难道，她又做错了吗？可是，她该怎样做，究竟怎样做才是正确的……

"看，你明明心里也是痛的，不是吗?"看到百草眼底的痛楚，晓萤怔怔地望回她，思考着说，"为什么？明明喜欢初原师兄，明明你也很痛，为什么要说那些话，为什么要伤害初原师兄，也要伤害你自己？不，不是因为婷宜，你虽然很笨，但还没有蠢到这种程度。那是因为什么?"

"难道……"

看到百草慌乱去闪避的表情，有种寒冷从晓萤的指尖蔓延而上，她呆呆地握紧百草的肩膀。

…………

"你难道不知道吗！我喜欢初原师兄！我从小……从小就喜欢初原师兄！"那一夜，哭得整个人都在发抖，她愤怒地摇晃百草的肩膀，"你为什么要去招惹初原师兄！你有了若白师兄还不够吗？我恨你！百

318

草！我讨厌你！我当初就不该带你进松柏道馆！"

…………

"你脸上的是什么！"

醉醺醺地瞪大眼睛，她摇晃着凑到百草脸上，伸手去摸，吃力地看了看，突然哈哈大笑：

"你哭了！戚百草，你不是木头人吗！你居然会哭！你凭什么哭！哈哈，说，你凭什么哭！哭的应该是我，不是吗?！我最好的朋友，抢了我最喜欢的男孩子！哭的应该是我才对啊！"

…………

难道——

…………

"晓萤。"

那一晚，看着泪流不止的晓萤，百草浑身都僵住了一般，她轻轻伸出手，想要去碰触晓萤，然而，有些不敢，手指又蜷缩回来。

"对不起……我不知道……"

…………

医院的走廊。

"哪怕你不喜欢我、讨厌我，晓萤，我还是想做你的好朋友。"百草默默低下头，"做错的事情，我会去改，请你相信我。"

…………

"是因为我?"晓萤难以置信地呆住，过了好久，她傻傻地看着百草，"不是因为婷宜，是因为我，对不对?"

"不是的！"

百草急忙说。

"呵呵，"晓萤干笑，"我就觉得，就算你再可怜婷宜，也不应该做出这种傻事。原来，是因为我啊……"

"不是因为你！"百草急了，"是我觉得我和初原师兄不合适，我不想耽误他，不想因为我的事情，给他带来麻烦！"

"别骗我了，"晓萤无力地揉了揉脸，颓然地在床边坐下，"你撒谎的水平太差，我一眼就能看出来。"

"晓萤……"

"够了，"打住她，晓萤吸一口气，扭过头，异常郑重地看向百草，说，"那晚我喝醉了，我是故意逗你的。因为你喜欢初原师兄，却没有事先告诉我，所以我生气了，我是故意要让你心里难受，来惩罚你。你太笨了，居然上当，这都能当真。"

百草默默地看着晓萤。

晓萤说她的撒谎水平差，可她自己又高到哪里去呢？如果不是太过喜欢初原师兄，怎么会因为听到傍晚时初原师兄的那些话，就宁可自己去痛，宁可放弃从小暗恋的心思，而劝她去跟初原师兄交往呢？

晓萤是她的好朋友。

晓萤为她做了那么多那么多。

她为了晓萤。

也——

什么都可以。

"OK，你不信是吧，"在百草清澈沉默的目光下，晓萤有种无所遁形的感觉，她只好苦笑着宣布投降，"好，我承认，我曾经暗恋过初原师兄。知道初原师兄喜欢的是你，我也有点不甘心。但是不甘心不是因为你，而是……觉得以前自己从未争取过……"

百草急忙说：

"你现在也可以去争取……"

"都知道初原师兄喜欢的是你了，我还争取什么啊，"依旧打断她，晓萤呵呵一笑，"我也是有骨气的人，我在他身边这么久，他都没有发现我喜欢他，我才不要让他知道。"

"如果初原师兄知道你喜欢他，说不定……"

"我是有感情洁癖的！"晓萤瞪大眼睛，"既然他心里有了喜欢的女孩子，就不纯洁了，我才不会喜欢已经不纯洁的人！我要的是一心一意，只喜欢我，从生到死，只会喜欢我一个人的那种人！"

百草怔住。

"所以你看，初原师兄已经配不上我了！"晓萤拍拍百草的肩膀，"但是初原师兄还是蛮优秀的，浪费了可惜，你一定要把握住，明白吗？既然你说过你喜欢初原师兄，就要为你说过的话负责任，否则就是始乱终弃，就是见异思迁，我会谴责你的，懂了吗？！"

百草更深地怔住。

"好了，睡吧，"倒在床上，晓萤用手背遮住眼睛，"明天你就去找初原师兄，告诉他，你想通了，决定跟他继续交往了。如果你不去，我就押着你去！"

不知过了多久。

均匀的呼吸声传来，望着窗外月色发呆的百草扭过头，她走过去，为已经睡着的晓萤轻轻盖上凉被。手臂滑下在身侧，睡梦中的晓萤眉心微微皱着，唇角染有淡淡的忧伤。

虫鸣声远远地传来。

凝望着这个自己最好的朋友，百草久久沉默。

*** ***

"……上周日，加藤银百合在比赛中战胜了来自瑞典的选手瑞丝，这一周，她的对手将是来自我国国家队的选手董彤云。董彤云曾经在全运会中获得跆拳道全国冠军，在世界大赛中也屡有佳绩，让我们采访一下董彤云的教练，请问，彤云与加藤银百合的交手，您如何预测……"

"……加藤银百合代言的日本某电器品牌，近日举行盛大的新品发布会。在发布会上，加藤银百合一身高雅小礼服，仪态万方，被媒体竞相追逐。加藤银百合说，能够战胜婷宜，是她的荣幸，她会集中精力备战接下来的比赛，希望与更多的高水平选手切磋……"

聚在训练馆的电视机前。

百草和大家一起看最新的体育报道。

"最开始还都是国青队的选手，现在居然连国家队的董彤云都要出场了，"梅玲诧异地说，"她不是被视为婷宜最有力的竞争者，可能要跟婷宜角逐世锦赛的参赛资格吗？据说她一向自视甚高，居然会参加这种节目，去跟加藤银百合交手。"

"大概就是因为婷宜输了，她才会去的。"林凤说。

"嗯，有道理，"望着电视镜头里，清纯美丽得如同百合花一般的加藤银百合，梅玲思考说，"如果能够战胜打败了婷宜的加藤银百合，董彤云就能证明自己的实力不在婷宜之下。"

电视里在重播加藤银百合战胜瑞丝的画面。

百草凝神细看。

瑞丝身材健美，人高马大，出腿势大力沉，而加藤银百合，她动作优美，看似每一腿都很轻巧，却如同水银泻地，能找到瑞丝进攻和反击的每一个漏洞。

"你觉得加藤银百合的实力，与婷宜相比，如何呢？"林凤看向百草，问她的看法。

百草摇头："只看一场比赛，不好判断。"

那场比赛的录像她看了，婷宜的状态有点不对，反应比平时要慢一点。此刻，研究着加藤银百合与瑞丝交战时的情形，百草思忖说：

"不管怎样，她是很有实力，也很有潜质的选手。"

"实力这么强，为什么以前没有听说过她？"梅玲怀疑地说。

"据说她是日本跆拳道界加强训练的秘密武器，"申波走过来，推了推黑框眼镜，说，"为了在世界大赛中，出其不意地打败恩秀。"

"那为什么现在又参加这种节目？"

"据说她签了一些大公司的代言，为了打响知名度，所以来参加。这个节目的收视率非常高，在日本也有转播，她连胜两场，在日本国内人气大涨。听说在韩国也有转播。"

"哇，"梅玲惊叹，"说不定哪一天，李恩秀也会出现呢，那样简直就是提前开幕的世锦赛了！"

"喂，你怎么今天一句话也不说，"捅了下有点发呆的晓萤，梅玲奇怪地说，"你平时跟话痨一样，说个不停，最近是怎么了，闷闷不乐的，简直比百草说的话还少。你是不是跟百草灵魂互穿了啊！"

"你才话痨！你才魂穿！"

晓萤白她一眼，心情就像快要下雨前的天空，阴沉沉，灰暗暗的。

*** ***

时间一天天过去，晓萤悲哀地发现，无论她说什么，百草就跟铁了心一样，回避跟初原接触的任何机会。她从未这么后悔过，如果时光可以重来，她一定不会再喝醉酒，绝不会去跟百草说那些浑话。

百草这个死心眼！

闷头走在道馆的小路上，晓萤郁闷地重重踢飞一块小石头，小石头划出一道抛物线，落进路边的小树林里。

"唔！"

吃痛的声音响起，一翻身，刚才还睡得迷迷糊糊的亦枫从树下坐起来。抓住那颗闯祸的小石头，他打着哈欠望过来，正好看到一脸心虚准备逃跑的晓萤。

"你——过来！"

亦枫一本正经地板起面孔。

晓萤期期艾艾地磨蹭到他面前，扁扁嘴，说："就是一颗石子，计较什么啦，又没弄伤你……"

"砰！"

亦枫敲她一个爆栗！

"整天没大没小，这是你跟师兄说话的态度？叫亦枫师兄！"

晓萤又扁扁嘴，嘟嚷着说：

"亦枫师兄好。祝您下午好，睡得好，睡得香，睡得饱。好啦，可以放小的我走了吗？"

"就你话多，"亦枫似笑非笑地看着她，"告诉我，最近怎么了，整天愁眉苦脸的。"

"唉——"

一被提到这个，晓萤就是一声长叹。

"说啊。"

亦枫瞪着她，等了半天，除了那一声叹息，她居然什么都没说。

"没用的，你帮不上忙，"晓萤默默地摇摇头，"是我自作孽不可活。你不知道，我就是那种传说中很坏很坏的人，我……"

"你不说，怎么知道我帮不上忙？"

"你……"

难得看到只爱睡懒觉的亦枫会这么热心，晓萤还真有点不习惯了。

她上下打量着亦枫，忽然，她眼睛一亮，一个念头从脑子里蹦出来！越琢磨，她越觉得可行，眼睛也开始冒出亮光。

"亦枫师兄！"

扑过去，紧紧抓住亦枫的双臂，晓萤的眼睛亮得骇人，她激动地说：

"没错！你可以帮我！你可以帮我很大很大的忙！我会感激你的！亦枫师兄，你果然是我的救星，是你提醒了我！只有这样，才能将一切挽回！"

有点被她吓到，亦枫的头往后挪了挪，惊疑地说：

"你想让我做什么？"

"跟我交往吧——"盯紧他，晓萤满怀激情地说，"亦枫师兄，请你跟我交往吧！"

*** ***

"……今晚，董彤云惜败给加藤银百合，"电视里，记者面色凝重地站在体育馆外，身后是如潮水般黯然散场的观众们，"加藤银百合究竟还会再战胜多少位选手，她的擂主地位还会再持续多久，我们尚未可知……"

除了董彤云败北的消息外，训练中心近期最轰动的事情就是——
亦枫和晓萤交往了！

林凤、梅玲、光雅全都目瞪口呆。

看到晓萤只要训练有空隙时间就会跑到亦枫那里，亲密地为亦枫送水递毛巾，笑得如同花朵盛开一般，还会很热情地挽住亦枫的胳膊，百草也常常会愣住，不明白到底发生了什么。

"没什么，就是我和亦枫在交往啊！"

回道馆的路上，百草小心翼翼地问了之后，晓萤笑容灿烂地回答。然后百草就看到她像小鸟一样飞到亦枫身边，抱住亦枫的胳膊摇来摇去，甜蜜蜜地说：

"爱情就是这样的，忽然之间就发生了！我从没想到我会喜欢上亦枫，可是，就在那一刻，突然地，我们就相爱了！"

望着甜蜜蜜依偎在亦枫身上的晓萤。

百草彻底呆住了。

若白也看向亦枫和晓萤。

"我们约会去了哦！"挽住亦枫，晓萤兴高采烈地挥手说，"百草，你跟若白师兄一起回道馆吧！"

两个人影很快就消失了。

街道上只剩下若白和百草。

百草呆呆地收回目光，一脸迷茫地去看若白。一定是晓萤在骗她，可是为什么亦枫师兄居然会配合，而且那两个人站在一起，居然有说不出的相称的感觉。

"走吧。"

若白淡淡说。

"哦。"

百草跟在他身旁。

"再有几天就开学了，"烈日当空，若白的身影却有种清凉的感觉，"高三的功课会很紧，再加上训练，如果要参加世锦赛，训练时间也要增加，你能应付得来吗？"

"嗯，可以的，"百草点头，"我已经开始在预习功课了，我看了下，发现高三的新内容并不多，只要……"

听着她安排自己时间的计划，若白静静地走在她身边，有音乐从街道旁的店铺里传出，有孩童在开心地吃冰激凌，有汽车缓缓地行驶，在夏日的中午，一切温暖而平静。

走着走着，百草忽然发现若白没有了。

她一回头。

一只脆皮雪糕在她面前。

"吃吧。"

若白将雪糕递给她，淡淡说。

浓浓的巧克力脆皮，冒出丝丝凉气，百草咽了下口水，抬起头，她将雪糕又举给他，说："你吃吧，我训练完喝过水了，现在不渴。"

"我不喜欢吃甜的。"若白皱眉。

"哦……"

又看了他一眼，她脸红地开始吃，咬一小口，巧克力的脆皮在口中碎开，又甜又苦，冰凉凉，香浓得像丝缎一样。

拐过街角。

亦枫打个哈欠，摇头说：

"你演戏演得太假，就算能骗得过百草，也骗不过若白，我看连林凤和梅玲都骗不过。"

"哼，只要能骗过百草就好。"咬牙切齿地说，晓莹瞪一眼他，"还不是因为你，我表现得那么投入，你就在旁边懒洋洋的，一点感觉也没有！拜托你配合一点好不好，是你自己答应要帮我的呢！"

"你没说要这样帮。"

"不管！你答应了就要做到！"晓莹转转眼珠，"为了惩罚你，你请我去吃冰激凌吧，我要吃那种很贵的哦，至少一杯要三十块钱以上才行！"

"砰！"

亦枫敲她一下。

"你做梦吧！最多，请你吃个甜筒。"

"哇！"晓莹立刻谄媚地抱紧他的胳膊，"亦枫师兄，你真好，我真的快爱上你了！那个，我要吃那个甜筒！"拽着他，她兴奋地跑向路边那个色彩缤纷无比的冰激凌店。

*** ***

世界跆拳道美少女大赛，随着加藤银百合继续高歌猛进，接连又打败了从韩国前来的权顺娜，和跟董彤云一样同样来自国家队的孟莎，媒体和舆论的风向渐渐有了变化。

"……近来，加藤银百合在网络中的被搜索次数飞速攀升，已经远远超过婷宜，成为体育明星中被关注度最高的人。由于她接连打败包括婷宜在内的多位中国选手和外国选手，网民们呼吁，在中国的土地上要维护中国跆拳道的尊严……"

"……究竟谁可以终结加藤银百合的不败神话？……"

"……近日来，有上百位观众在电视台周围抗议，不满加藤银百合持续占据播主地位，要求取消这个节目的播出……"

同时，暑假也在不知不觉中结束了。

开学后，晓莹和亦枫的恋情不断升级，现在两人基本都是一起到训练馆，再一起离开，恨不得时时刻刻腻在一起似的，看得所有人都侧目。百草渐渐也有些困惑是不是自己猜错了，晓莹每晚都很晚才回来，回来时眼睛都闪亮得像星星，双腮也像染了胭脂，嘴巴笑得合不拢一般。

真的很像……

在恋爱了。

而且比晓萤以往的每次"恋爱"，都要更加幸福和甜蜜。

深夜，百草躺在床上，望着天花板发呆。睡梦中，晓萤均匀的呼吸声从旁边轻轻传来。白天的时候，又要上课，又要训练，她可以做到脑子里什么都不想，而夜深人静时……

她缓缓闭上眼睛。

想起那个彩霞满天的傍晚。

…………

"那么，你就忘了吧。"

…………

"如果因为我，让你变得困扰，让你变得不快乐，那么，你就忘了吧。让所有的事情都回到去韩国之前，不用记得我说过'喜欢你'，不用感到有负担。"

…………

"只要有我一个人记得，就可以了。"

…………

"要是哪一天，你觉得可以想起来了，就来找我，好吗？"

…………

"无论过多久，无论将来还会发生什么，我都会等你。你什么都可以忘记，但是，要记得，我还在等你，会一直等下去。"

…………

窗外只有寂静的月色。

百草默默地躺着。

她曾经以为，在她的世界里，只有跆拳道和学习，只要把这两个做好，她身边的人就会变得很开心。可是，她已经伤害到了初原师兄和晓萤。她以为，只要不再接近初原师兄，晓萤就有机会和他在一起。

但是现在晓萤和亦枫师兄……

脑袋想得痛起来。

翻了个身，百草努力让自己睡去，不再想这些比跆拳道还要复杂百倍的事情。

*** ***

同样的月光。

厚厚的书籍，笔尖"沙沙"地记录在医学笔记上，远处的大榕树被夜风吹得轻声作响，就像是有人来了。急忙抬头，初原屏住呼吸，然而透过木窗望去，那里的树下空无一人。

他怔怔地望了很久。

夜风很凉。

手指握紧那支黑色的钢笔，良久，初原才缓缓地垂下目光，又看回医学书籍里。

*** ***

一样的月光洒在若白和亦枫的宿舍窗台上。

"你真的觉得这样好吗?"

坐在床沿上，最爱的玄幻小说也看不下去了，亦枫皱眉看向若白，实在不明白他在想什么。

"嗯。"

若白淡淡应了声。

"晓萤让我演戏，是为了让百草相信，她不再暗恋初原了，让百草可以不再顾虑她，能放下罪恶感跟初原在一起。"亦枫揉揉眉心，"这么荒唐的事，你居然让我去答应。你知不知道这样做的后果，如果百草真的相信了，说不定她就真的会跟初原开始交往了！"

"嗯。"

翻译好一份文件，若白又拿过新的一份，埋头继续工作。他的目光扫过台灯旁的一对毛笔，那是百草从韩国买给他的，笔头是一对穿着韩国民族服装的小人，敲着长鼓，欢快高兴的模样。

"若白，别这样。"亦枫沉声说，"你喜欢百草，你以为我看不出来吗？为什么要这样做，你告诉我原因！"

"…………"

在灯下，若白沉默着一动不动。

"她喜欢初原。"

就在亦枫以为自己等不到答案时，若白淡淡地说，声音如窗外的月光一般寂静。

"哈哈，"亦枫失笑，"她喜欢？这些事情上，百草笨得就跟什么一样，对，就像晓萤那天说的，她笨得就像一只呆头鹅！她能区别出来，什么是'那种'喜欢，什么是普通的喜欢？能区别出来，她对初原究竟是像对兄长一样喜欢，还是……"

"只要她喜欢，就够了。"

"若白！"手扶住头，亦枫叹息说，"如果是你先对百草告白，很有可能百草接受的就会是你。"

"初原比我更适合她，"若白的背脊单薄如纸，"和初原在一起，她会像同年龄的普通女孩子一样，每天都很开心。"

"你也可以，你为百草付出的……"

"只要她能开心。"打断他的话，若白的目光久久落在那个穿着韩式长裙手拍长鼓笑容灿烂的小姑娘身上，"亦枫，谢谢你。"

窗外明月皎洁。

亦枫无力地长叹，摇摇头，又摇摇头。

CHAPTER 14

这天，又是周一。

训练前，先到的队友们照例聚在一起，收看电视里关于跆拳道美少女大赛的比赛进展。

"昨晚，加藤银百合第六次守住了擂主宝座，她以 3∶2 的比分，战胜了来自泰国的选手布洛蕾。布洛蕾是泰韩混血，出身于跆拳道世家，这次前来中国参赛，泰国国内的民众对她寄予了很大期望。比赛刚一结束，布洛蕾就在赛台上流下了眼泪……"电视里重放着昨晚的镜头。

"这个布洛蕾还挺漂亮的。"站在电视机前，梅玲研究着说。

"那当然，"晓萤撇嘴说，"跆拳道美少女大赛嘛，肯定是要长得漂亮的。所以我觉得，这节目就是哗众取宠，比赛就比赛，什么美少女不美少女的，难道长得漂亮，裁判就能多判给一分？"

"百草，你也去吧!"光雅突发奇想。

"咦，对啊，"梅玲被提醒了，连忙看向百草，"百草，不如你也去参加吧，这节目影响这么大，如果能战胜加藤银百合，说不定……"

"我刚才才说，这节目哗众取宠，你们就要让百草去参加，"晓萤一脸无奈，"你们到底给不给我面子啊。"

电视里。

记者面对着镜头说：

"来自日本的加藤银百合究竟还会保持多久不败的神话呢？下一周，她的对手将会来自中国……"

"又是国内的选手，"梅玲立刻竖起耳朵听，"应该还是国家队的，可是，连孟莎都去了，她们应该没人了啊……"

电视里。

"而且是来自国家级金牌教练沈柠的门下，与婷宜同出一个队，是婷宜的师妹……"

晓萤瞪大眼睛。

光雅和梅玲面面相觑，正准备去训练前热身的林凤停下脚步，就连百草也愣住了，她从没听说队里有谁要去参加这个比赛啊。

"她的名字叫做……"
电视里，记者低头查看手中的纸页。

"蹬、蹬、蹬。"

有高跟鞋的声音从走廊尽头响起，那脚步声很熟悉，女孩子们扭头一看，果然是婷宜。自从那次初原事件后，婷宜来训练的次数越来越少，即使偶尔来了，也基本不跟大家交谈。

穿着一条高雅精致的小黑裙。

婷宜冷冷地走向储物间，仿佛没有看到她们，也没有关注电视里正说的是什么。

电视中。

"……叫做戚百草，"记者面对镜头说，"很有中国古典风格的名字，我们希望这个叫做戚百草的选手，能够在下周日的比赛中……"

空气冻结住。

然后。

"百草！"梅玲尖叫，她扑过去紧紧掐向瞬间石化的百草，"你什么时候报名的！居然都不告诉我们！"

百草完全傻住。

被梅玲和光雅惊声诧异地七嘴八舌问着，她终于回过神，勉强清醒了一下，下意识地看向也呆住的晓萤。

难道是晓萤……

"不是我！不是我！"晓萤吓得慌忙摆手，"我没有偷偷帮你报名！"

"肯定是你，就你爱做这种事情，"梅玲瞪向晓萤，想了想，又说，"不过也没什么啦，既然那么多人都能参加，百草当然也可以去参加。"

"真的不是我！"

晓萤都想要尖叫了。

"肯定是……"

光雅也说。

"那就不是晓萤，"百草急忙替晓萤说。虽然她脑中还是乱糟糟，不明白究竟发生了什么，但是既然晓萤说不是她做的，那应该就不是。

"是你自己，对不对？"

混乱的气氛中，一道清冷嘲弄的声音如同一根闪着寒光的针，插了进来。

那是婷宜的声音。

梅玲她们顿时僵住，不敢说话，傻傻地望向正慢步走过来的婷宜，她们还以为，婷宜已经进了储物间了。

走到百草面前。

婷宜讥讽一笑，说：

"是你自己，去替你自己报的名，对吗？"

"不对。"

回望向她，百草吸了口气，摇头：

"我没有报名。"

"哦？那么，难道是节目组突然发现了你这个了不起的天才，在没有经过你同意的情况下，私自就把你的名字宣布了出去，让你不得不去参加？"挑了挑眉毛，婷宜不屑地说，"这次怎么没能跟晓萤事先沟通好，她不肯去背这个黑锅，你不就暴露了吗？"

这段话把百草听绕了。

她怔了怔，又吸一口气，克制住心中的情绪，说：

"婷宜，事情不是像你说的这样。我也不知道这是怎么回事，我会去问清楚……"

"戚百草，你就不肯诚实一次吗？"

婷宜淡淡一笑：

"你做的没错，这是多好的机会。如果打败了风头正劲的加藤银百合，那么你就是民族英雄，世人都会爱戴你，而且我曾经输给过她，你也可以据此证明，你比我强！即使你输了，反正我们都已经输过了，世人也不会觉得你特别差劲。"

慢悠悠地鼓了鼓掌，婷宜眼神冷冷地说：

"这么好的主意，这么好的策划，我都快要崇拜你了，你为什么还要扭扭捏捏不肯承认呢？"

"我没有，不是我报的名！"心中的情绪在翻腾，百草努力克制自己，"请你不要总是这样恶意地来猜测我，虽然我还不清楚究竟是什么情况，可是……"

"我只是有一个疑问，"根本不听她在说什么，婷宜的目光嘲弄地打量她的面容，"这个节目叫做'美少女跆拳道大赛'，你去替自己报名的时候，是怎么样告诉节目组，你是一个'美'少女呢?"

在那个"美"字上。

婷宜狠狠加了一个重音。

百草的脸"腾"地涨红了。

她咬紧嘴唇，胸口起伏了一下，凝声说："婷宜，我已经解释了好几遍，我没有去报名。要是你不相信，你应该有这个节目组工作人员的电话，那么我们现在就打过去，问清楚究竟是什么情况，你不用这样一再地讥讽我。"

"只是——"

百草定定地凝视婷宜。

"如果证明是你猜错了，我希望以后你不要再这样恶意地来猜测我了。"

"哈，"婷宜挑眉一笑，"好主意。你以为我不敢打吗？我现在就打，而且我用免提打，我要让大家都看清你到底是怎样的表面一套、背后一套！我奉劝你，如果是你自己报名去参加的，就趁早自己承认，免得待会儿难堪……"

"是我替她报的名。"

肃凝的声音响起，阳光从走廊两旁的玻璃窗洒照进来，若白身穿道服，头发上有微湿的汗水，他面色淡然地走过来。

"因为怕她会拒绝，所以我私下替她报了名。"

看着若白，婷宜冷冷一笑，说：

"我不信。"

说完，她拿出手机，按下一个号码。

手机里的对话被外放出来，那端的声音有些嘈杂，但还是可以听出来，节目组的人员很热情地翻查了资料，回答了婷宜所有的询问。

婷宜的面色变了又变。

通话结束后，她手指紧紧地握住手机，望着若白说：

"为什么要这样做？你是想让她拆我的台，让她踩着我，去出风头？"

"你败给加藤之后，去参赛的瑞丝、董彤云、权顺娜、孟莎、布洛蕾，都是为了去拆你的台，踩着你去出风头？婷宜，你并不是这个世界的中心。"

若白淡然回答：

"不是所有的事情，都是因为你而做。我让百草去参加，是因为她可以打败加藤，这个理由，跟你当时去参加这个节目的原因，是一样的。"

僵住一般，婷宜死死地盯住若白，忽然，她又挤出一个笑容，冷声说："哦？甚至你也认为她是'美'少女？"

若白淡淡地看向百草。

"是，我觉得她很美。"

"呵呵，"婷宜又笑，嘴唇在轻轻颤抖，"若白，你真了不起，她都已经背叛了你，你还要为她做这些事情。你是喜欢她的，不是吗？你难道就不会觉得自己很心酸很可怜吗？"

晓萤、梅玲张大了嘴巴，光雅攥紧林凤的手臂，四个人不约而同地一起看向已经完全听呆的百草。

百草只呆了一秒，就怒视着婷宜，凛然正色说：

"不许你这样说若白师兄！"

虽然被婷宜的这段话惊得脑中轰鸣，但是"心酸"、"可怜"这样的字眼，是她无论如何也听不下去的！

"百草是我的师妹，她喜欢谁，是她的自由，"满是阳光的走廊上，若白肃容说，"刚才你默认了，如果证实是你错怪了百草，从今往后，就不会再这样恶意地去猜测她。我希望你能做到。"

婷宜的面色又变了变。

"我希望的倒跟你不同，"缓步逼近百草一步，婷宜慢慢地打量她，"我希望她真的可以打败加藤银百合。万一她败得比孟莎还惨，岸阳训练中心的脸就被她丢尽了。"

"我不会败。"

暗自一咬牙，百草下定了决心。不管若白师兄是出于什么考虑，他已经替她报了名，电视上也已经公布出来，那么——

"我会战胜加藤银百合。"

"哦？"

婷宜挑眉一笑：

"那我可真要拭目以待了。"

*** ***

训练结束后，等婷宜一离开，储物间里顿时像炸开了锅一样，梅玲和晓萤扑向百草，兴奋地说：

"你真的决定了？去参加美少女跆拳道大赛？"

"嗯。"百草点头。

"一定要加油啊！不可以再输了！"光雅也激动得有点眼闪泪光，这段时间每逢周日她都会去看那个节目，虽然说跆拳道无国界，可是看到加藤银百合一次次地获胜，心里总是有些不舒服。

"我会的。"

百草回答说。

"我觉得你在比赛中战胜加藤银百合没有问题，"林凤退后几步，研究了一下百草，"但是我希望，你能在容貌上，美丽上，也战胜加藤银百合。"

这下子，百草愣住了。

"对哦，"梅玲附和，"百草，你一定要美美的才行，现在这时代，体育明星不但要竞技水平高，长得漂亮也很重要。你要完胜！跆拳道和美丽，同时打败她！"

"没问题！"

一把拉过呆愣住的百草，晓萤细细地看她的五官：

"这件事就交给我了，百草的五官很好看，尤其这双眼睛，又大又亮，比小鹿的眼睛还漂亮，皮肤也好。对了，梅玲，你还记得那次在韩国的化妆品店，店员为百草简单画了个淡妆……"

"对、对！那次百草简直让我惊为天人了！"梅玲拼命点头，"你这么一说，我也觉得，其实百草是从来不打扮，但是胚子非常好。我倒觉得百草最出色的是皮肤，这么的白里透红，只要再稍微加一点粉底……"

两人顿时开始又摸又捏百草，讨论得热火朝天。

"化妆品我家里都有，还有新买来没来得及拆封的，到时候我提前拿过来，咱们先研究一下，百草用什么妆容比较好。道服的话，上次在韩国，百草最后穿出来的那套新道服就非常漂亮，只是百草的发型……"

教练办公室。

窗外彩霞渐起，沈柠斜靠在办公桌上，她望了望面前这个沉默不语的若白，说："你是以训练中心的名义，同节目组联系的。我不记得，我同意过你这么做。"

"我征求过您的意见。"若白回答说。

"我并没有同意。"

"您说，您需要考虑。"

"我还没考虑出结果，你就已经去做了！"沈柠面容一冷，"若白，你太自作主张了。"

"我等了您两个星期，您始终没有考虑结束。"若白淡淡说，"于是我认为，既然这个决定您这么难下，不如我来决定。"

"呵呵，"沈柠气得想笑，"你有什么资格？"

"我接受您的提议。"

看着沈柠，若白静静地说：

"打完这场比赛回来，我就正式成为您的助教。"

办公室内沉默了几秒钟。

"你知道你自己在说什么吗？"沈柠眯了眯眼睛，"是，我一直认为，你做一名教练，比做一名选手更有潜质。以前我也向你提出过这个要求，但是你始终没有答应。现在，就为了这件事，你终于肯了吗？

"若白，我再提醒你一次，我要的是全职的助教。一旦做了，你将不能再参加任何比赛，将要彻底放弃你作为选手的身份。你能做到吗？"

"我只有一个要求，"若白淡声说，"分组对练的时候，我继续做百草的搭档。"

"希望百草值得你为她做的这些，"沈柠摇头，"不过，你该怎么跟她解释呢？她的性格，只怕不肯看到你为她牺牲这么多。"

若白回答：

"那是之后的事情。"

过了片刻，见沈柠没有对参加节目的事情再说什么，若白对她行了个礼，默默出去了。

*** ***

距离周日晚上的比赛，只有不到六天的时间，若白加紧了对百草的训练。晨练提早一个小时，晚练增加一个小时。

"呀——喝——"

大亮的灯光下，百草腾身旋起，清喝响震房梁，气流被她的腿势旋转成旋涡，高高击在悬空吊起的脚靶上！

"休息一下。"

看她演练完一遍腿法，若白起身，他从壶中倒出一杯凉茶，递给大汗淋漓走过来的她。用毛巾擦了擦汗，百草咕咚几口把凉茶喝下去。

凉茶很好喝。

入口微苦，应该是有金银花和竹叶，随后清甜，好像加了甘草和蜂蜜，又混合着清新的香气，是白菊花的味道……

若白将她的杯子又倒满，说：

"今天就到这里，喝完水就早点回去休息。"

百草急忙说：

"我不累，我还可以再练一会儿！"

"已经可以了，"若白将凉茶又递到她手中，"如果有时间，可以再多看一遍加藤银百合比赛的录像。"

百草一怔，她偷偷看了看若白，说：

"你说'可以了'，是觉得……以我现在，打败加藤银百合，基本没有问题吗?"

"嗯，"若白让她坐下，为她按摩放松肩膀和后背，"你能打败她。"

虽然很想克制，但是百草还是登时露出了笑容，她有点不敢相信自己的耳朵，若白师兄一向是很严厉的，还是第一次这样肯定她!

"真的吗?"

她喜悦地看着他。

"跟随云岳宗师封闭训练一个月，你进步很大，"若白淡淡说，按摩到她的手臂，"但这都是训练时看到的情况，希望你比赛的时候，能表现得更好。"

"我会的!"

百草用力点头，感觉全身的血液都被若白这句话点燃了! 她忽然很想立刻就去比赛，让若白看到那一个月她每天在山洞里辛苦练功的成果!

"但是不要轻敌。"

静静按摩完她的手指，若白半蹲下，为她按摩放松双腿。不知怎的，百草忽然面颊一红，觉得有些不好意思，她挪了挪，嗫嚅着说:

"我……我自己来……"

若白抬眼，淡淡地看了看她。百草于是涨红着脸重新坐好，她不知道自己到底是怎么了，明明以往若白师兄训练后帮她做按摩放松是经常的事情，同是一组的搭档，她也经常为若白做……

"距离比赛还有两天，你要调整好心态。"若白继续专注地敲打放松她的双腿，"这场跟平常的比赛不同，它是一个节目，不要让摄像机和闪光灯影响到你。"

"……是!"

"好了，这里还是由我来收拾，你回去吧。"若白站起身，踩到高凳上，他去解开悬吊在屋梁上的脚靶。过了一会儿，听到她走向门口的脚步声，他迟疑了下，出声说：

"百草……"

"若白师兄。"

脚步声停下来，百草不解地转身看他。是错觉吗？她听到若白的声音里有点僵硬涩重。

"把那壶凉茶带走。"

灯光投射下来，若白背对着她说。

"嗯？"

她愣了下。

"那是初原给你泡的。"手指僵硬地放在脚靶上，若白的声音还是淡然如常，"……不要让初原，等你太久。"

百草愣愣地呆住。

那个彩霞满天的傍晚，他从小路旁的树林中走过——

看到了她和初原。

缓慢地从房梁上解下脚靶，背对着她，若白默默地望向窗外，夜空中有一轮明月，还有寥寥的几颗星星。有风吹进来，胸腔中涌上一阵咳意，不想让她听到，若白努力调整呼吸，压制下已快速涌至喉咙的咳嗽。

初原可以给她很多。

而他，什么都给不了她。

*** ***

周五，不知晓萤用什么说动了若白，若白居然取消了她晚上的训练。晓萤千叮咛万嘱咐，一定要穿得漂亮一点，百草犹豫了一下，选择穿上那条白色棉质连衣裙，一路步行走到距离松柏道馆三条街的那间"必胜"比萨店。

"欢迎光临！"

风铃一响，身穿绿色围裙，手捧餐单的比萨店小姐对她微笑致意。临窗的彩色沙发长椅里，晓萤正拼命向她招手。

百草走过去。

怔了下。

她看到亦枫正坐在晓萤的身旁，懒洋洋地边打哈欠，边翻看餐单。见她过来了，亦枫漫不经心地对她说：

"嗨，百草。"

"……亦枫师兄好。"

对亦枫恭敬地行礼，百草赶快看了一眼晓萤，她以为晓萤神神秘秘地约她出来见面，是有什么重要的事情。

"哎呀，别叫他师兄，"靠在亦枫的肩膀上，晓萤笑嘻嘻地说，"他现在不是以师兄的身份出现的，是我的男朋友，我喊你出来，就是跟你正式确认他的身份。"

"没大没小！"

亦枫反手敲晓萤一个爆栗。

百草目瞪口呆。

"喂！你敢在百草面前对我凶！小心百草认为你配不上我，我就不跟你交往了！"捏住亦枫的耳朵，晓萤咬牙切齿地威胁他，"快！跟我道歉！否则我要再多点一盘鸡翅！"

百草赶忙低下头，研究餐单。

她就算再笨，也知道什么是打情骂俏。对面两人拳打脚踢、叽叽咕咕了半天，加了一盘鸡翅，又加了一盘意大利面，状况才平静下来。然后服务生开始上餐了。

"你没来我就先点了哦，反正你也不懂，"晓萤喜滋滋地看着餐桌上一道道精美的食物，"这是提拉米苏，这是黑森林，都很好吃哦！一会儿还要上鸡翅，那是我的至爱！比萨也不错哦！"

非常精美的甜点。

可是每份都只有小小一点，百草刚才已经在餐单上看到了它们的价格，都在二十块钱以上。

"放心啦，今天是亦枫请客！"晓萤得意地笑，"百草，咱们就大开杀戒吧！哈哈哈哈！"

百草认真地打量两人。

虽然亦枫一副似笑非笑，很受不了晓萤的样子，可是，他含笑的目光几乎从没有离开过晓萤的脸庞。

第一次，百草觉得自己是不是想错了。

她一直觉得，晓萤是为了让她心安，才故意找来亦枫，显示已经不再在意初原了。可是，一天天看着晓萤和亦枫的交往，似乎事情又不是她想象的那样。

至少晓萤和亦枫的甜蜜亲昵是在举手投足间，完全做不得假的。

"呜，可惜还不能吃，还要再等一个人，"晓萤哀怨地看看店内墙壁上的时钟，"已经过了三分钟了，居然迟到。"

正说着。

门口的风铃一响。

"欢迎光临！"

系着绿围裙的女服务生鞠躬行礼，笑容甜美。

店内有悠扬的音乐声，周围有客人们的刀叉声，百草吃惊地望着初原越走越近，她忽然有种想逃的感觉，然而，身体又仿佛被施了魔法，呆呆地在沙发里动弹不得。

看到她。

初原也明显地怔了下。

他望着她。

她望着他。

百草呆呆的，她记不得自己已经有多长时间没有见过初原，好像是很久很久，好像已经过了一个世纪。

"看这里！看这里！"

晓萤挥舞着叉子将两人喊醒：

"一会儿你们有的是时间说话，现在先坐好听我说！"

初原在百草身旁坐下，他这才看到亦枫，微笑点头道：

"亦枫。"

"嗨，初原。"

亦枫笑了笑，依旧显得有点漫不经心。

"这次呢，把初原师兄和百草，"晓萤严肃地看看初原，又看看百草，"你们两个喊出来，约在这里，是有两件事情。"

百草凝神听。

努力不让自己感受到初原就在身旁的气息。

"第一件事，百草周日就要跟加藤银百合比赛了，让我们先预祝百草比赛胜利！"举起冰红茶，晓萤很豪迈地说，"必胜！"

初原、亦枫也举起杯子。

百草脸红了下，同他们三人的杯子碰在一起，用力地说：

"我会加油的！"

"必胜！"

初原笑容温和，他手中的玻璃杯同她的碰在一起，"叮"的一声脆响。

"第二件事呢，"晓萤咳嗽一声，继续摆出很严肃的态度，"是关于我的。初原师兄，你知道我曾经暗恋过你吗？"

初原一愣。

"晓萤！"

百草着急地喊，担心地看一眼亦枫。

"没关系啦，亦枫知道的，"晓萤一脸无所谓，然后郑重地对初原说，"我暗恋过你，所以知道你喜欢的是百草，我心里很难受，骂了百草一顿。百草这个人，你也知道的，死心眼得很，为了不肯伤害我，她坚决不肯再跟你交往。"

"…………"

初原扭头，看向不知所措的百草。

"现在亦枫也知道了，他跟百草一样，也不相信我，以为我是为了忘记初原师兄你，才跟他交往，"幽怨地看了看亦枫，晓萤扁扁嘴说，"为了这个，他昨天还跟我闹分手。"

"晓萤……"

百草惊愕地睁大眼睛。

"所以，"一副壮士断腕的表情，晓萤面色凝重地说，"我要一次把事情解决清楚！"

侧过身，晓萤双手箍住亦枫的头。

"百草，你看好——"

回头又叮嘱一声，确认百草看过来了，晓萤才猛地闭上眼睛，用力箍住亦枫的头，不让他挣扎，狠狠地吻了上去！

百草彻底惊呆了！

流淌着音乐声，客人满座的比萨餐厅，服务生正在上热气腾腾的鸡翅，晓萤紧紧抱住亦枫的脑袋，用力地吻着！

因为给出的是侧面，所以百草可以清晰地看到——

晓萤紧紧吻住亦枫不放，有点笨拙，有点青涩，晓萤死死闭着眼睛，然而，睫毛剧烈地颤抖着，她像小狗一样用力去啃亦枫的嘴唇，渐渐地，亦枫不再挣扎，也开始回应……

脸涨得通红，百草突然意识到自己不该再看下去，她慌张地侧过头，却正好撞见初原的面容。

初原的眼底也有一点尴尬。

然而看到她仿佛看到什么儿童不宜的画面，面红耳赤的模样，他笑了笑，将新上来的一碟抹茶蛋糕推至她的手畔。

"尝尝看。"

他低声说。

"好了！这下大家都看清楚了吧，"脸颊红扑扑如同喝醉了酒一般，晓萤瞪着百草说，"百草，你也看清楚了吧。我喜欢的是亦枫，我正在跟亦枫交往，请你不要再误会我了。而且，拜托你，请你跟初原师兄交往吧！"

"…………"

百草傻住。

"你一天没有跟初原师兄交往，就是一天没有信任我，你一天不信任我，亦枫也会不信任我，"晓萤严肃地说，"所以，为了你的幸福，为了我的幸福，为了亦枫的幸福，为了初原师兄的幸福，请你——"

一字一句地，晓萤逼视百草：

"跟、初、原、师、兄、交、往、吧！"

风卷残云般吃完一整盘鸡翅，三片比萨，两块蛋糕，半盘意大利面，晓萤掏出两张电影票放在餐桌上，再扔下一句——

"接下来的约会交给你们了！"

然后就拖着亦枫，一阵风一样地逃走了！

店里流淌着音乐声。

窗外的天色已完全变暗，星星在夜空一闪一闪。

百草脑中蒙蒙的。

她呆坐着，无法思索，也不敢去看身旁的初原。这一切让她彻底失去了反应的能力，只有一股干净得不可思议的味道沁入她的呼吸间，她知道，那是属于初原的体味。

"原本也正要找你，"初原宁静的声音响起，一张银行卡被他的手指从桌面推过来，"这里面有五万五千元钱，是医院退回的当时你帮若白父亲支付的医药费。"

"为什么？"百草很吃惊。

初原解释说："每个医院都有一笔经费，是帮助家庭困难的病人，医院后来调查了一下，认为若白的情况符合援助基金的发放条件，所以将这一部分返还了。"

百草摇头不信：

"怎么可能？"

她以前陪师父也去过好多次医院，从来没听说过有这样的规定。应该是初原师兄怕她没有钱，帮她垫上了，可是，她怎么可以去拿初原师兄的钱。

"是的，只是很多人不知道，也从来不去申请，而且这家是大医院，常年有机构资助，成立有专项的基金，"初原微微一笑，"如果还是不信，你有时间可以自己去查询一下，若白父亲的病例已经有档案备在基金会了。"

见他说得那么确定，百草咬一咬嘴唇，抬起头望向初原："我会去查的，如果我发现是师兄你在骗我……"

"任凭你处置。"笑容如同春风在初原的唇角漾开，"再点一盘鸡翅来吃吧，看晓萤刚才的模样，好像还挺好吃。"

他不怕百草去查。

他没有告诉百草的是，捐助那家医院的基金会就是由他的爷爷成立的。没有马上将钱还她，是因为他要按照规程，一步步将手续办好。只有这样，她才有可能将这笔钱收下。

鸡翅确实很好吃。

金黄金黄。

香喷喷的。

吃完一只，又吃完一只，百草的心情忽然渐渐地越来越好，回想起刚才晓萤和亦枫师兄亲昵的画面，好像许久以来压在她胸口的东西在渐渐消散。她又可以喘过气来，连食欲都变好了一样。

"谢谢你。"

吃饱了，百草眼睛亮亮地对他说。

初原宛然一笑：

"因为若白父亲的医药费？"

"……"她犹豫一下，"不仅仅是因为医药费，也因为……因为……"为了晓萤，她当众拒绝了他，对他说出那些话。他不但没有讨厌她，那个傍晚的小路上，他反而告诉她，他会等她。

晓萤说，她伤害了初原师兄……

望着她低垂的脑袋，初原笑着揉揉她的头发，没有让她再说下去。过了一会儿，他仿佛想到了什么，说：

"对了，那天在病房外的走廊上，你送给若白的是什么？"

百草一怔，想了想。

"啊，那是在韩国买给若白师兄的一对毛笔，一直忘记给他。那天若白爸爸的病情好转了，我拿给他，希望他能更加开心一点。"

"我的呢？"

初原微笑着看她。

"…………"

百草的脸窘红了。

"只给若白买了礼物，没有给我买，是不是很偏心呢？"手指将她的头发揉得更乱，初原温和地笑了笑，低声说，"那你怎么补偿我？"

"…………"

百草的耳朵都快要红了。

"那就请我去看电影吧，"拿起桌面上的那两张票，初原看了看日期，"就是今晚的，别让它浪费了，好吗？"

***　***

繁星点点。

路边的音像店不厌其烦地放着新近流行的歌曲，烤羊肉串的香味弥散在夜风中，晓萤漫无目的地在街道上游逛，双手甩啊甩的，长长叹息说："这下，百草她总该相信了吧，我牺牲这么大，唉……"

"是啊，你牺牲可真大。"

亦枫走在她身旁，似笑非笑地说。

"嘿嘿，我说错了还不行吗？"立刻一转身，晓萤对亦枫笑得满脸谄媚，"我知道，你牺牲也很大，你对我和百草的大恩大德，我这辈子也没齿难忘！"

亦枫哼了一声。

"不过，说起来，"晓萤的眼珠转一转，趴到亦枫身上问，"刚才那个，是不是你的初吻啊，我怎么觉得，你当时很紧张的样子呢？"

亦枫的面颊可疑地红了一下。

"哇！我说对了是不是！天哪，我赚到了呢！你居然是初吻！是初吻哎！"晓萤仰天狂笑。

"闭嘴！"

亦枫怒了。

"哈哈哈，刚才接吻的味道还不错呢，"晓萤欠揍地凑过去，笑得贼兮兮的，"要不，咱们再试一下？"

亦枫怒得转身就走。

不顾行人们的侧目，晓萤在街道上双手围嘴，笑着大喊："师兄别走啊！就再亲一个！就一个啦！"

*** ***

电影院里。

一排排的座位，有的坐着人，有的空着。灯光暗下，初原和百草坐在前排最中间的位置。

晓萤选的居然是个恐怖片。

阴森森的音乐，吱嘎吱嘎的木楼梯声音，镜子里逐渐变形的一张脸，鲜血从刀尖一滴一滴淌落……

最初百草还能勉强镇定地吃着初原买来的爆米花，可是，看到一具具鲜血横流的尸体，她实在吃不下去了。电影音乐越来越低沉诡异，她的双手渐渐握紧爆米花的纸袋。

电影中，音乐突然恐怖地乍响——
女主角"砰"地打开门！
门外空荡荡的。
没有人。
女主角倚在墙壁上松了口气，惨白的面容缓和少许，音乐声消失，女主角转头去开灯——
"轰！"
闪电炸开！
一个脸上戴着银色面具的黑影！

手指剧颤，百草死死握住爆米花的纸袋，耳边响起女主角歇斯底里的惊恐尖叫。
"是假的。"
黑暗中，初原按住她微颤的双手。
"……是，我知道。"
羞愧得无地自容，百草本来以为自己什么都不害怕，结果，竟然一部恐怖片就可以把她吓到。
"还要继续看吗？"
初原温声问。
"嗯，"百草脸红红地说，"还蛮想看完的。"

于是，这就是百草第一次在电影院约会的经历。于是，晓萤也得逞了，几乎整场电影，百草都死死握住初原的手。

*** ***

时间飞快。

转眼就到了周日晚上。

电视里，身后是人潮般入场的观众，记者手持话筒站在体育馆外，面对镜头滔滔不绝地说：

"……今晚，加藤银百合将迎来她的第七位对手，出自国家级金牌教练沈柠门下，与方婷宜同样来自岸阳跆拳道训练基地的戚百草！

"……据说，戚百草的队内训练成绩，不在婷宜之下，甚至曾经打败过婷宜。并且，戚百草曾经在韩国接受过著名的云岳宗师的亲身指导……

"……究竟戚百草能不能终结加藤银百合的连胜神话，能不能在中国的土地上，捍卫中国跆拳道的尊严，让我们拭目以待吧！"

体育馆的休息室。

梅玲和晓萤奋力地在百草的脸上涂抹着。

她们刚才已经看到加藤银百合了。太可怕了，加藤银百合本人居然比婷宜还要漂亮，而且是那种清纯空灵的美，就像一朵绽放在清晨，沾着露珠的百合花。

不行，百草一定不能输给她！

"节目组有化妆师。"

看着她们摆出一大堆瓶瓶罐罐，把百草当成木偶一样，又涂又抹，若白忍不住提醒她们。

"切，根本不行，"小心翼翼地在百草脸上抹上妆前乳，再抹上隔离霜，晓萤嗤之以鼻，"那些化妆师不了解百草的特点，只会把百草化成庸脂俗粉，还是看我和梅玲的吧！"

看到梅玲伸到她眼前的那个工具，百草下意识地往后躲了躲。

356

"别动，这是睫毛夹。"按住百草的脑袋，梅玲边用它来夹她的睫毛，边絮叨地说，"先把你的睫毛夹弯，一会儿就可以上睫毛膏了，不过，上睫毛膏之前，我们要先给睫毛打一层底……"

突然被睫毛夹夹住了眼皮。

百草痛得缩了一下。

"啊，不好意思，"梅玲抱歉地说，"好像夹得太深了。要夹得翘一点，这样等会儿睫毛变长了，才不影响你比赛时候的视线。"

"会影响视线?"

百草立刻紧张起来。

"一点点，一点点啦，"满意了睫毛的弧度，梅玲开始给睫毛刷底，然后一根根地上睫毛膏，然后又拿出一罐东西来刷，"这是睫毛雨衣，防水防汗的，一会儿不管你怎么比赛，睫毛也不会晕开，放心吧!"

"睫毛……还会晕开?"

百草已经有点晕了，她从不知道，单单睫毛都有这么多工序。她望向静默在一旁的若白，不安地说:

"若白师兄，这只是一场比赛，真的需要化妆吗?"

"等化完再说，"若白审视着一点一点在变化的百草，"如果不好，洗掉它很快。"

"喀，"晓莹咳嗽一声，不去计较若白对她们工作的不信任和不尊重，用海绵将隔离霜抹匀，对百草说，"其实梅玲已经手下留情了，加藤银百合还戴了假睫毛呢，梅玲怕你不习惯，都没给你上。"

"是啊，"梅玲开始上眼线和眼影，"哇，你看，现在你的眼睛变得多大啊，这眼影真不错，又大又亮，简直能把人闪晕!"

"粉底要上吗?"

晓莹征求梅玲的意见。

"不要了，"梅玲看一下，"百草的肤质这么好，透明得很，上了粉底反而遮住，可惜了。不过腮红还是要上的，否则灯光一打，没有颜色。"

"嗯，我觉得也是……"

被她们两人一层层一层层地涂抹着，抹完眉毛抹完眼睛，抹完脸颊抹嘴唇，最后梅玲还拿个吹风机，一层层吹她的头发。百草呆坐着，保持着魂游天外的状态，让自己抽离出来，不再关注面前的这些，而去集中精神等待即将开始的比赛。

虽然若白始终没有告诉她他替她报名参赛的原因。

但她其实是知道的。

若白想让她有机会证明她的实力，不仅仅在队内证明，在沈柠教练面前证明，也希望她能在世人面前证明。只有这样，她才有机会争取参加世锦赛的资格。

她必须战胜加藤银百合。

长吸一口气，百草定下神来，缓缓地在心中重放她在录像中看到的加藤银百合比赛时的腿法特点。

"好了!"

随着晓萤和梅玲的同声欢呼，百草被惊醒，她被她们激动地推到明亮的化妆镜前。

镜子里的那个女孩……

如果不是跟她一样，刘海儿上别着那枚红晶晶的草莓发夹，她完全认不出来那是她自己。她看过晓萤床头的漫画书，封面上的女孩子经常长得是这个模样，星星一样闪烁的大眼睛，水汪汪的嘴唇，白里透红像水蜜桃的脸颊。

可是，这真的是她吗?

为什么就像穿了别人的衣服，她浑身都不自在。

"像不像白雪公主?"

晓萤得意地站到她身边,一同看镜子里的她。

"不,像梦游仙境的爱丽丝!"梅玲惊叹地说,"百草,为什么你从来不打扮呢?太可惜了,实在是太可惜了!"

"相信我!加藤银百合绝对不是你的对手!"重重一拍百草的肩膀,晓萤得意地再看向若白,"怎么样,若白师兄,我和梅玲的水平不错吧,百草是不是已经变身为惊天动地的绝世美少女了!"

"嗯。"

淡淡应了声,若白走过来,对忽然显得有些拘谨的百草说:

"忘掉你从镜子里看到的那个人。你还是戚百草,你脸上干干净净,你身上还是旧的道服。"

"是!"

身体一震,百草回答道。

若白凝视她:

"专心致志,打好比赛。"

"是!"

百草凝声回答。

"戚百草,要上场了!"

节目组的工作人员探头进来喊。

簇拥着百草向门外走去,听到体育馆内震耳欲聋的呐喊声,看到亮如白昼的场内灯光,看到无数的记者和摄像机,看到加藤银百合身披播主黄袍已等候在场外,晓萤忍不住握紧双拳,在心中高喊一声:

"百草,要加油啊!"

虹之绽

The Postscript 后记

　　不知不觉，旋风已经写到了第三季，故事终于彻底展开了。汗，说这样的话，好像很脸红，但是从最初的设定，旋风是一个很漫长的故事。百草一点点地长大，一点点地绽放她的光芒，一点点从默默无闻的小草，成长为了不起的跆拳道高手。

　　想写她成长上的每一个细节，感情上的每一个变化，总是很喜欢这样细细地来写，好像觉得，在这个故事里，所有的人都是真实存在的。

　　旋风对于我而言，是一个很特别的存在。

　　她仿佛是有生命的。

　　以往在写文时，总是会反复地去思考和研究，故事会怎样发展，这个人物该如何说话，那个人物会有怎样的反应。而旋风不是。她总是自己告诉我，她应该是这个样子的，而不是我设想的那个样子。

　　所以很多场戏，就像鬼使神差一样，明明笔锋想要落在这个地方，想要突出这个重点，结果，某个人的强烈的气场，使得出来的效果，偏差了很多。

呵呵。

是的，大家知道我在说谁。

是若白。

尤其《心之萌》中的道服那场。

有一次，我说溜了口，说若白在我最初的设定里，只是一个龙套的角色。这话一出，读者们又悲又怒，纷纷抗议。呃，是的，在最初最初的设定里，若白真的只是一个龙套，甚至连姓都没给他取。

但是若白的气场实在太强大了。

默。

太强大了。

他让我无法忽视他，无法将他扔到一个沉默的角落，而且，即使我让他沉默，他的存在感，也那么强烈。若白早已不是龙套了啊，他成为旋风里非常非常非常重要的主角之一。

但是结局究竟会如何，现在还尚未可知。

有一次，一个读者很郁闷地留言对我说，晓溪啊，我只求你告诉我，结局到底是百草和谁在一起，这样也不用站错队了。我回答说，不是我不说，而是我真的不知道。

写到这个阶段的时候，我心中预想的结局是这样的，写到那个阶段的时候，心中设想的结局，又会变成那个样子。写到《虹之绽》这第三季，此刻我心里的结局，跟我最初写旋风时，已经不同了。

我喜欢不告诉自己结局。

喜欢顺着故事写。

这样对于我而言才有悬念，才能吸引我一直很有兴致地写下去。

嗯，话题再转回来。

说到从普通角色翻身上位，《虹之绽》表现最耀眼的，还有晓莹和亦枫。啊，晓莹，太可爱了，我越写越喜欢她，而且，大家有没有觉得，她跟亦枫是那么的天生一对。

晓莹和亦枫在一起的感觉太好了，所以忍不住多用了些笔墨在这两人身上，稍稍偏离了一些主线。晓莹也成功地从女配角，俨然变成了女二号。汗，这也是个气场强大的人物啊。

还有林凤、梅玲，她们原本真的都是并没有什么戏份儿的路人，但是写着写着，我也越来越爱她们。有一次，漫漫同学很严肃地对我说，晓溪，我忽然很喜欢林凤哎。我干咳一声，说，谢谢。

真的觉得她们全都是活着的。

不是在我的笔下活着。

而是，在某一个世界，那样生命力灿烂地活着。

所以，我舍不得离开她们。

很多编辑对我说，旋风的题材太偏了，太冷门了，你真的打算写那么长吗？

其实，我并没有打算写多么长。

只是那么多的情节，那么多的场景，我都不舍得丢弃。以前写明若、写烈火、写泡沫，写到后面总是变得没有耐性，很多设想中的内容都咔嚓掉了。唯独旋风，不知是怎么了，就是不舍得剪掉它，想要让它原汁原味地，将我心中的那个故事展现出来。

所以到了第三季，旋风还是没有写完。

汗，对不起，让大家追文追得辛苦了，羞愧 ing~~~~~

最后，让我感谢一下在写文过程中，给了我很多支持和鼓励的读者们，你们的每一次留言，每一声加油，都给了我无尽的动力！谢谢顾漫同学，不厌其烦地帮我看文，忍受我忽而沮丧忽而亢奋的敏感神经。

谢谢明晓溪官网的斑竹们，谢谢百度吧里的吧主们，呵呵，我必须

362

说的一点是，虽然我是万年潜水艇，但是我时常潜伏在那里哦！

O (∩_∩) O。

希望大家能一直喜欢旋风这个故事，能一直陪着百草、若白、初原，向着那个光芒万丈的巅峰走下去：）

晓　溪

2010 年 6 月 8 日中午于书房

布老虎青春文学重点书目

《幻城》（新版）　　（作者：郭敬明　定价：20元）

《幻城漫画版》　　（编绘：诛砂　定价：25元）

《〈幻城〉之恋》　（编选：本工作室　定价：16元）

《〈幻城〉之恋2》（编选：本工作室　定价：14元）

《岛·柢步》　　　　（主编：郭敬明　定价：20元）

《岛·陆眼》　　　　（主编：郭敬明　定价：20元）

《岛·锦年》　　　　（主编：郭敬明　定价：20元）

《岛·普瑞尔》　　　（主编：郭敬明　定价：20元）

《岛·埃泽尔》　　　（主编：郭敬明　定价：20元）

《岛·泽塔》　　　　（主编：郭敬明　定价：20元）

《岛·瑞雷克》　　　（主编：郭敬明　定价：20元）

《岛·天王海王》　　（主编：郭敬明　定价：20元）

《岛·庞贝》　　　　（主编：郭敬明　定价：20元）

《岛·银千特》　　　（主编：郭敬明　定价：20元）

《最有意义的生活》（作者：许佳　定价：16元）

《我爱阳光》　　　（作者：许佳　定价：16元）

《樱桃之远》　　　（作者：张悦然　定价：23元）

《维以不永伤》　　（作者：蒋峰　定价：18元）

《一条反刍的狗》　（作者：管笑笑　定价：17元）

《我的青春不忧伤》（作者：李维　定价：16元）

《西安1460》　　　（作者：徐璐　定价：16元）

《告别天堂》　　　（作者：笛安　定价：17元）

《1995-2005夏至未至》

（作者：郭敬明　定价：24元）

《1995-2005夏至未至（2版）》

（作者：郭敬明　定价：25元）

《年华是无效信》　（作者：落落　定价：20元）

《地下室》　　（作者：BENJAMIN　定价：22元）

《往南方岁月去》　（作者：周嘉宁　定价：18元）

《杜撰记》　　　　（作者：周嘉宁　定价：15元）

《那多三国事件簿之末世豪雄起》

（作者：那多　定价：19元）

《那多三国事件簿之汜水英雄会》

（作者：那多　定价：22元）

《那多三国事件簿之乱起凤仪亭》

（作者：那多　定价：20元）

《绝杀》　　　　　（作者：朱古力　定价：22元）

《剑仙水影》　　　（作者：海之翼　定价：22元）

《全国中考满分作文》

（主编：贾平凹　定价：22元）

《全国高考满分作文》

（主编：贾平凹　定价：26元）

《芙蓉如面柳如眉》（作者：笛安　定价：17.50元）

《从此尽情飞翔》　（作者：徐璐　定价：16元）

《蜜蜡》　　　　　（作者：陈瑜　定价：16元）

《青耳》　　　　　（作者：水格　定价：17元）

《紫茗红菱》　　　（作者：鲍尔金娜　定价：22元）

《滴答》　　　　　（作者：徐璐　定价：18元）

《用野猫一样漆黑发亮的眼睛注视人间》

（作者：鲍尔金娜　定价：16元）

《戏子》　　　　　（作者：雪小禅　定价：18元）

《告别天堂》（新版）（作者：笛安　定价：22元）

《倒数三秒说爱你》（作者：张雨涵　定价：20元）

《尤尤的复仇》　　（作者：陈瑜　定价：22元）

《春江花月夜》　　（作者：徐璐　定价：22元）

《光之初》　　　　（作者：明晓溪　定价：24.8元）

《心之萌》　　　　（作者：明晓溪　定价：24.8元）

以上图书，欢迎到各大书店购买。也可向出版社邮购。请在书款外另加发送费4元。一次性邮购图书按定价计算超过100元即可享受八折优惠。请在汇款单附言处写清所购书名及册数，汇款至：沈阳市和平区十一纬路25号布老虎青春书友会

邮　　编：110003

咨询电话：(024) 23284393

Email：qingchunbook@126.com